SON INCONNUE AUX COURBES GÉNÉREUSES

UNE ROMANCE DE PETITE VILLE AVEC UNE HÉROÏNE AUX COURBES VOLUPTUEUSES

À LA RECHERCHE DU HÉROS LITTÉRAIRE PARFAIT
TOME QUATORZE

MARY E THOMPSON

À LA RECHERCHE DU HÉROS LITTÉRAIRE PARFAIT

Il y a quelqu'un de nouveau en ville, et L'anse MacKellar a eu un peu de mal à l'accueillir. Mais ce n'est pas grave. La vie dans une petite ville, c'est tout au sujet des voisins curieux, des nouvelles amitiés, et de tomber amoureux de votre nouveau chez-vous. Et peut-être aussi d'un nouvel homme.

Merci de votre visite ! Prenez un verre, une part de gâteau, et faites connaissance avec votre prochain petit ami littéraire et votre meilleure amie de livre ! Ne manquez plus rien en vous inscrivant à la newsletter de Mary.

Livre **14**

Son Inconnue aux Courbes Généreuses

Knox

Sa proposition était simple. Une nuit. Pas de noms. Aucun projet d'avenir. Juste une nuit pour oublier le monde extérieur.

Je ne pouvais pas lui dire non. Je n'en avais pas envie.

Au matin, elle était partie. Comme elle l'avait promis. Je savais que je ne la reverrais plus.

Jusqu'à ce qu'elle s'assoie en face de moi, le soir suivant, pour notre premier rendez-vous.

Haley

S'il y a bien quelqu'un capable de foutre en l'air une relation, c'est moi. J'ai déménagé dans une nouvelle ville pour me rapprocher de mon petit ami, pour découvrir qu'il était marié et père de deux ados. Ensuite, j'ai passé une nuit avec le beau gosse de la quincaillerie, et l'application de rencontres m'a jumelée avec lui pour un rendez-vous le soir suivant.

Après lui avoir dit que je ne cherchais rien de sérieux.

Et ce n'était pas le cas, pas vraiment, mais si je devais rester quelque temps, autant apprendre à connaître les gens d'ici. Surtout ceux qui me donnaient l'impression qu'il y avait peut-être une place pour moi dans cette petite ville.

Pour ceux qui ont tiré la courte paille... Afin que vous sachiez que quelqu'un, quelque part, vous encourage à montrer à tous à quel point ils vous ont sous-estimé.

HALEY

J'ai salué ma dernière cliente de la journée et mis dans ma poche le généreux pourboire qu'elle m'avait donné. C'était agréable de se sentir appréciée. Surtout par une femme qui n'avait pas été très aimable avec moi quand je me suis installée dans cette ville il y a neuf mois.

La vie dans une petite ville était censée être amusante et facile, avec des habitants qui veillent les uns sur les autres et vous accueillent à bras ouverts. Sauf quand vous êtes l'autre femme dans un mariage qui a volé en éclats à votre arrivée.

Certaines personnes étaient prêtes à écouter ma version des faits. D'autres... pas vraiment.

—Où est Debby ? dit une voix derrière moi.

Je n'avais même pas entendu la porte s'ouvrir. Je me suis retournée, le balai à la main comme une arme pour me défendre contre la femme qui se tenait juste à l'entrée du salon. Ses lèvres pincées et sa coiffure à plumes des années soixante-dix étaient déjà assez terribles, mais la façon dont elle agrippait son sac à main comme si elle s'attendait à ce que je le lui vole et les poignards que lançaient ses yeux quand elle me transperçait du regard ont raidit ma colonne vertébrale et humidifié mes yeux.

Pas que j'allais le lui montrer.

—Debby est déjà partie pour la journée. Elle ne devait pas se rendre compte que vous aviez un rendez-vous, ai-je dit, en déversant de la douceur dans ma voix et en ajoutant un sourire forcé qui montrait probablement trop de dents et qui me faisait définitivement mal à la mâchoire.

Madeline a soufflé comme si c'était une agression personnelle que Debby ne soit pas là. —Je n'ai pas de rendez-vous, mais j'ai un événement ce soir. Je pensais qu'elle serait là. Je suis cliente depuis presque toute ma vie, et si je ne peux pas compter sur elle pour être disponible quand j'en ai besoin, pourquoi lui suis-je si loyale ?

J'ai serré les lèvres avant qu'une réplique désagréable ne m'échappe. La loyauté ne signifiait pas un contrôle total sur l'emploi du temps d'une autre personne, mais de toute évidence, Madeline n'était pas d'accord avec ça. —Je serais ravie de vous aider.

Son rictus a commencé quand son dos s'est redressé comme une barre. Elle s'est tournée pour me faire face, croisant mon regard pour la première fois depuis qu'elle était entrée. Ses yeux marron se sont écarquillés pendant une demi-seconde avant de se plisser pour m'évaluer.

Mon jean était confortable et à la mode, et mon haut épousait mes courbes généreuses d'une façon que je trouvais flatteuse quand je l'avais choisi. Mes cheveux étaient attachés en queue de cheval qui pendait entre mes omoplates, ne me gênant pas et dégageant mon cou pour les longues journées passées debout dans une boutique qui était beaucoup trop chaude pour moi et toutes mes courbes.

Je pensais avoir belle allure quand j'étais sortie ce matin-là. Mais le regard dédaigneux et méprisant dans les yeux de

Madeline disait que j'étais au mieux négligée et au pire dégoûtante pour une femme comme elle.

Coiffure à plumes mise à part, bien sûr.

— Non. Je'préférerais que vous ne posiez pas vos mains sur moi. Vous pourriez infecter mon mariage comme vous l'avez fait avec celui de la pauvre Valentina'.

Et voilà. La vérité sur ma vie depuis mon installation à L'anse MacKellar. J'étais une briseuse de ménage. Et Madeline faisait partie de ceux qui n'avaient aucunement l'intention de me laisser l'oublier.

Le désir de défendre mes actions brûlait en moi, mais elle était une cliente. La cliente de ma patronne. Peu importait qu'il n'y ait pas d'autre salon dans un rayon de cinquante kilomètres, Madeline était le genre de personne qui empoisonnerait la ville, et Debby, contre moi et rendrait ma vie un enfer encore pire.

—Je'serais ravie de vous prendre un rendez-vous avec Debby, dis-je en refoulant ma douleur et en puisant profondément dans ma gentillesse.

— J'ai déjà un rendez-vous prévu pour la semaine prochaine. Madeline se dirigea vers la porte en soufflant d'exaspération et l'ouvrit en grand, sans se donner la peine d'ajouter un mot. Elle glissa ses lunettes de soleil sur son nez et hissa son sac à main sur son épaule, puis, la tête haute, s'éloigna d'un pas nonchalant.

Je n'allais pas pleurer.

Je n'allais pas pleurer.

Je pris une profonde inspiration et l'expirai lentement, me dirigeant vers la porte pour la verrouiller avant que quelqu'un d'autre n'entre.

Bon sang.

Chaque fois que Madeline venait, elle faisait des commentaires sur moi. Discrètement, et seulement à Debby, mais elle les faisait quand même. Je n'étais pas sûre si elle pensait être assez discrète pour que je ne l'entende pas ou si elle savait que je pouvais l'entendre, mais cela n'avait jamais d'importance. Je savais ce qu'elle pensait de moi, et je savais que ma patronne faisait peu pour me défendre. Même si Debby avait entendu toute l'histoire.

Je devais sortir de ma tête et arrêter de m'inquiéter de ce que ces gens pensaient de moi. J'avais rencontré des personnes formidables depuis mon déménagement à L'anse MacKellar, y compris Valentina. Je n'étais pas sûre de pouvoir dire que nous étions amies, mais nous ne nous détestions pas. Je portais une montagne de culpabilité pour avoir couché avec son mari, bien que je n'aie jamais su qu'il était marié. Je ne l'avais même jamais soupçonné.

Ce qui ne faisait qu'ajouter plus de culpabilité et de honte, mais c'était la vérité.

Une notification attira mon attention sur mon téléphone, m'évitant de continuer la spirale dans laquelle je glissais comme un enfant sur un toboggan. Je secouai la tête, m'attendant à moitié à une notification des réseaux sociaux ou quelque chose d'aussi banal, mais ceci me fit sourire.

BIEN AVEC MES MAINS

J'ai hâte de voir votre sourire en personne.
On maintient toujours notre rendez-vous
pour demain soir ?

Mon cœur a palpité. Bon sang. A vraiment palpité. Cela faisait presque trois mois que nous avions commencé à discuter. Au début, je n'étais pas prête à parler à un autre homme. Être l'autre femme avait été douloureux. Pas seulement découvrir que j'étais sa maîtresse, mais aussi mettre fin à une relation que je croyais prometteuse. J'avais déraciné toute mon existence. J'avais déménagé dans une nouvelle ville. J'avais changé d'emploi, laissé derrière moi des amis et planifié un avenir avec un homme qui n'avait aucune intention d'être avec moi sur le long terme.

Et j'avais dû ravaler toute cette douleur parce que je n'étais pas sa femme. J'étais celle avec qui il avait trompé son épouse. Elle était mariée avec lui depuis des décennies, donc sa douleur et son chagrin avaient priorité sur les miens.

Je ne lui en voulais pas à elle. Je lui en voulais à lui. C'est lui qui nous avait baisées toutes les deux, et qui nous avait toutes les deux trahies. Il était le seul à blâmer pour tout, même si j'assumais la plupart des reproches. Il avait quitté la ville dès mon arrivée. N'avait jamais repris contact. Ne m'avait plus jamais parlé. Il avait divorcé de Valentina et avait fait comme si je n'existais pas.

Non pas que je voulais avoir des contacts avec lui. Pas du tout. L'infidélité était une ligne claire et nette pour moi. Une ligne qu'il m'avait fait franchir. Je le détestais pour ça, presque autant que je me détestais moi-même.

Essayer à nouveau était difficile. Je ne me faisais plus confiance. Je ne faisais plus confiance aux hommes non plus, mais avant Dawson l'infidèle, j'avais confiance en moi. Je pensais avoir de bons instincts concernant les gens. Après, j'ai su que ce n'était pas le cas.

C'est pourquoi j'ai mis si longtemps à accepter de rencontrer Bien avec mes mains. Son pseudo me faisait rire, et l'idée qu'il respectait les femmes me faisait penser que peut-être on pouvait lui faire confiance. Peut-être pas. Peut-être que c'était une ruse. Mais bon sang, je voulais qu'il soit un type bien.

HOMMES CÉLIBATAIRES RECHERCHÉS

J'ai hâte d'être à demain.

J'ai hésité à en dire plus, mais j'ai appuyé sur envoyer et fermé l'application. Apprendre à connaître les détails d'une autre personne se fait avec le temps. Le prévenir que personne en ville ne m'aimait ne ferait que freiner tout ce qui pourrait se développer avant même que ça ne commence.

Il était temps d'avancer. De lâcher prise sur mon erreur et de me pardonner.

Ou du moins d'essayer.

J'ai fini de nettoyer le salon et je suis sortie par la porte de derrière. Une légère neige tombait au sol, s'accumulant en petits monticules de quelques centimètres d'épaisseur. J'étais reconnaissante d'avoir pris ma voiture ce matin-là. Février signifiait généralement beaucoup de neige, mais les derniers jours avaient été étonnamment doux. Je n'habitais qu'à quelques minutes du salon, mais rentrer à pied avec trente centimètres de neige tombée pendant ma journée de travail n'était pas amusant.

Demandez-moi comment je le savais.

J'ai attrapé mon sac à main sur le siège à côté de moi et je me suis dirigée vers l'intérieur, prête à enfiler mon survêtement et à me servir un grand verre de vin. J'ai ouvert d'un coup sec la lourde porte de mon immeuble et j'ai fait un pas à l'intérieur juste au moment où une rafale de vent a attrapé la porte et l'a projetée grande ouverte. Je l'ai saisie, tirant contre le vent pour la fermer, soupirant quand elle a claqué.

— Ça souffle fort dehors ?

J'ai pivoté et découvert ma première amie en ville. Sofia Frank était la responsable de maintenance de l'immeuble où je vivais. Elle était douce et accueillante, et était devenue une bonne amie depuis mon arrivée à L'anse MacKellar.

— Tout d'un coup, on dirait bien.

— Super pour moi, a dit Sofia, échangeant sa place avec moi dans le hall alors qu'elle se dirigeait vers la porte par laquelle je venais de me battre pour entrer. — Je dois aller chercher un flotteur pour les toilettes au 4B, mais tu veux qu'on dîne ensemble ce soir ?

J'adorais Sofia, mais il y avait des jours où j'avais vraiment envie d'être seule. Je n'avais jamais connu quelqu'un d'autre qui comprenait cela comme elle le faisait, ce qui ne faisait que renforcer notre amitié. — Je crois que j'ai besoin d'une soirée en solo. Madeline est arrivée juste au moment où j'allais fermer, elle cherchait Debby.

— Qui était déjà partie puisque c'est jeudi et que Debby part tôt le jeudi.

— Oui, mais Madeline s'en fichait. J'ai proposé de l'aider, mais...

— Elle t'a fait sentir comme une moins que rien, a terminé Sofia pour moi.

J'ai soupiré et hoché la tête. Sofia vivait à L'anse MacKellar depuis assez longtemps pour comprendre les rouages internes de la ville. Elle m'aidait à naviguer dans tout ça, y compris en me mettant en garde contre certaines femmes que je rencontrerais en travaillant au salon.

Quand j'ai signé mon contrat avec Debby pour louer le fauteuil pendant un an, cela incluait une liste de clients de la coiffeuse précédente. Theresa avait pris sa retraite quelques mois avant mon arrivée, et ses anciens clients étaient principalement pris en charge par les trois coiffeuses à temps partiel chez Teased by Debby. Quelques-uns avaient été absorbés dans la liste de clients de Debby et de Chelsea, l'autre coiffeuse à temps plein, mais la plupart étaient casés quand ils pouvaient obtenir des rendez-vous. Quand j'ai commencé, ces clients ont été dirigés vers moi.

Ils n'étaient pas tous ravis de cette option. Sofia m'a aidée à apaiser les tensions avec eux et à m'assurer qu'ils savaient que je n'étais pas en ville pour voler le mari de qui que ce soit. Ou le mari de personne.

— Je suis désolée, Haley. Merde. Je pensais que tout ça serait terminé maintenant.

J'ai secoué la tête. —Ce ne sera jamais terminé pour certaines personnes. Mais je ne peux rien y faire. Je vais simplement savourer un très grand verre de vin et regarder un film qui me fait croire que l'amour existe avant mon rendez-vous demain soir.

—Rendez-vous ? Quoi ? Tu ne m'avais pas dit ça ! Son sourire était aussi grand que le mien.

—J'essaie de ne pas trop espérer, mais on discute depuis un moment. Il a l'air gentil.

—D'accord, alors déjeuner samedi ? Tu pourras tout me raconter sur ton rendez-vous.

J'ai acquiescé. —Ça me va. C'est mon seul samedi de libre ce mois-ci.

—Je suis d'astreinte, mais je suis toujours d'astreinte. Je — Son téléphone a vibré et sonné, attirant son attention. — Attends. Je dois répondre. Elle a touché l'écran pour décrocher. —Sofia à l'appareil.

J'ai entendu la voix frénétique de là où je me tenais. La personne à l'autre bout de la ligne avait clairement besoin d'aide, et immédiatement.

—J'arrive tout de suite, a dit Sofia. —Donnez-moi dix minutes, peut-être moins.

D'autres cris frénétiques ont poussé Sofia à vérifier sa montre et à secouer la tête. —Je comprends. Mais si vous avez coupé l'eau, ça ira. Je ne néglige pas vos besoins, mais je—

Elle a fermé les yeux alors que les cris s'intensifiaient.

J'ai tapé sur l'épaule de Sofia. Elle a levé les yeux vers moi en haussant les sourcils. —Je peux passer prendre ce dont tu as besoin au magasin de bricolage si ça peut aider.

Elle a penché la tête comme si elle pensait que je plaisantais. Elle a éloigné le téléphone de son oreille et appuyé sur le bouton muet avant de demander, —Tu es sûre ?

J'ai hoché la tête. —Envoie-moi juste un texto avec ce dont tu as besoin. Quoi que ce soit, ça a l'air urgent.

Elle a gémi. —Le lave-vaisselle de Mme Watson a fui

partout dans sa cuisine. Et le cycle ne s'est jamais terminé, donc il est encore plein d'eau sale et de vaisselle.

J'ai plissé le nez. —Ça a l'air d'un beau gâchis.

— Oui, c'est ça. Elle leva un doigt et appuya sur son téléphone pour réactiver le son. — J'arrive tout de suite, Madame Watson. Je suis en route.

Quelle que soit la réponse, je ne l'entendis pas, mais Sofia raccrocha.

— Tu es sûre que ça ne te dérange pas ? Le magasin ferme dans dix minutes. J'ai juste besoin du clapet, mais les toilettes de l'appartement 4B fuient depuis une semaine, alors j'ai promis à M. Maxwell que je les réparerais demain matin à première heure.

— Je m'en occupe. Pas de problème. Je laisserai le sac devant ta porte pour que tu l'aies demain matin.

Sofia m'envoya un baiser et se précipita vers les escaliers. — Merci. Je te revaudrai ça. Le déjeuner de samedi est pour moi.

— Tu n'as pas à faire ça.

Elle secoua la tête. — Et tu n'as pas à m'aider, mais tu le fais quand même. Merci, Haley. Vraiment. À samedi. J'espère que ta soirée s'améliorera.

— Merci, Sofia. Toi aussi !

Son rire sans joie la suivit dans les escaliers.

Je n'étais jamais allée chez Al's Hardware auparavant, mais je savais où il se trouvait. J'étais passée devant quelques fois en voiture, mais comme je vivais en appartement et que je n'avais absolument aucune compétence en bricolage, je ne faisais rien qui nécessite, même de loin, un passage dans un magasin de bricolage.

Je me suis garée dans la rue devant le magasin et me suis précipitée vers la porte, arrivant juste au moment où le gars à l'intérieur s'apprêtait à retourner la pancarte d'ouvert à fermé.

— Attendez, s'il vous plaît. Je n'ai besoin que d'une seule chose. Je vous promets que je serai rapide. Je sais exactement où aller.

Le gars haussa un sourcil blond sale et me lança un regard qui disait clairement qu'il ne me croyait absolument pas.

— D'accord, c'est vrai. Je n'ai aucune idée d'où aller. Mais j'ai vraiment besoin d'une seule chose.

— Est-ce que c'est un de ces « j'ai juste besoin d'une chose », mais en réalité c'est un ensemble de choses qui va faire que je resterai ouvert une heure de plus que prévu ?

Le sourire qu'il m'offrit adoucit ses mots, même si ceux-ci étaient prononcés sur un ton taquin. Un ton taquin profond, riche et suave qui faisait frémir toutes mes parties trop long-temps négligées.

Se passer de sexe pendant des mois n'était définitivement pas bon pour moi.

—Je suis ravi de prendre mon temps si tu cherches une excuse pour me garder ici aussi longtemps.

Il rit doucement, sa main se levant pour frotter sa barbe. Le son rugueux vibrait le long de mes nerfs et envoyait davantage de frissons à travers mon corps.

Je n'avais pas été aussi attirée par un homme depuis le jour où j'ai rencontré Dawson. J'avais un faible pour les hommes drôles et gentils avec une touche de sexy en prime. Dawson avait capitalisé sur la gentillesse quand il avait changé mon pneu crevé, puis ajouté du sexy avec ses muscles saillants et en m'invitant à prendre un verre.

Ce type était drôle. Charmant et sexy et tellement tentant.

—Je pense que je serais un idiot de laisser passer une chance de passer plus de temps avec une belle femme. Surtout une qui sait comment se faufiler dans le magasin alors que je m'apprête à fermer pour la nuit. Il recula pour me laisser entrer dans le magasin, la porte se refermant doucement derrière nous.

Je souris, le regardant par-dessous mes cils d'une manière que je savais tentante et sexy. —Je me demande ce que je pourrais te convaincre de faire d'autre.

—Qu'est-ce que tu as exactement en tête ?

Je haussai les épaules. Aucun homme ne m'avait draguée depuis mon arrivée en ville. Certes, les hommes que je connaissais étaient soit des clients, soit mariés à des clientes, soit engagés dans des relations avec les femmes que je commençais à considérer comme mes amies, mais quand même. Cet homme en face de moi était comme de l'eau dans un désert. Il n'était probablement pas réel, mais j'étais prête à utiliser mes dernières forces pour me jeter à ses pieds.

—Une nuit, dis-je, m'efforçant de conserver l'audace que je sentais s'échapper entre mes doigts comme du sable. —Pas de noms. Pas de projets futurs. Juste une nuit.

Il croisa ses bras épais et s'adossa contre le comptoir, m'observant. Son regard parcourut mon corps, s'attardant et sautant avant de revenir rencontrer le mien.

Il arqua un sourcil. —Une nuit ?

J'acquiesçai d'un hochement de tête.

—Pourquoi pas de noms ?

— Nous ne nous connaissons pas. Nous n'évoluons manifestement pas dans les mêmes cercles. Je ne cherche rien de sérieux.

— Pourquoi ne nous connaissons-nous pas ?

J'ai haussé les épaules. — Est-ce que ça importe ?

— Êtes-vous engagée avec quelqu'un ? Mariée ou fiancée ? Son regard s'est posé sur ma main gauche dépourvue d'alliance.

— Non. Je n'ai jamais été ni l'un ni l'autre, et je n'ai pas de petit ami ou de petite amie. Et vous ?

— Pareil.

— Alors ?

Il m'a observée pendant un autre long moment.
— D'autres conditions ?

J'ai réfléchi à sa question, puis j'ai hoché la tête. — Deux. Premièrement, vous me vendez un mécanisme de chasse d'eau, peu importe ce que c'est.

Il a ri doucement. — Je peux faire ça. Et la seconde ?

— Nous allons chez vous. Je serai partie avant le matin.

Il s'est écarté du comptoir et a décroisé les bras. Il m'a tendu une main, attendant que je glisse la mienne contre la sienne avant de dire : — Marché conclu.

2

KNOX

Je l'observais du coin de l'œil pendant que nous parcourions les allées du magasin. Elle me semblait vaguement familière, mais j'étais certain qu'elle n'était jamais entrée chez Al's Hardware auparavant. Elle ne ressemblait pas au genre de femme qui se salirait les mains, et je me serais définitivement souvenu d'elle si elle avait déjà mis les pieds dans mon magasin.

Je me suis arrêté devant les clapets de chasse d'eau, me demandant si elle allait vraiment en acheter un ou pas. De toutes les choses dont on pouvait avoir besoin, celle-ci devait être la moins sexy. Une femme avec une ceinture à outils ? Oh que oui. Une femme qui savait utiliser ces outils ? Carrément. Mais réparer une toilette était la tâche la moins désirable pour la plupart des propriétaires et des agents d'entretien.

— Y a-t-il une différence entre eux ? a-t-elle demandé.

Elle les étudiait vraiment. Elle était donc bien venue pour en acheter un.

— Non. C'est une pièce assez standard. Je prendrais celui-ci simplement parce qu'il est universel, à moins que tu n'aies besoin d'une marque spécifique.

Elle a secoué la tête, sa longue queue de cheval ondulant sur une épaule avec ce mouvement. J'avais hâte d'y enrouler ma main pour découvrir si elle était aussi douce et soyeuse qu'elle en avait l'air. — Je ne pense pas. Celui-ci devrait faire l'affaire.

Il y avait quelque chose qu'elle ne disait pas. Quelque chose qui me faisait penser qu'elle ne faisait pas ses courses pour elle-même. Je jouais probablement avec le feu en demandant, mais je devais savoir... — Tu es sûre que tu es célibataire ?

Elle a pâli, trébuchant avec le clapet et manquant presque de le laisser tomber. Elle l'a serré contre sa poitrine et m'a lancé un regard noir. — Je suis assez sûre que je saurais si j'étais en couple avec quelqu'un.

— Tu ne sembles pas savoir ce que tu achètes. Si tu étais venue chercher ça pour toi-même, tu ne serais probablement pas aussi hésitante.

Elle a secoué la tête. — J'aide une amie. Elle ne pouvait pas venir avant la fermeture, alors j'ai dit que je passerais.

J'ai hoché la tête. Ça avait plus de sens. — Je vois.

— Je ne trompe pas. Le vitriol dans sa voix m'indiquait qu'il y avait plus dans cette histoire qu'elle ne voulait bien l'admettre. Mais elle n'avait mentionné ni noms, ni lendemain, donc je n'avais pas le droit d'insister pour en savoir plus. Tant que je n'allais pas avoir un partenaire jaloux qui viendrait tambouriner à ma porte.

— Bien.

Je lui ai donné un sac pour le flotteur et j'ai refusé son offre de paiement. Elle avait de l'argent liquide, mais ça me semblait gênant d'accepter de l'argent d'une femme juste avant de coucher avec elle.

—J'espère vraiment que le sexe vaut plus que les cinq dollars que ce truc m'aurait coûté.

J'ai pouffé de rire, surpris. —Je pensais justement que ça faisait louche d'accepter un paiement de ta part.

—Et comme je l'ai dit, j'espère que tu vaux mieux que cinq dollars et un flotteur de toilette gratuit.

J'ai contourné le comptoir d'un pas décidé, gardant mon regard fixé sur son visage. J'adorais une femme qui savait tenir sa place dans une conversation, au lit, et dans le monde qui l'entoure. Celle-ci avait déjà prouvé deux de ces trois qualités, et j'étais prêt à lui montrer le chemin de mon lit.

Je ne me suis pas arrêté une fois arrivé de son côté du comptoir. C'était déjà assez difficile de ne pas poser les mains sur elle depuis qu'elle avait forcé l'entrée du magasin. Maintenant que ses affaires étaient terminées, il était temps de passer au plaisir.

J'ai attrapé sa queue de cheval et tiré doucement, ses lèvres s'entrouvrant de surprise juste à temps pour que ma bouche se scelle sur elles. J'ai pressé ma langue à l'intérieur, lui arrachant un gémissement dès le premier glissement de ma langue contre la sienne.

Mais elle ne s'est pas contentée de subir. Certainement pas. Cette femme était une participante active, et elle m'a rendu mon baiser. Sa langue a dansé avec la mienne. Ses mains ont glissé sur mon torse jusqu'à atteindre mon cou. Elle ne s'est pas arrêtée là et a enfoncé ses ongles dans ma barbe.

Putain. Je ne savais pas que ça pouvait être aussi bon.

J'ai gémi et pressé mon corps contre le sien, lui faisant sentir à quel point je la désirais. Elle a répondu avec la même intensité.

Mon côté avide voulait la soulever sur le comptoir et la prendre là, mais je voulais la voir dans mon lit. Même si ce n'était que pour une nuit, j'avais besoin de ce souvenir.

Je me suis écarté d'elle, j'ai ramassé le sac qu'elle avait laissé tomber au sol, et j'ai pris sa main. Elle n'a pas résisté ni posé de questions, se contentant de me suivre rapidement avec ses bottes sexy vers l'arrière du magasin.

J'ai actionné l'interrupteur pour éteindre toutes les lumières de l'entrée, puis déverrouillé la porte entre le magasin et mon appartement. Puis je l'ai reprise dans mes bras.

Elle nous a fait tourner et m'a plaqué contre la porte. J'ai souri narquoisement face à sa force, la façon dont elle imposait son poids et obtenait ce qu'elle voulait.

Et Dieu merci, ce qu'elle voulait, c'était ma queue dans sa main.

—Putain, ai-je sifflé quand elle a enroulé ses doigts autour de moi. Elle n'avait même pas pris la peine de déboutonner mon jean. Pas que je m'en plaigne.

Elle me caressait par petits mouvements impatients, ses gestes restreints. J'ai dézipper mon jean et l'ai baissé jusqu'aux hanches, libérant mon sexe.

J'ai vu des étoiles quand elle a serré et pompé sa main sur toute la longueur de mon érection.

—Épouse-moi, l'ai-je taquinée.

Elle a ri, comme je l'espérais.

J'ai ramené ses lèvres aux miennes et l'ai embrassée comme si je n'avais rien à perdre. Parce que c'était le cas. Notre alchimie était complètement dingue, mais c'était tout. Une nuit. Évacuer la pression. Passer à autre chose.

Pendant qu'on s'embrassait, je l'ai guidée vers ma chambre. Mon appartement était petit, une chambre avec une salle de bain, une cuisine à peine fonctionnelle, et un salon juste assez grand pour un canapé et une télé. Je l'adorais pourtant, parce que j'avais posé mes mains sur chaque centimètre carré pour le faire mien.

Je n'ai pas pris la peine d'allumer quand nous sommes

arrivés dans la chambre, optant pour la douce lueur de la lune montante pour la mettre en valeur. J'ai attrapé sa veste, puis soulevé son t-shirt, touchant sa peau nue pour la première fois. Elle était douce, lisse et chaude. Ses seins généreux débordaient de son soutien-gorge en dentelle verte. Je me suis penché, effaçant les quinze centimètres entre nous, et j'ai léché la courbe supérieure de son sein.

Ses mains se sont enfoncées dans mes cheveux, me maintenant en place tandis qu'elle soulevait sa poitrine et se pressait contre ma bouche. J'ai tiré le bonnet vers le bas et capturé son téton, le mordillant légèrement avant de le lécher.

—Oh, mon Dieu, oui, a-t-elle gémi.

J'adorais les femmes qui n'avaient pas peur de me dire ce qu'elles aimaient, et celle-ci devenait déjà vocale.

J'ai fait glisser les bretelles de son soutien-gorge de ses épaules et libéré ses deux seins, alternant entre eux jusqu'à ce qu'elle halète et se retrouve au bord de l'orgasme. Putain de merde, elle était magnifique.

—S'il te plaît, a-t-elle chuchoté.

Mes mains sont allées à son jean, déboutonnant et dézippant aussi vite que possible. Ses mains ont écarté les miennes, poussant son jean et sa culotte vers le bas tandis que je glissais ma main entre ses cuisses.

Elle était humide, chaude et prête pour moi, ses hanches tressaillant au premier contact de mes doigts. Je ne pouvais pas aller doucement, et je ne pouvais pas lui donner le temps de s'ajuster. J'avais besoin de la sentir jouir autour de mes doigts.

J'ai plongé deux doigts en elle, faisant glisser mon pouce sur son clitoris, et elle s'est abandonnée. Son cri était plein d'exclamations et d'exigences pour en avoir plus. Son antre se resserrait autour de mes doigts tandis qu'elle mouillait ma main et que son corps en réclamait davantage.

Ma queue pulsait, impatiente de participer à l'action, mais je n'étais pas encore prêt à m'arrêter. J'ai enfoncé un troisième doigt en elle et les ai fait aller et venir rapidement. Son jean l'empêchait d'écarter davantage les cuisses, et cette restriction semblait l'amener plus vite au bord de l'extase.

Elle a gémi et s'est accrochée à moi comme si ses os s'étaient transformés en liquide. Je l'ai soutenue d'un bras, en prenant soin de ne pas toucher ses beaux vêtements avec la main qui avait été en elle. Je l'ai conduite jusqu'au lit et j'ai essuyé ma main sur mon jean avant de le laisser tomber à mes pieds. J'ai posé mes mains sur son jean, cherchant son approbation du regard.

—Tu viens de me faire jouir deux fois. Je crois que la pudeur est passée par la fenêtre.

J'ai ri avec elle et lui ai doucement retiré son jean et sa culotte. Je me suis arrêté au niveau de ses bottes, les ai détachées et ai jeté le tout par terre. Quand j'ai relevé les yeux vers elle, elle avait enlevé son soutien-gorge et était magnifiquement nue sur mon lit.

—Bon sang, ai-je murmuré.

Son regard a glissé vers ma queue. —Pareil.

J'ai ri doucement. Je ne me suis jamais considéré comme particulièrement impressionnant, mais je ne l'ai jamais non plus sortie pour me comparer à d'autres hommes. De toute façon, la taille du sexe d'un autre homme ne m'a jamais importé. Tout ce qui comptait, c'était que la femme dans laquelle je m'enfonçais soit satisfaite de ma performance. Jusqu'à présent, je n'avais reçu aucune plainte.

Elle s'est hissée sur le lit pour s'allonger sur les oreillers pendant que je fouillais dans ma table de nuit à la recherche d'un préservatif. J'ai noté mentalement qu'il m'en restait cinq, mais je ne les ai pas sortis. Je ne voulais pas paraître trop présomptueux, bien que je ne sois pas opposé à en utiliser quelques-uns de plus avant qu'elle ne file en vitesse de chez moi et disparaisse dans la nuit.

J'ai rampé sur le lit au-dessus d'elle, m'installant entre ses cuisses écartées. Elle m'a souri, une connexion entre deux inconnus qui partageaient quelque chose de spécial.

Je me suis maintenu immobile d'une main et j'ai poussé en elle. Elle a laissé échapper un gémissement, son corps me résistant tout en essayant de m'attirer à l'intérieur. En avant et en arrière, poussée et traction, nous avons bougé ensemble jusqu'à ce que je m'enfonce complètement en elle et que nos corps se reposent l'un contre l'autre.

—Comment diable est-ce possible que ce soit si bon avant même que tu n'aies vraiment fait quoi que ce soit ? a-t-elle murmuré.

J'ai réprimé mon propre besoin de me laisser aller et j'ai hoché la tête. —Je me demandais la même chose.

—Je ne suis pas sûre de survivre à la nuit si c'est déjà aussi bon.

—Alors je crois qu'on devrait commencer tout de suite pour que j'aie le temps d'appeler une ambulance.

Elle ricana et contracta ses muscles pelviens.

Je gémis, ce resserrement autour de ma queue me faisant voir des étoiles.

—Il semble que je ne sois pas la seule à avoir besoin d'assistance médicale.

—Mort par orgasme. Je suis prêt à prendre le risque.

Elle glissa ses mains sur mon torse et plongea son regard dans le mien. —Moi aussi.

Je me retirai doucement puis poussai lentement en elle. Nous nous regardions, observant l'autre pour détecter les signaux tandis que nous construisions lentement la tension et la passion entre nous. Ses yeux se fermèrent et ses lèvres s'entrouvrirent en un gémissement silencieux, alors je poussai un peu plus fort en elle.

Elle souleva ses cuisses et ramena ses genoux le long de mes hanches, élargissant son entrée pour que je glisse plus profondément en elle. Nous gémîmes tous les deux, et j'accélérai.

La sueur ruisselait le long de ma colonne vertébrale et perlait sur mon front. Des gouttelettes apparurent entre ses seins. Nous nous retenions tous les deux, résistant à l'attraction vers le bord, voulant que le moment dure.

—S'il te plaît, murmura-t-elle. Ce seul mot encore, son drapeau blanc qu'elle agitait, son besoin de lâcher prise.

Je m'enfonçai plus fort, changeant l'angle juste assez pour que son corps se contracte et que sa peau rougisse. Je regardais ses seins bouger au rythme de mes mouvements, et je ne pus m'empêcher de la pilonner, perdant la tête alors que je perdais ma bataille pour rester en contrôle.

Elle cria et gémit, son corps se contractant juste avant qu'elle ne lâche prise. Je jurai en la suivant, quelques secondes plus tard, incapable d'arrêter ce besoin impérieux de jouir avec elle.

Elle tendit les bras vers moi, ses doigts allant une fois de plus vers ma barbe. La douce traction de ses doigts et le frôlement de ses ongles envoyèrent un frisson le long de ma colonne vertébrale qui fit tressaillir ma queue et la rendit dure à nouveau avant même qu'elle n'ait eu le temps de ramollir complètement.

Je m'effondrai sur elle, mes muscles tremblants et mon corps épuisé. Elle enroula ses jambes autour de moi et me serra contre elle, aucun de nous ne parlant pendant quelques minutes tandis que nous luttions pour reprendre notre souffle.

Ma respiration ralentit enfin, et je roulai sur le côté. Je devais me débarrasser du préservatif, mais avant, je voulais la regarder dans les yeux et m'assurer qu'elle allait bien.

Elle ouvrit péniblement ses yeux bruns et sourit. —Salut.

—Salut. Ça va ?

—Mieux que je ne l'ai été depuis des mois.

J'ai souri et fait un signe de tête, puis je suis allé à la salle de bain. J'ai jeté le préservatif et me suis lavé les mains. Elle n'avait pas bougé de sa place sur le lit, mais son regard me suivait.

—La salle de bain est à ta disposition, ainsi que tout ce dont tu as besoin.

—La salle de bain d'abord. Ensuite je pense que j'ai besoin de plus de toi.

Ma queue a tressailli, entendant les éloges et prête à accepter sa récompense.

Elle a souri. —Contente de voir que tu es partant.

—Absolument.

JE VOULAIS en savoir plus sur elle, mais j'ai combattu cette envie. Nous étions d'accord pour une nuit, alors j'ai gardé ma bouche fermée. Peut-être que quelqu'un saurait qui elle était et que je pourrais la croiser quelque part. Cependant, j'avais l'impression qu'elle ne vivait pas à L'anse MacKellar. Si c'était le cas, j'aurais su qui elle était.

Pendant qu'elle était dans la salle de bain, j'ai attrapé des bouteilles d'eau. Nous les avons vidées d'un trait, puis nous sommes passés au second round. Je ne me rappelais pas la dernière fois où j'avais été réticent à laisser une femme quitter mon lit. J'aimais le sexe, mais j'en avais eu marre du sexe sans connexion. Même sans rien savoir de cette femme, je sentais cette connexion.

Après le troisième round, nous étions allongés dans l'obscurité, haletants et nous caressant paresseusement. Elle a chuchoté, —Je suis contente de t'avoir rencontré.

—Moi aussi, lui ai-je dit.

Elle s'est blottie contre moi, son corps chaud contre mon flanc. J'ai passé un bras autour d'elle et j'ai laissé les motifs paresseux qu'elle dessinait sur mon ventre me bercer jusqu'au sommeil.

Mon alarme a retenti, me faisant sursauter à la recherche de mon téléphone. Je l'ai trouvé sur ma table de nuit et j'ai éteint l'alarme, mais je savais déjà qu'elle était partie.

Les draps étaient froids, et il n'y avait aucune trace d'elle à part les trois préservatifs dans la poubelle et la deuxième bouteille d'eau vide sur ma table de nuit.

Elle avait respecté sa part du marché. Je ne pouvais m'empêcher de souhaiter qu'elle ne l'ait pas fait.

J'ai fait les cent pas dans mon appartement, de mauvaise humeur et énervé, en me préparant pour la journée. Quand je suis entré dans le magasin, j'ai trouvé un billet de cinq dollars sur le comptoir avec un mot.

Ça vaut certainement beaucoup plus que ça.

J'ai souri et glissé le billet dans ma poche, puis j'ai déverrouillé la porte d'entrée et commencé ma journée.

3

***

HALEY

Le bail sur ma table d'entrée se moquait de moi. Qui aurait cru qu'une chose inanimée pouvait faire ça ? Mais c'était le cas. Il était là à me fixer, me jugeant et me mettant la pression.

Il ne me restait que trois mois sur mon bail. Encore moins pour décider si je restais ou si je partais.

Mais je n'avais aucune idée de ce que je voulais faire.

J'avais emménagé à L'anse MacKellar avec tant d'espoir et d'enthousiasme. Tout s'est effondré à la seconde où Valentina a ouvert la porte et que j'ai réalisé que mon petit ami n'était pas celui que je croyais. Pas du tout. À ce moment-là, je n'avais pas le choix. J'avais signé un bail d'un an pour mon appartement et un bail d'un an pour la chaise que je louais au salon. Rompre les deux m'aurait coûté plus que ce que j'avais à disposition.

J'avais vérifié. Dans ce bail. Tous les jours, pendant des mois. Au cas où il aurait changé. Même après avoir renoncé à quitter la ville immédiatement, j'ai laissé le bail sur la table, un rappel que ma présence à L'anse MacKellar était temporaire.

23

Mais dans trois mois, je pourrais être libre. Trouver une nouvelle ville qui ne me connaîtrait pas comme une briseuse de ménage. Qui ne me jugerait pas pour quelque chose que je n'ai jamais su.

Partir signifiait tout recommencer à zéro. Pas seulement trouver un nouveau logement et un nouveau travail, mais aussi de nouveaux amis.

Mes yeux se sont embués à cette pensée. Merde. Je m'attendais à rencontrer de nouvelles personnes, mais je ne m'attendais jamais à être accueillie comme je l'ai été. Surtout par la femme de mon ex-petit ami. Son ex-femme maintenant. Valentina n'a jamais laissé personne dire quoi que ce soit sur moi. Elle m'a défendue dès le début. Elle disait que nous étions toutes les deux victimes des mensonges de Dawson.

Je ne pourrais jamais lui rendre sa gentillesse. Elle n'était pas obligée de faire ça. Mais cela m'a montré quel genre de personnes habitaient L'anse MacKellar.

Enfin, certaines d'entre elles. Madeline et quelques autres femmes du salon n'étaient clairement pas d'accord avec Valentina et me tenaient responsable de tout.

C'était en partie pourquoi je n'avais pas pu décider ce que je voulais faire. J'avais deux mois pour soit signer un nouveau bail, soit informer Sofia que je déménageais.

Le bail me le rappelait constamment. Comme un compte à rebours jusqu'à la fin de ma vie à L'anse MacKellar.

J'ai grogné et jeté mes clés sur le bail. J'avais besoin de quelques heures de sommeil supplémentaires et de quelques semaines de plus à l'ignorer avant de pouvoir prendre une décision rationnelle. Ça, et ne plus sentir le sexe avec un magnifique inconnu. Il était assez tentant pour me convaincre de rester, mais c'est le sexe avec un inconnu qui m'avait amenée à cette situation. Je ne pouvais pas le laisser influencer davantage mes choix.

Après quelques heures de sommeil et une très grande

tasse de café, je me sentais à nouveau moi-même. J'ai envisagé de sortir pour manger quelque chose, mais je ne voulais pas risquer de croiser quelqu'un qui ferait éclater ma bulle. J'avais mon premier rendez-vous en personne dans quelques heures. Avec Bien avec mes mains de Book Boyfriends Wanted. J'allais surfer sur mon euphorie post-sexe jusqu'au rendez-vous pour faire connaissance avec un homme qui me faisait rire et me rappelait que j'étais désirable.

J'ai pris une longue douche et me suis frottée de la tête aux pieds. Non pas que mon rendez-vous allait s'approcher de trop près, mais je ne voulais pas arriver en sentant un autre homme. Ni sentir ses mains très talentueuses sur ma peau.

À ma sortie, mon téléphone a sonné avec une nouvelle notification.

BIEN AVEC MES MAINS

Plus que quelques heures avant notre rencontre en personne. J'espère voir ce sourire.

Mes lèvres se sont étirées en lisant ses mots. Il me faisait rire plus que n'importe quel homme que j'avais jamais rencontré. Si je n'avais pas été blessée par Dawson, j'aurais probablement rencontré ce gars il y a longtemps, mais j'avais peur.

Non. J'étais trouillarde. Je craignais qu'il me juge comme les autres l'avaient fait. Qu'il me regarde une fois et s'en aille parce que j'étais responsable de l'infidélité d'un homme envers sa femme.

HOMMES CÉLIBATAIRES RECHERCHÉS

Peut-être que tu l'as déjà vu. Je me demande sans cesse si on se connaît.

BIEN AVEC MES MAINS

La vie dans une petite ville. C'est possible.
Mais je suis content qu'on se soit rencontrés
ici. J'ai l'impression de déjà te connaître.

HOMMES CÉLIBATAIRES RECHERCHÉS

Pareil.

BIEN AVEC MES MAINS

J'espère que c'est une bonne chose.

HOMMES CÉLIBATAIRES RECHERCHÉS

C'est bien.

BIEN AVEC MES MAINS

Parfait. Alors avant que je ne gâche tout, je
vais te dire que je serai dans un box avec
une chemise noire et un jean. J'aurai une
marguerite sur la table pour toi.

HOMMES CÉLIBATAIRES RECHERCHÉS

Les marguerites sont mes fleurs préférées !

BIEN AVEC MES MAINS

Je sais. Tu me l'as dit une fois. À ce soir.

J'ai soupiré en serrant mon téléphone contre ma poitrine. Personne ne m'avait jamais offert de fleurs auparavant. C'était un petit geste, et c'était aussi un moyen pour moi de le trouver, alors j'ai essayé de ne pas trop m'emballer, mais ça m'a convaincue que j'avais fait le bon choix en acceptant de le rencontrer. Je ne pensais vraiment pas que des hommes comme lui existaient.

Deux heures plus tard, j'étais habillée d'un jean et d'un haut orange aguicheur. Mes cheveux étaient bouclés et tombaient en vagues souples sur mes épaules. J'ai attrapé mon sac à main noir pailleté et je me suis dirigée vers l'O'-Kelleys.

Je n'étais pas une habituée du bar local, mais le propriétaire était marié à une de mes amies. Hudson et Anna étaient tous deux mariés avant de se mettre ensemble, et certainement des personnes qui, je le pensais, ne me seraient pas favorables. Anna suivait l'exemple de Valentina et était d'accord avec elle pour dire que lorsque quelqu'un trompe, c'est cette personne qui a rompu une promesse. J'avais l'impression qu'elle parlait d'expérience, bien que ce ne soit pas d'une expérience avec Hudson.

Hudson était l'une des personnes les plus gentilles que j'aie jamais rencontrées. Il était un peu bourru et pas excessivement amical, mais c'était un homme bien. Et savoir qu'il serait là quand je rencontrerais Bien avec mes mains me rassurait parce qu'il surveillerait la situation.

J'ai jeté un coup d'œil dans le bar et j'ai repéré un homme dans un box. Il me tournait le dos, mais je pouvais voir sa manche noire et son jean. L'indice révélateur était la marguerite orange Gerbera posée au bord de la table. Un orange qui s'accordait parfaitement avec le haut que je portais.

Quelles étaient les chances que cela arrive ?

Mon pouls s'accéléra, et mon cœur se mit à battre la chamade. Mes lèvres s'étirèrent en un sourire tandis que je marchais vers lui. Ses avant-bras puissants couverts de poils blond foncé furent la prochaine chose que je remarquai chez lui. J'avais un faible pour les avant-bras. Sa chemise était tendue sur ses biceps. Il saisit un verre rempli d'un liquide transparent et le porta à ses lèvres alors que je contournais le bord du box.

—Oh, merde, soufflai-je, mon sourire s'effaçant de mon visage.

Il leva les yeux vers moi, les yeux écarquillés, et éloigna son verre, en renversant une partie sur lui-même au passage.
—Pas possible.

Je me laissai tomber de l'autre côté du box et regardai

l'homme de l'appartement duquel je m'étais éclipsée ce matin. —Eh bien, au moins on sait qu'il y a de la chimie entre nous.

Il essuya sa chemise mouillée et leva les yeux vers moi. Il soutint mon regard pendant un moment, m'étudiant.

J'essayai de ne pas gigoter. Il n'avait jamais laissé paraître qu'il me connaissait la nuit précédente, mais ça ne voulait pas dire que ce n'était pas le cas. Je résistai à l'envie de lui demander pourquoi il me dévisageait.

Puis il me tendit la main. —Je suis Knox Randall. Également connu sous le nom de Bien avec mes mains. Je suppose que tu es Hommes célibataires recherchés.

J'inspirai d'un souffle tremblant et acquiesçai, glissant ma main dans la sienne. J'étais plus que reconnaissante qu'il utilise son pseudonyme comme introduction et confirme le mien sans rendre les choses bizarres. —C'est bien moi. Également connue sous le nom de Haley Jordan.

Knox garda ma main dans la sienne pendant un moment, aucun de nous ne la retirant, même quand cela aurait dû devenir gênant. Ses lèvres s'étirèrent lentement en un sourire, et il secoua la tête avant de relâcher son emprise sur moi.

Je n'arrivais plus à respirer. Cet homme était vraiment irrésistible quand il souriait.

—Tu es bien la dernière personne que je m'attendais à voir ici ce soir.

Je fis un signe de tête vers la fleur. —Il semble que tu m'attendais quand même un peu.

Il baissa son regard sur ma chemise et rigola. —Les grands esprits se rencontrent ?

Je souris. —Les grands esprits se rencontrent.

Il se pencha en arrière sur son siège. —Pas du tout ce que j'imaginais.

Mon corps s'embrasa de chaleur embarrassée. Mon

sourire s'évanouit. Je croisai les chevilles pour m'empêcher de fuir. —Pardon ?

—Ton sourire, dit-il. C'est'est tellement mieux que ce que j'imaginais. Parce que tu'es assise là.

Mes poumons se dilatèrent. Des larmes me piquaient les yeux. Je mordillai ma lèvre inférieure. Il était tout aussi tentant en personne que durant tous nos échanges. Et sachant combien nous étions bons au lit, lui résister était presque impossible.

—Je dois aborder l'éléphant dans la pièce. Je t'apprécie. J'ai vraiment aimé discuter avec toi ces derniers mois. Je'suis tellement heureux qu'on'soit ici. Et hier soir... Il secoua la tête. Hier soir, c'était incroyable. Mais je sais que ce n'est pas pour ça qu'on'est ici ce soir. Je ne veux pas que tu t'inquiètes, je ne vais pas essayer de te ramener chez moi.

Je n'étais pas sûre si je devais être déçue ou non. J'étais un peu les deux. Pas parce que je pensais que c'était intelligent, mais parce que je savais que c'était bon. Et ça faisait longtemps que je n'avais pas connu quelque chose de bon.

—Tu veux boire quelque chose ? demanda Knox quand je ne dis rien.

—Euh, oui. Hudson fera quelque chose de bon.

Knox fit un geste pour se lever, mais je lui attrapai la main. Il me regarda, les sourcils levés en signe d'interrogation.

—Merci.

Il me sourit et me fit un clin d'œil, puis se dirigea vers le bar pour me chercher un verre auprès de Hudson.

Je pris une profonde inspiration dès qu'il s'éloigna de la banquette. Je mis mes deux mains sur mes lèvres et expirai lentement. Je n'étais toujours pas sûre s'il savait qui j'étais, que j'étais la femme qui avait mis fin à la relation de Valentina', mais il agissait comme s'il ne le savait pas. Est-ce que cela signifiait que je devais le lui dire ?

Probablement.

Merde.

Je ne savais pas s'il connaissait Valentina, mais je connaissais assez McKellar Cove pour savoir que pratiquement tout le monde la connaissait. Et Knox était clairement un local, donc si je ne lui disais pas, quelqu'un d'autre le ferait.

Knox revint une minute plus tard avec une boisson bleue surmontée d'une orange. Il la déposa devant moi et dit : Hudson a pensé que ça te plairait. Je lui ai dit pas trop d'alcool parce que je ne voulais pas que tu sois mal à l'aise et je n'étais pas sûr si tu conduisais.

Je pris une gorgée. C'était délicieux. Et soit il n'y avait pas d'alcool, soit il était expertement mélangé pour être incroyablement dangereux. Les deux étaient très possibles avec Hudson. Je me tournai vers le bar et le trouvai en train de me regarder. Je levai mon verre et hochai la tête pour le remercier. Il me rendit mon hochement de tête, puis retourna à ce qu'il faisait.

— Vous êtes amis tous les deux ?

Je me demandais si son ton sec trahissait de la jalousie ou de la curiosité. — Je connais Anna. J'ai rencontré Hudson quelques fois grâce à elle, mais nous ne sommes pas vraiment proches.

— C'est un type bien.

J'ai hoché la tête. Je n'avais pas vraiment envie de parler des autres toute la soirée. Surtout des personnes mariées. Nos conversations étaient toujours plus profondes. Intimes. À propos de ce que nous attendions de la vie et de ce que nous regrettions dans notre passé. Je ne lui avais jamais confessé mon plus grand regret, car cela lui aurait révélé exactement qui j'étais, mais j'y avais fait allusion.

— Je suis désolé si c'est bizarre. Je suis nul en matière de rendez-vous. C'est pourquoi j'ai trente-huit ans et que je suis toujours célibataire.

J'ai ri doucement. — Je ne suis pas mieux. J'ai trente ans et la dernière relation que j'ai eue était... Merde. J'ai attrapé mon verre et l'ai descendu d'un trait, priant pour qu'il soit plein d'alcool afin de pouvoir rejeter la faute sur lui pour avoir confessé ma honte pas si secrète après seulement cinq minutes.

Il s'est penché en avant et a haussé un sourcil.

Ce ne devrait pas être un regard sexy, mais avec le petit mouvement de ses lèvres et son léger sourire, j'avais envie de tout lui raconter sur moi. Sur le fait que je n'étais pas proche de mes parents et que je me sentais indésirable. Sur la façon dont j'enchaînais les relations juste pour sentir que quelqu'un se souciait vraiment de moi. Sur le fait d'avoir couché pendant neuf mois avec un homme marié sans le savoir parce que j'étais tellement désespérée d'avoir de l'attention que je n'avais jamais vu les signes.

— La dernière relation que tu as eue était quoi ? On n'a jamais parlé de nos ex.

— N'est-ce pas la dernière chose dont on est censé parler lors d'un premier rendez-vous ?

— Probablement, mais pour moi, ça ne ressemble pas à un premier rendez-vous.

— Je croyais qu'on ne comptait pas la nuit dernière.

Il a ri doucement. — Je ne parlais pas de ça. On ne s'est pas vraiment découverts. Je parlais de nos mois de conversations. J'ai l'impression de te connaître. Même si je viens juste d'apprendre ton nom.

J'ai poussé un profond soupir. — Si tu connais Hudson, et que tu es d'ici, ce que je sais être vrai dans les deux cas, alors je sais que tu sais qui je suis. Ce n'est pas grave.

Il a penché la tête sur le côté et a scruté mon visage. Ses yeux se sont plissés, puis il a penché la tête de l'autre côté. Il était doué pour me faire croire qu'il ne connaissait pas mon histoire. — Avant la nuit dernière, je ne me souviens pas t'avoir rencontrée. Je me sens comme un con en disant ça. Je suis désolé de ne pas m'en souvenir.

—Nous ne nous sommes jamais rencontrés, mais tu as probablement entendu parler de moi.

—Es-tu célèbre ? Il ricana. —Allez. Dis-moi. Visiblement, je ne suis pas doué pour deviner.

Je soupirai et me penchai en avant. Il fit de même, nous rapprochant à quelques centimètres l'un de l'autre. Je sentis l'odeur de dentifrice à la menthe dans son haleine et un soupçon d'alcool. Je fermai les yeux pour ne pas voir son expression quand je lui dirais la vérité. —Ma dernière relation a duré neuf mois. J'ai déménagé ici au printemps dernier parce que mon petit ami y vivait. Sauf que je ne savais pas qu'il y vivait avec sa femme et ses deux filles adolescentes.

Il ne dit rien pendant un long moment. Assez longtemps pour que je me demande s'il était parti et si je restais là comme une idiote avec les yeux fermés.

Je les ouvris enfin. Knox était toujours là. Il était toujours penché vers moi.

Il tendit la main à travers la table, paume vers le haut. Je fixai sa main, me demandant pourquoi elle était là. Il agita les doigts, comme s'il voulait que je mette ma main dans la sienne.

Avec hésitation, je le fis.

Il enveloppa mon poignet de sa main et caressa de son pouce mon pouls irrégulier. —Je n'avais pas réalisé que c'était toi. Je suis désolé que tu aies vécu ça.

Je pris une inspiration tremblante. Les mots étaient si simples, mais bon sang, c'était agréable de les entendre. Je rentrai mes lèvres et hochai la tête, déglutissant pour faire passer la boule d'émotion dans ma gorge.

—Tu étais toute seule dans une nouvelle ville, et connaissant certaines personnes ici, tu n'as pas été bien traitée, n'est-ce pas ?

—Parfois, murmurai-je. —Mais Valentina est incroyable. Elle m'a défendue dès le premier jour.

Knox rit doucement et hocha la tête. —Ça lui ressemble bien. C'est une femme assez spectaculaire.

—C'est vrai. Je ne pourrai jamais assez m'excuser auprès d'elle pour ce que j'ai fait.

—Pourquoi lui devrais-tu des excuses ? Tu n'as rien fait de mal. À moins qu'il ne t'ait dit qu'il était marié et que tu aies continué à le voir. Même dans ce cas, ce n'est pas toi qui as juré de lui être fidèle pour le reste de ta vie. Je ne dirais jamais que je suis d'accord avec l'infidélité, mais si j'étais marié, je blâmerais ma femme pour une liaison, pas l'homme avec qui elle m'aurait trompé.

Je ris doucement. —Tu n'es vraiment pas comme la plupart des gens.

—Je vais prendre ça comme un compliment. Il leva son verre avec la main qui ne tenait pas mon poignet. Il s'arrêta avant de le porter à sa bouche. —Attends. C'est pour ça que ton pseudo est Hommes célibataires recherchés, n'est-ce pas ?

J'ai hoché la tête. —Ouais. Je ne veux plus sortir avec des hommes mariés. Tu as dit que tu n'étais pas marié.

Knox secoua la tête. —Pas maintenant, jamais été. Pas de relations sérieuses depuis un moment. Je voyais quelqu'un il y a environ un an, mais nous ne voulions pas les mêmes choses.

—Ce qui veut dire ?

—Ce qui veut dire que je veux une femme et une famille, et elle voulait du sexe.

—Et tu ne pouvais pas avoir les deux ?

Il a ri. —Idéalement, oui, je voudrais les deux. Mais elle n'était pas intéressée par le mariage ou avoir des enfants. Ni maintenant ni dans un avenir proche.

Le mot famille signifiait beaucoup pour moi. Pendant

longtemps, c'était un mot utilisé pour me culpabiliser. Mes parents me disaient qu'on devait faire quelque chose à cause de la famille. C'était un mot sale. Un mot qui punissait.

Ma meilleure amie au collège venait d'une grande famille. Quand je me plaignais des obligations familiales, elle me disait que ce n'était pas comme ça pour elle. Elle adorait passer du temps avec ses cousins et ses frères et sœurs. Ils étaient parmi ses amis les plus proches. Elle aurait fait n'importe quoi pour eux.

Même mes parents n'auraient pas fait n'importe quoi pour moi. Entendre ces mots m'a fait réaliser que quelque chose me manquait pour la première fois de ma vie.

Ça n'a fait qu'empirer en grandissant. Une famille était quelque chose que j'ai toujours voulu. C'était mon Graal. Mais je n'étais pas une chasseuse de trésors, et je n'étais certainement pas assez chanceuse pour tomber sur quelque chose comme ça.

—Puisqu'on enfreint les règles, je vais te demander... Est-ce que tu veux une famille ?

J'ai levé les yeux vers ses yeux bleu-vert. Les petites rides aux coins étaient charmantes. L'espoir dans son regard était honnête et réel. La façon dont il continuait à caresser mon poignet était réconfortante.

C'était notre premier rendez-vous. La première fois que j'étais assise en face d'un homme depuis mon arrivée en ville. J'ai hésité à minimiser ce que je ressentais. À faire une blague ou à esquiver la question.

Mais en le regardant, la seule chose que je pouvais faire était de murmurer la vérité. —Plus que tout au monde.

4

KNOX

*S*es mots murmurés étaient mi-confession, mi-regret. Il y avait plus qu'elle ne disait, mais elle ne me mentait pas.

C'était une inconnue. Une inconnue magnifique, aux courbes séduisantes, mais toujours une inconnue. Nous avions couché ensemble, nous avions parlé pendant des mois, mais il y avait des vérités que nous n'avions jamais partagées. Des vérités importantes. Je n'avais aucune idée qu'elle était la femme qui s'était présentée chez Valentina au printemps dernier. Et elle ne savait pas que je n'étais pas simplement un gars qui travaillait derrière le comptoir de l'unique quincaillerie de la ville.

—Bon, maintenant qu'on en a fini avec les sujets sérieux, comment est ton jeu de billard ? ai-je demandé, espérant voir ce sourire dont j'avais rêvé pendant des mois.

Elle m'a regardé sous ses longs cils, un léger sourire soulevant les coins de ses lèvres.—Billard ?

J'ai fait un signe de tête vers les tables de l'autre côté du bar.—Une partie amicale ?

Elle a haussé un sourcil sombre tandis qu'un sourire

narquois illuminait son regard.—Amicale ? Ça veut dire que tu ne seras pas contrarié quand je t'écraserai ?

J'ai ri et me suis adossé, un peu surpris par sa déclaration et plus qu'heureux qu'elle ne soit pas prête à céder si facilement.—Je n'ai pas promis ça. J'espère que tu ne bouderas pas quand je te détruirai.

—Je relève le défi. Elle a haussé les sourcils d'un air provocateur et plissé les yeux. Quand je suis sorti du box, elle a pris la main que je lui tendais et m'a laissé l'aider à se lever. Non qu'elle ait besoin d'aide, mais c'était bon de sentir cette étincelle qui existait entre nous la veille.

La Haley d'un soir n'était peut-être pas intéressée par quelque chose de durable, mais la Haley de Book Boyfriends Wanted Hommes célibataires recherchés l'était.

Nous avons pris nos verres, et elle a ramassé la fleur dont la couleur était si proche de celle de son chemisier que j'étais sidéré, puis nous nous sommes dirigés vers les tables. Personne ne nous prêtait attention, ce qui me rendait heureux. Non que j'aie honte d'être là avec elle, mais je voulais la garder pour moi pendant un moment.

Une table était libre au fond, et nous l'avons revendiquée comme nôtre, posant sa fleur sur le rebord et nos verres sur une table haute à proximité. J'ai placé les boules dans le triangle pendant qu'elle choisissait une queue de billard sur le râtelier mural.

J'ai retiré le triangle et lui ai fait signe de casser. Elle a souri, et bon sang, ce regard est allé droit à ma queue. La confiance illuminait ses yeux et la détermination focalisait son attention. Elle a aligné la bille blanche et stabilisé sa queue avant de prendre son premier tir.

Le craquement de la bille blanche heurtant les boules rangées était fort et efficace. Pleines et rayées ont volé à travers la table, une de chaque tombant dans une poche avant que son sourire triomphant ne soulève ses lèvres.

— Eh bien, merde. Je suis peut-être foutu, ai-je dit.

Elle a ri, se positionnant pour son prochain tir. Elle s'est placée derrière la boule pleine bleue numéro deux, la frappant doucement avant qu'elle ne roule dans la poche.

— Je suis les pleines. Son sourire était enivrant. Exactement comme je le savais, mais tellement plus intense.

J'ai toujours craqué pour une femme qui connaît ses capacités. Haley avait traversé l'enfer ces derniers mois, mais elle était toujours là, m'écrasant alors qu'elle enchaînait un tir après l'autre.

Elle se déplaçait autour de la table comme si elle en était la propriétaire, ignorant tout le reste dans cet espace bruyant. Elle était concentrée, et elle était talentueuse.

Elle a finalement raté un tir, et j'ai eu mon tour pour lui montrer ce que je savais faire. J'ai réussi trois tirs, pendant lesquels elle a hoché la tête avec appréciation et s'est écartée de mon chemin, anticipant où j'allais jouer. J'ai raté le quatrième tir d'affilée, et elle m'a fait un clin d'œil, me faisant comprendre avant même qu'elle ne s'avance qu'elle allait gagner avant que j'aie une autre chance.

Et c'est ce qu'elle a fait. Avec grâce. Sans se vanter ni célébrer.

— Bonne partie, a-t-elle dit, en me tendant la main pour la serrer.

— Excellente partie. Où as-tu appris à jouer ?

Elle a haussé les épaules. — À l'école de cosmétologie, principalement.

— Vraiment ? Nous avons tous les deux récupéré les boules des poches et les avons fait rouler sur la table pour les installer pour une autre partie.

— Il y avait une table dans le sous-sol de la salle communautaire où j'allais à l'église.

— Ton église avait une table de billard ?

Elle hocha la tête. —L'école de cosmétologie était près

d'une université locale, alors ils avaient un endroit sûr où les étudiants pouvaient traîner. Parmi les choses qu'on avait, il y avait une table de billard. Il y avait aussi des fléchettes, du ping-pong et du babyfoot, mais je n'ai jamais été très douée pour aucun de ceux-là. Le billard, c'était mon jeu."

—Ça semble être un endroit sympa pour passer du temps. Où as-tu fait tes études ?"

—Dans l'Indiana. Pas loin de Chicago."

—D'où viens-tu ?"

—Kansas City."

—Comment diable as-tu atterri ici ?"

Elle leva les yeux vers moi avec une question dans son regard. Demandé et répondu.

—Je veux dire, dans cette partie du pays. Tu as grandi à Kansas City, tu as étudié près de Chicago. C'est là que tu vivais avant de venir ici ?"

Elle secoua la tête et évita mon regard pendant un instant. Elle se concentra sur la table et fit un signe de tête interrogateur pour casser à nouveau.

C'était amusant de la regarder jouer, alors je lui fis signe de continuer.

Elle se pencha, le devant de sa chemise tombant légèrement et me donnant une vue sur son soutien-gorge couleur tan qui couvrait sa poitrine. Ses seins se balançaient avec ses mouvements, et bordel, je trouvais de plus en plus difficile de lui résister. Encore.

Je n'avais aucune intention de coucher avec elle lors de notre premier rendez-vous. Je n'allais pas rompre la promesse que je m'étais faite. Mais ce n'était pas facile quand je savais à quel point ce serait bon.

Elle était aussi douée au lit qu'elle l'était pour dominer une table de billard. Ce qu'elle était en train de faire à nouveau.

Je ricanai quand elle empocha une autre bille avec un coup spécial que peu de gens auraient pu réussir. —Wow.

Elle leva les yeux vers moi avec un regard ravi alors qu'elle se penchait sur la table et alignait son prochain coup.

Je reculai d'un pas, faisant tout mon possible pour ne pas la distraire. J'en avais envie, mais nous avions convenu que ce serait une partie amicale, et je n'allais pas jouer salement. Ce n'était pas mon style.

Elle annonça son tir et envoya la huit dans la poche latérale, gagnant avant même que je n'aie pu prendre un seul tir.

—Je crois que je devrais trouver quelque chose où tu es moins dominante, pour qu'on puisse vraiment jouer ensemble.

—On joue ensemble, là. Elle m'adressa un sourire narquois.

J'ai ri. —Si par jouer ensemble tu veux dire que je m'appuie contre le mur pendant que tu vides la table, alors d'accord.

Elle a ri, mais ses joues ont rougi comme si elle était gênée. —Tu peux casser cette fois-ci.

J'ai secoué la tête. —Ce n'est pas comme ça qu'on joue. Le gagnant casse. Et je saurai si tu rates un coup exprès.

—Mais tu viens de dire—

—Je te taquinais, Haley. C'est amusant de te regarder jouer.

Le sourire a quitté son visage, remplacé par une tension qui n'avait pas été présente de toute la soirée.

Je me suis rapproché d'elle, sans la toucher, mais assez près pour que notre conversation soit plus privée que publique. —Je ne voulais rien insinuer par là. Tu as du talent, et tu t'amuses. On a tous besoin de s'amuser dans la vie.

—C'est bon. Je comprends. Elle s'est éloignée de moi et s'est mise en position. Elle a raté son coup, touchant à peine la bille visée. La bille blanche a roulé sur le côté et a heurté la bande, s'arrêtant à quelques centimètres. Rien n'est rentré.

J'ai appuyé ma queue contre la bande latérale et j'ai marché vers Haley. Elle était toujours derrière la ligne de tête, ne me regardant pas. Son regard était uniquement fixé sur la table.

—Je m'excuse pour ce que j'ai dit, ai-je chuchoté, sans la toucher mais en m'approchant. —Je passe vraiment une excellente soirée, et je ne veux pas la gâcher en disant quelque chose de stupide. Je suis vraiment désolé.

Elle a forcé un sourire et m'a regardé juste assez longtemps pour que je voie la méfiance dans son regard. —Ce n'est rien. Tu ne pouvais pas savoir que Dawson me disait exactement ça.

—Te disait quoi ?

—C'est amusant de te regarder.

—Me regarder faire quoi ? ai-je demandé, bien que je sois sûr de connaître la réponse.

Elle haussa les épaules. —N'importe quoi. Tout. Il venait me chercher au salon et me regardait couper les cheveux. Il me fixait pendant le dîner. En regardant des films, n'importe quoi. Je le surprenais souvent à me fixer. À l'époque, je trouvais ça mignon. Je me disais que c'était parce qu'il tombait amoureux de moi. Mais tout était un mensonge avec lui.

—Merde. Je suis désolé, Haley. Je... je ne sais pas quoi dire.

Elle sourit et haussa à nouveau les épaules, essayant de faire fi de ses émotions. —C'est bon. C'est mon problème. Je veux juste...

—Tu l'aimes encore ?

—Comment sais-tu que je l'aimais ?

C'était à mon tour de hausser les épaules. —Peu de gens déménageraient pour quelqu'un qu'ils n'aiment qu'un peu.

Elle inspira profondément et expira lentement. Elle prit la craie et la frotta sur le bout de sa queue de billard. Pour gagner du temps. —Je ne suis pas sûre de savoir ce que l'amour fait vraiment ressentir. Oui, je pensais l'aimer. Je pensais qu'il m'aimait aussi. Mais il jouait avec moi.

—Malheureusement, ça ne veut pas dire que tes sentiments étaient faux. On peut être amoureux de quelqu'un qui ne ressent pas la même chose. Demande à Brantley.

—Celui qui est avec Valentina ?

J'ai hoché la tête. —Il est amoureux d'elle depuis toujours. Depuis le lycée. Même quand elle sortait avec Dawson, l'a épousé et a eu deux enfants avec lui, Brantley l'aimait encore. Il n'a jamais pensé avoir sa chance avec elle, et il n'a jamais souhaité qu'elle divorce, mais il l'aimait quand même.

—Wow. C'est... Je n'ai jamais eu quelqu'un qui ressentait ça pour moi.

—En dehors de la famille, bien sûr. Mais ouais, moi non plus.

Elle força un autre sourire. Un qui ne semblait pas sincère. —Tu as dit que tu n'avais jamais été marié.

J'ai secoué la tête et lui ai donné la porte de sortie dont elle avait clairement besoin. —Non. Jamais même proche. J'ai eu quelques relations sérieuses, mais aucune qui ne m'ait jamais fait ressentir ce que vivent Brantley et Valentina, ou n'importe qui d'autre que je connais."

—C'est un peu nul, non ?

J'ai acquiescé. —Ouais, mais je ne suis pas encore prêt à abandonner. Et toi ?

Elle m'a regardé. Ses yeux bruns scintillaient du reflet des néons autour de nous. Elle paraissait vulnérable et magnifique.

Je brûlais de savoir ce qu'elle pensait, mais je n'ai pas insisté pour quoi que ce soit. Ni pour des réponses, ni pour plus. L'anse MacKellar l'avait déchirée, mais elle n'avait pas fui. Elle ne s'était pas cachée. Elle était là, au bar des locaux, en rendez-vous avec moi.

Elle était tellement plus forte qu'elle ne le pensait.

—Non, je ne suis pas prête à abandonner non plus, a-t-elle finalement chuchoté.

J'ai souri. —Bien. Alors je vais enfin te battre au billard, puis on va manger quelque chose, et ensuite je vais te dire bonne nuit à regret en essayant de faire croire que je suis un type bien.

Elle a laissé échapper un rire. —Tu es un type bien, Knox.

J'ai pris sa main et l'ai portée à mes lèvres, déposant un doux baiser sur le dos. Je lui ai fait un clin d'œil et dit, —J'essaie de l'être. Mais c'est difficile de garder mes mains pour moi quand je sais à quel point tu es agréable au toucher.

Ses pupilles se sont dilatées avec sa brusque inspiration.

J'ai lâché sa main et préparé mon tir, me concentrant sur le jeu avant de revenir sur ma promesse et de la traîner hors du bar.

ME RÉVEILLER seul dans mon lit n'était pas une nouveauté. C'était ma normalité. Je l'avais fait toute ma vie. Mais ça craignait quand même.

Surtout après mon rendez-vous avec Haley.

Nous avons discuté, ri et partagé un dîner après qu'elle m'ait battu une troisième fois. Malgré toutes mes vantardises, dès que j'ai manqué un tir, elle est intervenue et a raflé toutes les billes. Encore une fois.

Quand le rendez-vous s'est terminé, je l'ai raccompagnée à sa voiture et l'ai embrassée sur la joue. J'avais envie de l'embrasser, de la faire mienne, mais je l'appréciais. La femme que je voulais inviter à sortir n'était pas celle que je voulais prendre sauvagement l'autre soir dans mon magasin. L'une relevait du désir, l'autre de la complicité. Découvrir qu'elles étaient la même personne me faisait osciller entre désir et retenue. Mais bon sang, j'avais envie d'envoyer tout ça aux orties.

Les samedis étaient toujours chargés au magasin, alors je me suis traîné hors de mon lit solitaire et sous la douche. Je me suis habillé rapidement, me faisant une note mentale pour tailler ma barbe plus tard, puis je me suis préparé un café rapide en espérant avoir le temps de manger avant que quelqu'un n'entre dans le magasin.

Presque aussitôt après avoir déverrouillé la porte d'entrée, quelqu'un est entré. Pendant l'heure suivante, ça n'a pas désempli avec les guerriers du week-end qui commençaient leur journée. J'étais toujours surpris de voir les gens se lever si tôt le week-end, mais ils venaient chez moi et achetaient des choses, alors je n'allais pas me plaindre. Pas trop.

J'ai trouvé une minute pour manger une barre de céréales et finir ma tasse de café froid quand le magasin s'est calmé. Comme l'affluence matinale diminuait, je me suis préparé mentalement à l'arrivée des habitués qui ne tarderaient pas à se montrer.

Le premier à entrer fut Tony. Il cherchait toujours quelque chose pour organiser son garage. Rien n'était jamais tout à fait adapté, et la moitié du temps, il repartait sans rien acheter. Mais ce n'était pas pour ça qu'il venait.

Le deuxième à franchir la porte était Dick. Il était maçon autrefois, mais il avait pris sa retraite dix ans plus tôt quand son dos avait commencé à lui poser problème. Il préférait être entouré de gens qui aimaient mettre les mains dans le cambouis, alors il traînait par ici.

Et enfin, il y avait Wayne. C'était le chef de la bande. Celui qui lançait la conversation. Et les moqueries. Autant j'appréciais Wayne, autant mon estomac se nouait chaque fois qu'il entrait. Surtout quand il arrivait avec cette expression qui disait qu'il avait un potin juteux à partager.

— Bonjour, messieurs, dit Wayne. Il s'installa tranquillement sur le tabouret de l'autre côté du comptoir.

— Bonjour, dirent Tony et Dick à l'unisson.

Tous les trois auraient pu être frères, mais ils ne l'étaient pas. Leur peau tannée, bronzée et ridée témoignait d'années de travail en extérieur. Tous avaient les yeux marron et, autrefois, les cheveux bruns. Tony était le plus jeune, approchant des soixante-dix ans, et complètement chauve. Dick était le plus âgé, proche des soixante-quinze ans, avec plus de cheveux que les deux autres. Wayne se situait entre eux deux, tant en âge qu'en perte de cheveux, mais en tant que plus bruyant, c'était lui qui dirigeait.

— J'ai entendu dire que Geneviève et Teddy attendent un autre bébé, déclara Wayne avec toute l'assurance d'un homme qui détenait une information exclusive.

Sauf que cette nouvelle était sortie il y a un mois. Pas que j'allais le dire à Wayne.

— Ah bon ? demanda Tony. — Où avez-vous entendu ça ?

— Je les ai vus l'autre jour. Wayne aimait être celui qui partageait les nouvelles de la ville. La moitié du temps, ces informations étaient fausses, et l'autre moitié, tout le monde était déjà au courant.

Quand Valentina et Dawson ont rompu, Wayne a raconté qu'elle avait jeté toutes ses affaires dans la rue pendant son absence. Je lui ai dit que ce n'était pas ce que j'avais entendu, et il m'est tombé dessus. J'ai appris à ne pas le corriger quand il a tort.

— Tant mieux pour eux, dit Dick. — Les jeunes devraient faire des enfants. Ça fait vivre la ville.

— Contrairement à celui-ci, dit Wayne, en pointant son pouce vers moi. — Quand est-ce que vous allez trouver une jolie femme et la mettre enceinte, Knox ?

J'ai secoué la tête et ignoré la question. Ça ne les regardait pas, mais ça me piquait quand même un peu. Tous les trois étaient mariés avec des enfants scolarisés quand ils avaient mon âge. À trente-huit ans, j'étais encore assez jeune pour avoir des enfants, mais ils étaient heureux de me rappeler que ce n'était pas comme ça qu'ils avaient fait.

— Laissez le garçon tranquille, dit Tony.

Wayne ricana. — Knox sait que je plaisante. N'est-ce pas ?

— Ouais, dis-je, sachant que c'était la seule réponse que j'avais le droit de donner.

Tony, Dick et Wayne étaient des clients depuis toujours. Peu importe à quel point ils m'embêtaient, ils faisaient partie du magasin autant que moi. Chaque samedi matin et mercredi soir, ils entraient nonchalamment et tenaient salon, partageant des commérages et offrant des conseils aux clients. Je devais prendre sur moi et faire avec, présentant généralement des excuses chuchotées aux clients agacés. Ces trois hommes étaient amis avec mon père, et ils courraient immédiatement le voir si je disais quoi que ce soit de travers à l'un d'entre eux.

Alors, je gardais ma bouche fermée et j'encaissais tout ce qu'ils me servaient, en priant pour que les clients continuent de revenir.

— Knox a appris qu'on a toujours raison quand il a essayé de changer les choses après avoir repris le magasin. Il a failli le perdre complètement. Il pensait pouvoir appuyer sur un bouton et arrêter de fournir à la ville les choses dont nous avons tous besoin. Mais il est revenu à la raison. Il a fini par nous écouter. Et il a été assez malin pour continuer depuis. Wayne ricana et frappa du poing sur le comptoir comme s'il venait de raconter la meilleure blague de tous les temps.

Je me suis contenté de forcer un sourire attendu et de le laisser savourer sa victoire. Parce que même si je détestais ça, il n'avait pas tort. J'avais effectivement essayé de changer les choses. J'avais presque perdu le magasin que mon père avait bâti de ses mains. Et j'avais tout remis en place, exactement comme c'était avant.

Ce n'était pas parce que je détestais le rappel bihebdomadaire de mon erreur que je pouvais m'y opposer. Il avait raison, et j'avais tort. Et si je voulais garder le magasin ouvert, je devais mettre de côté mes rêves et mes ambitions pour continuer à stocker les articles que les habitants de L'anse MacKellar achetaient régulièrement.

Comme les clapets de chasse d'eau.

HALEY

— Tu t'es levée à quelle heure pour laisser le flotteur de toilette sur ma porte l'autre soir ? demanda Sofia en ajoutant du guacamole à son taco mou au poulet grillé.

Notre amitié s'était construite autour de notre amour pour les tacos, et chaque fois que nous sortions manger, nous finissions toujours chez Just Tacos. La nourriture était délicieuse, et personne ne me regardait jamais de travers.

— Qu'est-ce que tu veux dire ? demandai-je.

— Je suis restée éveillée tard en espérant te voir revenir. Je me sentais mal de t'avoir envoyée faire cette course, surtout quand tu n'étais pas revenue avant que j'aie fini avec le lave-vaisselle de Mme Watson. Je me suis endormie sur le canapé en regardant un film, mais la pièce n'était toujours pas sur ma porte. Je pensais aller chez Al's Hardware tôt le lendemain matin, mais quand je suis sortie, le sac était là.

— Oh, euh, je, euh... Merde. Je n'avais jamais pensé qu'elle le remarquerait, alors je n'avais pas préparé d'excuse.

Sofia leva les yeux vers moi avec une question dans le

regard. — Wow. Qu'est-ce qui se passe ? Pourquoi tes joues sont-elles toutes rouges ?

Je regardai alternativement Sofia et mon taco, et choisis le moindre des deux maux. Le taco. J'en pris une grosse bouchée, essayant de ne pas rire quand elle me lança un regard qui disait qu'elle savait exactement ce que je faisais.

Gagner du temps.

Sofia posa son taco sur son assiette et me regarda mâcher. Lentement. Si j'étais assez lente, je pourrais trouver une explication qui n'impliquait pas de lui dire que j'avais couché avec le gars qui m'avait vendu la pièce et que j'étais ensuite sortie avec lui le lendemain soir.

Bien que je ne sois pas certaine qu'il existe une explication que je puisse donner sans avouer toute l'histoire.

Et en plus de cela, Sofia ne m'avait jamais jugée. Je ne savais pas pourquoi j'avais tant de mal à lui raconter toute l'histoire maintenant. Elle s'en ficherait.

J'ai finalement terminé de mâcher ma bouchée massive et pris une gorgée d'eau. Sofia continua à me regarder, les mains patiemment croisées devant elle. Quand je reposai mon verre, elle haussa un sourcil blond et soupira.

— Je suis désolée.

— Euh, quoi ?

Elle secoua la tête. —Knox est généralement si gentil. Je n'aurais jamais pensé qu'il dirait quoi que ce soit sur ta présence si près de la fermeture. Je n'aurais jamais dû t'envoyer. Je lui parlerai la prochaine fois que j'irai là-bas. Je n'arrive pas à croire qu'il ait été autre chose que serviable avec toi."

Je la regardai bouche bée, me demandant à moitié si je devais accepter l'excuse qu'elle me donnait ou si je devais lui dire la vérité. Mais je ne pouvais pas faire ça à Knox, ni à Sofia. Aucun des deux ne méritait qu'on leur mente, et moi, plus que quiconque, je croyais en la vérité.

—J'ai couché avec Knox quand je suis allée chercher la pièce. Et c'était vraiment, vraiment bon, et j'ai eu l'impression... Je ne sais pas. Mais ensuite, il était mon cavalier hier soir, et on s'est amusés et il est vraiment adorable, et il est drôle, et il est tellement beau, et je—

—Whoa, attends, quoi ?" dit Sofia, chaque mot augmentant en volume et en choc. —Tu as couché avec... Elle s'interrompit et jeta un coup d'œil autour d'elle, baissant la voix avant de siffler, —Knox ?

J'enfouis mon visage dans mes mains et acquiesçai. —Oui. Quand je me suis précipitée là-bas, il était sur le point de fermer, et j'ai parlé pour le convaincre de me laisser entrer, et il était drôle et on a flirté, et oh mon Dieu. Tu as un truc pour lui ? Il a dit qu'il était célibataire, mais je n'y ai même pas pensé, mais la façon dont tu parles de lui—

—Non, déclara Sofia. —Non. Je n'ai aucun intérêt pour Knox. Nous n'avons jamais été plus que des amis. Je te le promets. Je suis juste... surprise. Il est gentil, mais je n'ai jamais vu de côté flirteur chez lui.

—Vraiment ?

Sofia hocha la tête et prit son taco. Elle mordit dedans d'un air pensif et mâcha lentement, comme si ce délice gluant et fromager allait lui apporter de la clarté.

—Knox est gentil, et beaucoup de gens ne disent que du bien de lui.

—Beaucoup de gens ? demandai-je, sentant qu'il y avait une histoire derrière.

Sofia haussa les épaules. —Ceux qui disent autre chose ne font que remuer de vieilles blessures, d'après ce que je peux voir. Personne n'a jamais dit qu'il n'était pas un homme formidable.

Je déchirai le bord de ma serviette et roulai le papier entre mes doigts. Une habitude nerveuse pour garder mes mains occupées. Et pour distraire mon esprit.

Je ne voulais pas découvrir que Knox avait un sombre secret. Mais je ne voulais pas non plus apprendre qui il était par un tiers. Certes, il aurait été agréable d'apprendre que Dawson était marié avant que je ne déracine toute mon existence, mais cela ne signifiait pas que je voulais tout savoir sur Knox avant même notre deuxième rendez-vous.

— À ma connaissance, Knox est célibataire. Il est bon ami avec Brantley, alors tu peux demander à Valentina lors du club de lecture demain. Sebastian et Ian semblent aussi être amis avec lui. Je ne peux pas penser à une relation sérieuse dont j'aurais entendu parler le concernant, surtout récemment. Mais tu sais que je reste souvent dans mon coin.

Je déchirai la serviette en morceaux de plus en plus petits. Je me mordillai la lèvre. Je voulais lui en demander plus, mais je ne l'ai pas fait.

— Si tu veux que je me renseigne, je le ferai. Mais je pense que Knox est un homme bien.

— Coucher avec lui était un caprice. J'avais prévu ce rendez-vous, j'étais anxieuse et je craignais d'arriver à O'Kelley's et que le type que je devais rencontrer me reconnaisse et s'en aille en riant. Knox m'a fait me sentir désirable. Il m'a fait me sentir bien. Et nous étions d'accord que c'était pour une nuit. Je ne connaissais même pas son nom avant notre rendez-vous.

— Tu ne connaissais pas son nom ?

Je secouai la tête. — Je voulais que ce soit anonyme. J'ai l'impression que tout le monde sait qui je suis, et je ne l'ai pas reconnu, mais j'ai reconnu ce regard dans ses yeux. Un regard qui disait qu'il était attiré par moi. J'avais besoin de me sentir bien. J'avais juste besoin d'une victoire.

— Et il n'y a rien de mal à ça, défendit Sofia. — Je ne voulais pas te faire sentir que je pensais que tu n'aurais pas dû coucher avec lui.

— Tu ne l'as pas fait. J'ai juste l'impression que tout ce que je fais est mauvais ces temps-ci. Après Dawson... je ne me fais plus confiance.

— Eh bien, il faut que tu recommences. Dawson était le coupable. Il t'a menti.

— Je ne lui ai jamais demandé s'il était marié.

— Parce que tu ne devrais pas avoir à le faire ! C'était à lui de dire non quand vous vous êtes rencontrés et de te dire qu'il était marié. Tu n'as pas commencé en supposant qu'il l'était et en l'ignorant.

— Et si c'était le cas ?

— C'était le cas ? demanda Sofia, d'une voix basse et sérieuse.

— Non. Enfin, je ne pense pas. Je n'ai jamais soupçonné qu'il l'était, mais n'aurais-je pas dû remarquer les signes ? N'aurais-je pas dû le savoir ?

Sofia posa sa main sur mon bras et attendit que je lève les yeux vers elle pour parler. —Tu n'as rien fait de mal. Tu as rencontré un homme, il a flirté avec toi et tu as flirté en retour, et vous avez commencé une relation. Il avait une excuse pour chaque question.

—Je sais, mais—

—Non. Ne te fais pas ça. Quand on s'est rencontrées, tu étais si enthousiaste d'être ici. Tu m'as même dit qu'il voyageait beaucoup pour son travail. Tu as dit que tu voulais être près de sa base pour pouvoir passer plus de temps ensemble. Si tu avais ne serait-ce que soupçonné qu'il était marié, tu ne serais jamais venue t'installer ici.

Je soupirai. —Tu as raison, mais—

—Haley, tu peux tourner en rond et te demander si tu as manqué les signes. La vérité, c'est que tu ne cherchais pas de signes. Il n'a jamais porté d'alliance, il n'a jamais parlé de sa femme ou de ses enfants, il ne t'a jamais donné de raison de croire qu'il te mentait sur quoi que ce soit. Tu dois arrêter de te blâmer.

J'écoutai ses paroles et essayai de les laisser pénétrer. —
D'accord.

Elle haussa un sourcil. —D'accord ? Genre, tu vas vraiment faire ce que j'ai dit ?

—Je vais essayer.

—Wow. OK, super. Sofia prit une autre bouchée de son
taco, puis le reposa et sourit d'un air malicieux. —Alors,
maintenant que nous avons réglé ça, c'était comment exactement ce sexe vraiment, vraiment bon avec Knox ?

—Sofia !

—Quoi ? Je n'en ai pas, donc je dois tout entendre de mes
amies. Raconte.

J'essayai de ne pas sourire, mais juste d'y penser me faisait
rayonner de joie. —Tu n'as aucune idée de ce qu'est un sexe
vraiment, vraiment bon.

Sofia pouffa. —Tu as raison. Je ne sais pas. Peut-être un
jour.

—Je l'aime vraiment bien, Sof. Plus que je ne m'y
attendais.

Elle sourit. —Ce n'est pas une mauvaise chose. Maintenant, raconte-moi tout, et n'oublie aucun détail sur le sexe ou
le rendez-vous.

J'ai ri, puis j'ai fait exactement ce qu'elle m'avait demandé.
C'était agréable de pouvoir partager quelque chose de positif
avec elle pour une fois.

J'ÉTAIS en train de me préparer pour le travail lundi matin
quand j'ai reçu une notification de Book Boyfriends Wanted.
Je l'ai ignorée, ne voulant pas être distraite alors que j'étais
déjà un peu en retard, mais la curiosité a pris le dessus et j'ai
saisi mon téléphone tout en dirigeant le sèche-cheveux vers
ma tête.

BIEN AVEC MES MAINS

As-tu pu faire réparer tes toilettes ?

J'ai posé le sèche-cheveux et j'ai fixé mon téléphone. Wow. J'avais vraiment mal interprété ses signaux si c'était la première chose qu'il me demandait après une aventure d'un soir et un très bon rendez-vous.

Mes doigts ont plané au-dessus du clavier tandis que je réfléchissais à la façon de répondre. Avant que je ne tape quoi que ce soit, un autre message est arrivé.

BIEN AVEC MES MAINS

Ignore-moi s'il te plaît. C'était l'exemple numéro 437 expliquant pourquoi je suis toujours célibataire.

J'ai ri intérieurement. C'était réconfortant de savoir qu'il était maladroit, puisque c'était comme ça que je me sentais.

HOMMES CÉLIBATAIRES RECHERCHÉS

J'espère juste que ça signifie que tu cherchais un moyen de me contacter sans savoir quoi dire.

BIEN AVEC MES MAINS

Oui, c'était le cas. Mentionner tes toilettes était une très mauvaise idée qui semblait bonne jusqu'à ce que j'appuie sur envoyer et que je le voie écrit.

HOMMES CÉLIBATAIRES RECHERCHÉS

Je comprends. Si ça peut te rassurer, ce n'était pas pour mes toilettes.

BIEN AVEC MES MAINS

Ah. Donc c'était juste une excuse pour entrer dans le magasin ?

HOMMES CÉLIBATAIRES RECHERCHÉS

Non. J'aidais une amie. Sofia m'a dit qu'elle te connaît.

BIEN AVEC MES MAINS

Euh, oui. Je ne savais pas que vous étiez amies.

HOMMES CÉLIBATAIRES RECHERCHÉS

J'habite dans son immeuble. Elle est géniale.

BIEN AVEC MES MAINS

C'est vrai.

Mais je n'ai pas de vues sur elle. Je ne voulais pas avoir l'air d'en avoir. Je suis vraiment nul pour ce genre de choses.

HOMMES CÉLIBATAIRES RECHERCHÉS

Tu t'en es bien sorti l'autre soir

MON DIEU. Je parlais de notre rendez-vous ! Je vais retourner me cacher dans mon trou et ne plus jamais en sortir.

BIEN AVEC MES MAINS

MDR ! Contente de voir que je ne suis pas la seule à ne pas toujours dire ce qu'il faut.

HOMMES CÉLIBATAIRES RECHERCHÉS

Certainement pas.

BIEN AVEC MES MAINS

Bien. Je voulais juste te dire bonjour. Et te souhaiter une bonne journée.

HOMMES CÉLIBATAIRES RECHERCHÉS

Bonjour. Je te souhaite aussi une bonne journée.

BIEN AVEC MES MAINS

Merci.

Est-ce que tu voudrais qu'on se revoie ?

HOMMES CÉLIBATAIRES RECHERCHÉS

Oui.

BIEN AVEC MES MAINS

Ouf. Je ne t'ai pas encore fait fuir.

HOMMES CÉLIBATAIRES RECHERCHÉS

Pas encore.

BIEN AVEC MES MAINS

Je le prends. Mercredi soir, ça te va ?

HOMMES CÉLIBATAIRES RECHERCHÉS

Mercredi soir, c'est parfait.

BIEN AVEC MES MAINS

Parfait.

J'ai fixé mon téléphone avec un sourire idiot jusqu'à ce que je regarde l'heure. —Merde. J'étais déjà en retard avant, et maintenant j'étais vraiment très en retard.

J'ai séché mes cheveux du mieux possible et ajouté quelques produits pour dompter les vagues rebelles. Ils refusaient de coopérer, alors je les ai tous tirés en arrière en queue de cheval et attachés. J'ai laissé s'échapper quelques mèches pour que ça ait l'air intentionnel et soigné, puis j'ai légèrement bouclé les pointes pour qu'elles soient ondulées et non frisées.

Je me suis précipitée dehors, trousse de maquillage en main, et j'ai couru jusqu'à ma voiture. Le travail était assez proche pour y aller à pied, mais conduire me ferait gagner quelques minutes, et j'avais besoin de ces quelques minutes.

Teased by Debby n'était pas encore ouvert, mais le serait très bientôt. On était censées avoir l'air présentables à l'ouverture des portes, même si nous n'avions pas de clientes dès le début.

Debby a haussé les sourcils en me voyant mais n'a pas dit un mot quand je suis entrée en trombe. Elle était la seule à avoir un rendez-vous tôt, ce qui signifiait que je resterais à l'arrière jusqu'à ce que je sois présentable. Debby est sortie de l'arrière-boutique, croisant Chelsea qui passait à travers le rideau.

—Salut, a dit Chelsea. —Comment ça va ?

J'ai levé les yeux vers elle, quittant le miroir dans lequel je me regardais fixement, l'eye-liner à la main et pas encore sur l'œil.

—Wow. Que s'est-il passé ?

—En retard, marmonnai-je. —Debby est furieuse.

—Debby était déjà furieuse en arrivant. Elle a dit quelque chose à propos de Madeline qui aurait manipulé tout le monde pour obtenir un rendez-vous plus tôt, chamboulant tout son planning.

J'ai levé les yeux au ciel. —Madeline est venue jeudi soir chercher Debby.

Chelsea s'est figée. —Quand tu étais seule ici ?

J'ai hoché la tête.

Chelsea a inspiré brusquement. —Merde, Haley, je suis vraiment désolée. Elle a été horrible à quel point ?

—Pas plus horrible que d'habitude. Mais elle a dit qu'elle avait un rendez-vous pour cette semaine.

Chelsea m'observait dans le miroir pendant que j'ajoutais du mascara à mon eye-liner. —Elle a un rendez-vous fixe le mercredi soir, mais elle a décidé de venir aujourd'hui. Debby lui a dit qu'elle avait déjà un autre rendez-vous, et Madeline a découvert qui avait cette plage horaire et l'a convaincue de changer de jour.

—Sérieusement ?

Chelsea a acquiescé. —Ouais. Peu importe que le rendez-vous de Rebecca soit juste pour une coupe et un brushing alors que Madeline veut une coupe avec coloration et mise en plis. Madeline obtient toujours ce qu'elle veut.

—Oh là là. Et moi qui arrive en retard sans être prête

pour le spectacle, ça n'a pas vraiment amélioré la journée de Debby.

Chelsea a agité la main en levant les yeux au ciel. —Debby ira bien une fois que Madeline sera partie.

—Pourquoi elle la supporte ?

—Quand tu es la seule coiffeuse en ville, tu es obligée de faire avec. Debby sait que si elle refuse, d'autres clients partiront avec Madeline.

—Personne ne l'aime. Pourquoi la suivraient-ils ?

—Parce que tout le monde veut l'approbation de la reine des abeilles. Même cinquante ans après le lycée.

J'ai soupiré. —Je crois que ce gène m'a évitée. Ou peut-être qu'après avoir cherché l'approbation de mes parents toute ma vie sans jamais l'obtenir, j'ai renoncé à me soucier de ce que les autres pensent.

Chelsea a poussé un cri d'effroi. —C'est tellement triste.

J'ai haussé les épaules. —C'est juste la réalité. Mes parents étaient plutôt nuls comme parents, mais ils ne m'ont jamais fait de mal. Ils ne se souciaient simplement pas vraiment de mon existence. Je sais que ça aurait pu être bien pire pour moi.

—Oui, mais ce n'est pas comme ça que les parents devraient être. La famille, c'est important.

—Tu es proche de ta famille ? lui ai-je demandé. Ça faisait des mois qu'on travaillait ensemble, mais je ne connaissais pas grand-chose de la vie de Chelsea en dehors du travail.

—En grande partie. Je vois mes parents tout le temps. J'ai une cousine avec qui j'étais très proche quand on était enfants. On s'est éloignées pendant un moment, mais ces dernières années on s'est rapprochées à nouveau. En fait, je crois que tu connais Elise, non ?

—Elise est ta cousine ? ai-je lâché.

Chelsea a acquiescé d'un signe de tête. —On 'a un an et demi d'écart. Nos mères sont sœurs.

—Sans déconner. Elise est hilarante. Je me suis retenue de partager certaines des choses les plus troublantes qu'Elise avait dites pendant le club de lecture, au cas où Chelsea ne serait pas au courant de l'ex violent d'Elise.

—Elle l'est. Et elle a traversé beaucoup d'épreuves. J'étais vraiment heureuse qu'elle trouve Colin. C'est un homme tellement bien. Elle mérite quelqu'un comme lui.

—C'est vrai. Et toi aussi.

Chelsea a ri doucement. —Eh bien, rencontrer un homme en travaillant dans un salon de beauté, ce n'est pas vraiment facile.

—Tu es inscrite sur cette appli de rencontres ? Book Boyfriends Wanted ?

Chelsea a plissé le nez. —Je ne l'ai pas encore essayée. Tout le monde en parle comme si c'était magique.

—Magique ?

Chelsea hocha la tête. —Oui. C'est là qu'Elise a rencontré Colin. Blake et Ian, Hudson et Anna, Finley et Trent. Tous. Ils ne te l'ont jamais dit ?

J'ai secoué la tête en repensant aux derniers mois. Je savais qu'il y avait eu quelques mentions de l'application, mais rien sur son aspect magique. —C'est pas Karissa qui l'a créée ?

—Ouais. Elle l'appelle la Magie de Maman. Sa mère est décédée il y a quelques années, mais elle était vraiment douée pour mettre les gens en relation. Karissa a créé l'application après la mort de Mme Georgia, comme un hommage je suppose.

—Wow. C'est... un peu effrayant.

Chelsea a ri avec moi. —N'est-ce pas ? Je trouve ça plutôt génial, mais définitivement un peu étrange. Tu es sur l'application ?

J'ai repensé à ma conversation avec Knox ce matin et à la

chimie explosive entre nous, me demandant si la magie était réelle.

—Haley ?

J'ai levé les yeux vers elle et souri. —Oui, j'y suis.

Chelsea a souri largement. —Je connais ce regard. Tu as rencontré quelqu'un, n'est-ce pas ? Sur l'application. Et il est incroyable. Punaise. Peut-être que je devrais m'y inscrire. Tu as toujours été contre les relations, mais tu as trouvé quelqu'un qui te fait sourire comme si tu avais gagné au loto.

—On n'a eu qu'un seul rendez-vous.

—Et il semble que c'était un très bon rendez-vous si on en juge par les rougeurs sur tes joues.

J'ai essayé de ne pas sourire mais je n'ai pas pu m'en empêcher. —Ce n'était qu'un seul rendez-vous.

—Eh bien, j'espère qu'il y en aura un autre bientôt. Et j'espère que c'est un mec bien. Tu mérites aussi un gars bien.

—Merci, Chels. Toi aussi.

Elle m'a lancé un regard effronté et a mis une main sur sa hanche. —Putain, oui, je le mérite.

J'ai ri en l'entendant, juste au moment où la voix autoritaire de Madeline nous parvenait de l'autre côté du rideau. Nos regards se sont croisés, et nous avons ri quand nous nous sommes tues en même temps, espérant échapper à la détection de cette femme plus âgée.

Nous avons ri de nouveau, plaquant nos mains sur nos bouches.

Peut-être que je voulais effectivement de l'approbation. Mais pas celle de la reine des abeilles. Celle des personnes qui comptaient dans ma vie. Chelsea, Sofia, et peut-être Knox.

Mais celle qui comptait plus que tous les autres, c'était moi. Et ça ne changerait jamais.

6

KNOX

Une semaine après avoir rencontré Haley, je suis entré chez O'Kelley pour la soirée entre mecs. J'avais séché la semaine précédente quand elle s'était présentée à la quincaillerie Al's, et j'avais décidé de passer la soirée avec une inconnue sexy aux courbes généreuses plutôt qu'avec une bande de gars.

Mais j'allais le payer. Sans aucun doute, ils allaient en parler, surtout quand ils découvriraient que nous avions déjà eu un deuxième rendez-vous. Ils étaient presque aussi pénibles que Tony, Dick et Wayne. Tous des commères.

—Salut, ai-je dit en prenant place à côté de Colin. J'avais appris à connaître Colin ces dernières années depuis qu'il avait repris l'érablière de sa grand-mère. Il était intelligent, savait se servir d'une boîte à outils et était un client régulier.

—Salut. Content que tu sois venu, a dit Colin sans la moindre trace de moquerie. De tous les gars, c'était celui dont je m'attendais à ce qu'il me laisse tranquille. C'était un homme bien, et il savait ce que c'était d'être celui dont toute la ville parlait.

J'ai hoché la tête et remercié Hudson quand il a fait glisser une bière devant moi.

Hudson n'a rien dit non plus, se contentant de poursuivre le service des boissons.

J'attendais les commentaires. Avoir manqué la soirée entre mecs. Sortir avec la seule femme en ville que chaque homme semblait vouloir éviter. J'étais sûr que quelque part dans la conversation, j'entendrais aussi à quel point j'étais idiot d'avoir essayé de transformer la quincaillerie Al's quand j'en avais pris la direction il y a des années. Autant me balancer tous mes péchés d'un coup.

Mais alors que la conversation s'animait, personne ne disait rien.

Je n'étais pas sûr si c'était bon ou mauvais.

—Hé, Knox, a dit Derek Bailey. Derek possédait le garage Stone Auto Repair et avait fait plus que quelques réparations sur mon vieux pick-up.

—Content de te voir, Derek. J'ai serré la main de Derek. Il ne sortait pas souvent en semaine parce qu'il était père célibataire. J'avais gaffé il y a quelques mois en lui faisant une remarque à ce sujet, et je savais que je ne m'en remettrais jamais.

—Toi aussi. J'ai besoin de ton avis pendant une minute. Je sais que ce n'est pas le meilleur endroit pour parler boulot, mais—

—Tout va bien, mec. Qu'est-ce qui se passe ?' J'avais pris l'habitude que les gens me demandent toutes sortes de choses partout en ville depuis que j'avais repris le commerce de mon père. Je' prendrais note de ce dont Derek avait besoin dans mon téléphone et commanderais la pièce, l'outil ou quoi que ce soit le lendemain.

—J'ai besoin de nouveaux rangements pour mon atelier. J'ai cherché quelque chose en ligne, mais rien ne me convient vraiment. Je' pense que je vais devoir opter pour du sur-mesure.

—Ah, oui, bien sûr. Qu'est-ce que tu cherches exactement ? J'étais plus que flatté qu'il me demande, et certainement enthousiaste à l'idée de m'occuper de ce travail.

—Je me suis dit qu'avec tous les gens qui entrent et sortent de la quincaillerie d'Al', tu connaîtrais peut-être quelqu'un qui pourrait me fabriquer quelque chose.

—Euh, bien sûr.

—Vraiment ? Je sais que tes clients ne voudront peut-être pas que tu partages leurs coordonnées avec moi, mais si tu connais quelqu'un qui pourrait être intéressé, j'apprécierais vraiment que tu l'envoies vers moi. Derek semblait plein d'espoir alors qu'il réduisait les miens à néant.

—Tu devrais engager Knox, dit Xavier de l'autre côté de Derek.—Il est sacrément doué.

Derek nous regarda tour à tour, le front plissé de confusion.—Comment ça ? Qu'est-ce qu'il veut dire ? Je ne savais pas que tu faisais du travail sur mesure.

—C'est lui qui a fait l'enseigne du théâtre MacKellar. Du très bon boulot, dit Xavier.—Il a aussi fait l'enseigne à l'extérieur de la quincaillerie d'Al'. Je lui ai demandé qui l'avait fabriquée pour voir si je pouvais engager cette personne pour m'en faire une, mais je ne savais pas que c'était Knox qui l'avait réalisée.

—Vraiment ? Derek avait un regard différent quand il se tourna vers moi. De l'approbation peut-être ? De l'admiration ?

—Ce n'était pas grand-chose, dis-je, rejetant les éloges que Xavier m'adressait. Je savais qu'il valait mieux ne pas étaler mes ambitions devant qui que ce soit. La dernière fois que j'avais fait ça, tout m'avait explosé à la figure.

—C'était pas rien du tout, protesta Xavier.—Tu' as du talent. Et tu pourrais vraiment gagner de l'argent si tu voulais faire du travail sur mesure. Je sais que tu adores la boutique, alors je n'insiste pas, mais ne te sous-estime pas. Tu' es doué. Vraiment.

—Est-ce que tu serais intéressé par les unités de rangement dont je parle ? demanda Derek. —Tu peux refuser. Ce sera un gros projet.

Je n'ai pas eu à y réfléchir. Intéressé ? Putain, oui. Mais pouvais-je le faire ? C'était la grande question.

— Dis simplement oui, lança Brantley depuis quelques sièges plus loin.

Je lui ai lancé un regard noir, mais il m'a ignoré et s'est concentré sur Derek.

— Knox le fera. Il adore ce genre de trucs. Quand je rénovais ma maison, pour chaque pièce, il avait des idées. Il a l'œil pour ça, et un talent ridicule. Je pense que s'il pouvait se lancer et trouver quelqu'un pour gérer le magasin, il le ferait à plein temps.

Je ne savais pas quoi dire. C'était plus qu'un peu troublant que Brantley et Xavier puissent voir à travers moi ce que je voulais faire. Et qu'ils me soutiennent.

— Et si tu passais à l'atelier dans la semaine pour qu'on discute des détails ? Je peux te montrer l'espace, te dire ce dont nous avons besoin et on verra à partir de là. Ça te va ? demanda Derek.

J'ai hoché la tête. — Absolument. Merci pour cette opportunité.

— Si tu es à moitié aussi bon qu'ils le prétendent, ça en vaudra largement la peine pour moi. Je ne savais pas que tu aimais te salir les mains, plaisanta Derek, en me montrant ses ongles tachés de graisse.

J'ai ri avec lui. — C'est une question d'équilibre entre ce que je veux et ce dont la ville a besoin.

— Tu veux dire que les vieux te font chier parce que tu

veux autre chose que ce à quoi ils sont habitués, dit Derek avec beaucoup trop de perspicacité.

J'ai haussé les épaules, comme si ça ne me dérangeait pas ou comme si ce n'était pas toute l'histoire, mais Derek semblait voir clair en moi.

— Laisse-moi deviner... Tony, Dick et Wayne ?

Je n'ai pas été assez rapide pour masquer ma surprise.

Derek a ri de nouveau. — Ouais. Ils se sont assurés de me faire comprendre que changer les choses n'était pas une option quand M. Stone a pris sa retraite et que j'ai repris. Ils ont tous fait venir leurs véhicules le même jour et m'ont rappelé que j'étais le seul garage à des kilomètres à la ronde et que les gens avaient besoin d'un endroit pour faire réparer leurs voitures qui ne coûterait pas une fortune et qui ne favoriserait pas des marques que personne ne conduit par ici. Derek a secoué la tête. — Je n'avais pas l'intention de changer les choses, mais si ça avait été le cas, ils auraient dû faire avec.

—Jusqu'à ce que tu perdes des clients et que tu frôles la faillite, ai-je avoué.

Derek a haussé les épaules. —Tout comporte des risques. Mais faire quelque chose qui te rend malheureux, ça craint.

—Je ne suis pas malheureux, ai-je protesté.

Derek m'a regardé attentivement. —Peut-être pas, mais tu n'as pas l'air d'adorer vendre des pièces non plus. Tu préférerais être celui qui utilise ces outils.

J'ai acquiescé à contrecœur, avouant plus que je ne l'avais jamais fait devant le groupe d'hommes qui m'entourait.

—Tout le monde pensait que j'étais fou quand j'ai démarré mon entreprise, a dit Ian. —J'ai toujours aimé travailler sur de vieux bateaux en bois, mais devenir suffisamment bon pour en vivre dépassait l'entendement de tout le monde.

—Sauf le tien, a dit Ramsey.

Ian a hoché la tête. —Ce n'était pas facile, mais c'est bien mieux que de travailler pour quelqu'un d'autre et de sentir que je ne faisais pas ce que je voulais faire de ma vie.

—Que ferais-tu de la quincaillerie ? a demandé Sebastian. C'était un autre client régulier qui entretenait un phare non loin de L'anse MacKellar au milieu du fleuve Saint-Laurent.

—J'embaucherais quelqu'un pour la gérer, comme Brantley l'a suggéré, ai-je répondu sans hésiter.

—Tu as vraiment réfléchi à tout ça, a dit Brantley, surpris d'avoir eu raison.

J'ai croisé son regard et j'ai acquiescé. —Je sais que la quincaillerie est importante pour la ville. Mis à part Wayne, Tony et Dick, elle marche bien. Beaucoup de gens comptent dessus chaque semaine. C'est nécessaire. Mais ce n'est pas ce que je veux faire toute ma vie. Seulement je ne connais personne qui pourrait s'en occuper. Qui serait prêt à prendre en charge toute l'affaire et à la faire fonctionner pour moi ?

Les autres ont hoché la tête, comprenant le dilemme.

—Je garderai l'œil ouvert pour trouver quelqu'un qui pourrait être intéressé, a dit Xavier.

—Ouais, ont approuvé les autres en hochant la tête.

J'ai regardé la rangée d'hommes que je ne connaissais pas bien, mais qui étaient tous prêts à s'entraider. Ils n'étaient pas obligés de me trouver quelqu'un capable de gérer le magasin pendant que je poursuivrais mes rêves, mais ils étaient disposés à le faire.

Et c'était vraiment cool.

LES AUTRES SONT PARTIS un par un jusqu'à ce que je sois le dernier client chez O'Kelley's. Hudson travaillait jusqu'à la fermeture le jeudi soir d'après mes souvenirs, mais tous les autres étaient rentrés chez eux auprès de leurs femmes, petites amies ou enfants.

Une partie de moi était reconnaissante que personne n'ait mentionné Haley, mais je ne pouvais m'empêcher de me demander s'il y avait une raison à cela.

—Je peux te poser une question ? ai-je demandé à Hudson quand il est venu voir comment j'allais.

Il a hoché la tête et s'est appuyé contre le bar. —Qu'est-ce qui te tracasse ?

—Pourquoi tu ne m'as pas dénoncé pour avoir été ici avec Haley le week-end dernier ?

Hudson m'a regardé en fronçant les sourcils. Il a pincé les lèvres, et il semblait sur le point de traverser le bar pour me frapper. —Pourquoi étais-tu avec elle ?

J'ai changé de position sur mon tabouret et je me suis demandé si lui poser la question était une mauvaise idée. —On avait un rendez-vous.

—C'est toi qui lui as demandé ou c'est elle qui t'a invité ?

—On s'est rencontrés sur Book Boyfriends Wanted. On discute depuis quelques mois. On a finalement accepté de se rencontrer en personne.

—Tu savais qui elle était avant ça ?

La chaleur m'est montée aux joues tandis que je réfléchissais à ma réponse. Le souvenir de notre rencontre la veille au soir suffisait pour que j'affirme que oui, oui, je la connaissais avant notre rendez-vous. Mais la vérité était bien plus compliquée que ça.

Hudson a secoué la tête avant que je ne réponde. —Haley a vécu des moments difficiles. Mais rien de tout ça n'était de sa faute. Anna est proche de Valentina, et j'ai été marié deux fois, alors crois-moi quand je dis que je voulais juger cette femme d'emblée. Mais Dawson n'est pas comme moi. Et le fait qu'il ait trompé sa femme en est la preuve parce que peu importe ce qu'une femme pourrait faire, je ne coucherais jamais avec quelqu'un d'autre que ma femme.

Le venin dans sa voix n'était pas ce à quoi je m'attendais.

—Haley ne lui a pas couru après. Elle ne l'a pas ciblé. Les gens par ici... Ce n'est pas elle qui a créé ce désordre. Dawson était le seul à savoir qu'il était marié. Haley s'est retrouvée piégée dans ses mensonges, et elle en paie le prix. Hudson a secoué la tête comme s'il avait de la peine pour elle.

—Je ne blâme pas Haley.

—Alors c'est quoi ce regard ? Tu l'as ciblée pour la faire se sentir minable ?

—Quoi ? Non. Pourquoi ferais-je ça ? C'est vraiment l'image que tu as de moi ? J'étais plus qu'un peu offensé.

—Honnêtement, je n'en ai aucune idée. Ce que je sais, c'est que quand une femme vient ici seule, je fais attention. Finley avait l'habitude de rencontrer ses rencards ici. Ça me mettait hors de moi, mais j'ai réalisé que c'était une bonne chose. Si j'avais su que Finley, ou n'importe quelle autre femme, rencontrait des inconnus ailleurs, j'aurais pété un câble. Quant à Haley, je ne savais pas que c'était votre premier rendez-vous, mais vous n'êtes pas arrivés ensemble, et elle a regardé autour d'elle en entrant comme si elle ne savait pas qui elle cherchait. J'ai fait attention. Mais je ne sais pas ce que tu fais avec elle.

Hudson n'avait aucun droit. Il n'était pas son protecteur. Son gardien. Il était juste le propriétaire du bar. Il avait déjà une femme. Et des enfants. Et tout ce qu'il voulait. Pourquoi s'était-il autoproclamé gardien des femmes célibataires de L'anse MacKellar ?

—Haley et moi discutons depuis des mois. Ce ne sont pas tes putains d'affaires, mais nous nous sommes rencontrés la veille de notre venue ici, mais nous ne savions pas qui était l'autre. Nous n'avons jamais échangé nos noms, donc nous n'avions aucun moyen de nous reconnaître. Quand elle s'est assise en face de moi, j'ai été surpris, mais pas d'une mauvaise façon.

—Tu ne me dois pas d'explication, a dit Hudson, essayant de me congédier.

—J'ai pourtant bien l'impression que si. Es-tu un ami à elle ? Elle a dit qu'elle pensait que tu étais un type bien, mais tu as une femme.

Hudson a haussé les sourcils et m'a fixé intensément pendant une longue minute.

Ouais, je me comportais comme un connard. Je ne pouvais pas expliquer pourquoi, mais je ne pouvais pas non plus arrêter l'attitude que j'avais envers lui.

—Tu l'aimes bien. Ce n'était pas une question.

J'ai hoché la tête une fois.

Hudson fronça les sourcils et se pencha sur le bar entre nous. —Je ne connais pas bien Haley, mais je sais comment cette ville peut être. Je peux seulement imaginer toutes les conneries qu'elle a dû entendre à cause de la bêtise de Dawson. J'en ai entendu certaines et j'y ai mis fin, mais je sais que ça continue. Je vais être protecteur envers toutes les femmes qui viennent dans mon bar parce que c'est mon établissement, et si quelqu'un se fait blesser pendant qu'il est ici, j'en suis responsable. Alors, tu peux t'énerver autant que tu veux, mais jusqu'à ce que tu partages avec les autres que tu es avec Haley, que tu es fier de l'appeler tienne et d'être appelé sien, je veillerai sur elle.

—C'est trop tôt pour ça, marmonnai-je.

—Très bien, alors lâche-moi et remets-toi les idées en place. Je me fiche que tu l'épouses ou que tu passes à autre chose. Tout ce que je sais, c'est que tu ne vas pas ajouter à son traumatisme. Elle a assez souffert, et elle mérite mieux.

—Oui, elle mérite mieux. Et je ne vais pas lui causer plus de mal. Je ne savais pas qui elle était jusqu'à ce qu'on parle quand on était ici. Mais je l'aime bien. J'aime discuter avec elle. Et le sexe...

Je fermai brusquement la bouche quand les sourcils de Hudson remontèrent à nouveau. —Tu as couché avec elle ?

Je soupirai et hochai la tête.

—Ça ne me regarde pas, tant que tu t'es comporté en gentleman.

—C'était avant notre rendez-vous. Quand on s'est rencontrés la veille au soir.

Hudson me fixa, rassemblant toutes les pièces du puzzle, puis secoua la tête et ricana. —Tu sais quoi ? Je suis trop vieux pour me mêler de tout ça. Haley est gentille. Elle fait partie du club de lecture. Si l'une d'entre elles découvre que tu l'as blessée, elles t'étriperont et tu n'auras plus jamais de rendez-vous à L'anse MacKellar.

—Je ne l'ai pas fait, grognai-je.

—Bien. Alors on est cool.

Je hochai la tête, et Hudson fit mine de s'éloigner, puis s'arrêta.

—Pour ce que ça vaut, je pense que vous pourriez être bien ensemble. Anna et moi n'avons pas eu un début facile. Elle m'a détesté pendant longtemps. Tu es plus avancé avec Haley que je ne l'étais quand Anna et moi avons commencé à nous fréquenter.

—Ah bon ?

Il hocha la tête. —Ouais. Et merci d'avoir remis les pendules à l'heure concernant la situation avec elle. Malgré tout ce que j'aime à L'anse MacKellar, il y a des gens qui ne donneront jamais sa chance à Haley, quoi qu'il arrive. Même avec Brantley et Valentina qui filent tout droit vers un avenir ensemble, certains pensent toujours que Valentina et Dawson vont se réconcilier."

—Pour le bien de Brantley, j'espère que ça n'arrivera pas."

Hudson a ri et secoué la tête. —D'accord, mais aussi, ça n'arrivera définitivement pas. Ces deux-là, c'est du solide."

J'ai acquiescé.

Hudson a été appelé par un client à l'autre bout du bar, alors il s'est éloigné, mais pas avant de m'adresser un sourire qui semblait approuver ma relation avec Haley.

Mais ce qu'il avait dit n'était pas faux. Aucun des gars n'avait mentionné Haley, mais moi non plus. J'étais trop trouillard pour entamer la conversation, craignant ce qu'ils pourraient dire.

Si je voulais qu'elle fasse partie de ma vie, je devais parler d'elle à mes amis.

Je commencerais peut-être par Brantley. Après tout, l'arrivée de Haley avait permis à Brantley de finalement montrer à Valentina à quel point il l'aimait.

Tout ce que je savais, c'est que je voulais continuer à voir Haley et voir où nous mènerait cette relation. Peut-être que ça s'essoufflerait et se terminerait. Ou peut-être qu'elle serait la femme que j'attendais depuis presque toute ma vie.

Ou peut-être qu'elle deviendrait simplement une bonne amie un jour. Quoi qu'il en soit, je l'appréciais suffisamment pour le découvrir.

7

HALEY

Je savais que c'était Sofia qui frappait à ma porte. Je n'avais pas fait attention à l'heure et j'étais piégée. Elle verrait ma voiture et saurait que j'étais chez moi, donc même si je prétendais ne pas être là, elle reviendrait et me traînerait au club de lecture.

Habituellement, je faisais une course trente minutes avant son départ pour pouvoir dire que je n'étais pas chez moi et que je ne pouvais pas l'accompagner. J'adorais qu'elle veuille toujours que je vienne, mais je savais que les autres me toléraient uniquement parce que Sofia était géniale et qu'elles l'appréciaient.

Moi ? Je n'étais pas vraiment leur amie, mais elles étaient toutes trop gentilles pour me demander de ne pas revenir.

—Allez, Haley, je sais que tu es là, lança Sofia de l'autre côté de la porte.

Je soupirai et la laissai entrer. —Je ne suis pas habillée.

—Tu n'es pas non plus sortie. Tu n'as pas fait attention à l'heure ce soir ? Elle me regarda d'un air narquois.

Mes joues s'échauffèrent tandis que je luttais pour expliquer mon comportement habituel comme s'il n'était pas intentionnel. —Je n'ai aucune idée de ce dont tu parles.

—Bien sûr que non, dit Sofia d'un ton condescendant.

Je grognai. —Tu devrais y aller sans moi. Je ne suis pas prête à sortir.

—Si tu penses que je vais partir en te faisant confiance pour venir, c'est que tu n'as pas été attentive. Je croyais que tu aimais aller au club de lecture. La douleur dans ses yeux me fit sentir minable.

—J'aime ça. C'est juste que j'ai l'impression de ne pas vraiment être censée être là.

Les sourcils blonds de Sofia se haussèrent, ses yeux s'écarquillant. —Quelqu'un t'a dit quelque chose ?

Je secouai la tête avant même qu'elle ne finisse sa question. —Ce n'est pas elles. C'est juste... je ne sais pas.

—Si, tu le fais. Tu laisses encore Dawson te prendre des choses. Valentina a continué sa vie et est maintenant mariée à Brantley. Elle a passé vingt-cinq ans avec Dawson. Tu n'as été avec lui que neuf mois.

—Ouais, je sais. Je suis tellement ridicule. Je devrais juste passer à autre chose, dis-je avec sarcasme, en roulant des yeux tandis que je m'éloignais.

—Wow. C'était quoi ça ? demanda Sofia.

—Rien. Je ne suis simplement pas de bonne humeur. Tu devrais partir. Je ne ferais que gâcher la soirée.

—Pas question. Sofia saisit mon bras et tenta de me tirer vers la porte. Tu viens.

Je dégageai mon bras et secouai la tête. Non. Sofia, je vais bien. Je n'ai pas envie d'y aller.

Elle m'examina attentivement, son regard me détaillant de ma queue de cheval en désordre à mon t-shirt confortable et mon jogging. Ce n'était pas mon look habituel. Je faisais toujours l'effort d'avoir l'air prête pour n'importe quelle occasion, que ce soit regarder un film ou aller dîner dans un bon restaurant, mais à ce moment-là, je me complaisais dans mon malheur et n'étais pas prête à faire quoi que ce soit d'autre.

—Qu'est-ce qui se passe vraiment, Haley ?

Je mordillai ma lèvre inférieure et croisai les bras. Rien.

—Menteuse.

—Tu ne peux pas dire ça. Tu n'en sais rien.

—Je sais que j'ai mentionné Valentina, et tu t'es emportée contre moi. Je sais que tu vois Knox et qu'au lieu des étoiles que tu avais dans les yeux il y a une semaine, tu agis comme si tout était fini. Tu n'es pas la personne que j'ai appris à connaître. Alors parle-moi. Elle s'installa sur mon canapé, comme si elle était ravie de rater le club de lecture.

—Tu dois y aller.

—Soit je reste ici et tu me dis ce qui se passe, soit tu viens au club de lecture avec moi. Sofia haussa un sourcil d'un air de défi.

Je n'avais vraiment pas envie d'aller au club de lecture, mais aucune d'entre elles ne remarquerait que quelque chose n'allait pas chez moi. Elles ne fouilleraient pas ou n'essaieraient pas de me faire parler. C'était de loin l'option la plus sûre. Pour autant que je puisse contrôler mon humeur.

—Bon, j'y vais. Mais après, tu me laisses tranquille.

Elle leva les mains en signe de défense et me regarda sortir de la pièce à reculons pour me changer.

Je jetai mes vêtements dans le panier à linge et ouvris brusquement la porte de mon placard. J'attrapai un jean et un pull si doux et confortable qu'il ressemblait à un pyjama tout en étant assez présentable pour sortir. J'arrachai l'élastique de mes cheveux, ignorant la douleur quand quelques mèches vinrent avec. Je passai une brosse dans mes cheveux et les ébouriffai pour les rendre un peu plus présentables, puis j'ajoutai un peu de mascara et de gloss et décidai que ça ferait l'affaire.

Je pris une profonde inspiration et tentai de calmer ma frustration. Ce n'était pas à cause de Sofia, et je le savais même si je me défoulais sur elle. Ce n'était pas juste.

—Je suis désolée, dis-je en sortant de ma chambre. Elle se tenait près de la porte, m'attendant.

—Tu as tout à fait le droit d'être fâchée contre moi pour t'avoir balancé Valentina au visage. Ce n'était pas correct.

Je secouai la tête. —C'est bon. Je sais que tu as raison. Je ne suis pas dans mon assiette aujourd'hui. Je n'aurais pas dû passer mes nerfs sur toi.

Elle m'examina attentivement pendant un instant, mais n'insista pas. —J'aimerais pouvoir être aussi belle que toi en prenant deux fois plus de temps que tu viens de le faire. Elle fit un geste vers son jean usé et son sweat. —J'ai toujours l'impression d'être négligée.

—Ton travail exige que tu portes des vêtements qui peuvent être détruits dans le lave-vaisselle de Mme Watson. Je n'aurais jamais de clients si je n'étais pas toujours bien habillée. Pour être honnête, c'est assez épuisant, mais c'est moi qui ai choisi ma carrière.

—C'est vrai. Et j'ai choisi la mienne. J'adore ce que je fais. Même si je n'ai pas toujours l'impression de faire bonne impression sur les gens.

Je passai mon bras autour de ses épaules et l'entraînai hors de mon appartement. —Tu fais une excellente impression sur les gens. Et quiconque n'est pas prêt à voir au-delà de ce que tu portes pour découvrir qui tu es vraiment ne mérite pas de te connaître.

Elle sourit. —Merci, Haley. C'est pareil pour toi, tu sais. Si quelqu'un ne peut pas voir ton talent et te juge sur ton apparence, cette personne ne mérite pas ton temps.

Je ris doucement mais ne dis rien. La plupart des gens ne comprenaient pas. J'étais la personne vers qui les femmes se tournaient pour être belles et se sentir bien. Je pouvais gâcher leur journée avec une mauvaise coupe ou coiffure, ou je pouvais faire leur soirée avec une super. Et si elles entraient dans le salon et que j'avais l'air de pouvoir à peine me tenir ensemble, elles ne me feraient pas confiance pour être celle qui les ferait se sentir extraordinaires.

Sofia et moi avons décidé de prendre la voiture, même si c'était une belle soirée. La nuit tombait tôt, et elle était toujours anxieuse à l'idée de marcher quelque part dans l'obscurité. Je ne lui avais jamais posé de questions à ce sujet, je m'adaptais simplement en me disant que si elle voulait m'en parler, elle le ferait.

Finley était en train de faire entrer Piper et Zoey quand nous sommes arrivées. Elles nous ont toutes attendues, serrant Sofia chaleureusement dans leurs bras avant de me donner des accolades beaucoup plus froides avec des sourires forcés et une joie feinte face à ma présence aux côtés de Sofia.

Youpi. Le club de lecture.

J'ai pris place et les ai laissées discuter autour de moi, mangeant le gâteau que Karissa avait préparé et me fondant autant que possible dans le décor. Je pensais pouvoir m'en tirer comme ça, mais Sofia m'a dénoncée.

— Haley ne voulait pas venir, a dit Sofia. Elle a besoin qu'on lui remonte le moral.

— Non, pas du tout. Je vais bien, ai-je protesté avant qu'elles ne se mettent toutes à me parler. C'étaient toutes des personnes gentilles et merveilleuses, mais je n'étais pas d'humeur à ce qu'elles me fassent sentir encore plus mal en essayant de me convaincre qu'elles voulaient vraiment que je sois là, alors que ce n'était pas le cas.

— Qu'est-ce qui se passe ? a demandé Anna. C'est à cause de Knox ?

— Comment es-tu au courant pour Knox ? ai-je lâché sans réfléchir.

— Attends, toi et Knox êtes ensemble ? a demandé Valentina. Elle a souri et hoché la tête. Je peux comprendre. C'est un bon ami de Brantley et un homme vraiment bien.

— Sebastian a beaucoup d'estime pour Knox. Il ne doit pas être au courant. Il ne m'a rien dit, a dit Zoey. Raconte-moi tout.

— Il n'y a rien à raconter. On est sortis ensemble deux fois. C'est tout. Je ne voulais pas admettre que je n'avais pas eu de nouvelles de lui depuis notre deuxième rendez-vous. Même pas après lui avoir envoyé un message pour lui dire que j'avais passé un bon moment.

— Tu vas le revoir ? a demandé Blake. J'avais parlé avec Blake quelques fois quand j'étais allée manger chez Cracked, mais je ne la connaissais pas encore bien.

— Je ne pense pas, ai-je admis.

— Quoi ? Pourquoi pas ? Tu étais tellement excitée après votre rendez-vous il y a une semaine, a dit Sofia.

—Et je ne pense pas que ça va marcher, lui ai-je dit, haussant les épaules comme si ce n'était pas grave.

—Je n'y crois pas, a protesté Sofia. C'est pour ça que tu es de mauvaise humeur et que tu ne voulais pas venir aujourd'hui ?

J'ai haussé les épaules, ne voulant pas tout avouer. Entre Knox qui ne répondait pas, le travail qui avait été chargé hier mais pas au point que je n'entende pas quelqu'un faire un commentaire sur moi, et puis le sentiment d'être la cinquième roue du carrosse dans un groupe d'amies, j'étais simplement fatiguée. Et un peu à bout.

J'avais commencé à envisager de rester à L'anse MacKellar, mais chaque fois que je pensais que ça pourrait marcher, quelque chose me frappait et me faisait douter de tout. Tout comme après avoir rencontré Valentina, mon instinct était défaillant. J'étais défaillante.

—Je sais que tu ne nous connais pas bien, mais tu peux

nous faire confiance, a dit Valentina. Toi et moi sommes liées d'une façon vraiment tordue, mais je sais qu'aucune de ces choses n'était de ta faute. Je m'excuse si je t'ai déjà fait sentir que tu y étais pour quelque chose.

—Non, ce n'est pas toi. Je suis juste... J'ai regardé autour de moi, les voyant toutes me fixer, et je n'arrivais pas à décider si elles attendaient que je me ridiculise ou si elles s'inquiétaient vraiment pour moi. Je devrais partir.

—Pose ton cul sur cette chaise, a lancé Elise dès que j'ai commencé à me lever. Elle m'a fusillée du regard jusqu'à ce que je me rassoie. Dis-le.

J'ai haussé les épaules. Dire quoi ?

—Tout ce qui te passe par la tête en ce moment. Tu te retiens. Tu veux dire quelque chose, mais tu n'es pas sûre si tu devrais. Dis-le simplement. Elise s'est penchée en avant, les coudes sur les genoux, et m'a regardée.

Je n'avais jamais remarqué à quel point elle et Chelsea se ressemblaient jusqu'à ce moment-là. J'aurais dû le remarquer avant, mais aucune des deux n'en avait parlé. Maintenant, la regarder me donnait l'impression de voir mon amie.

—Je n'ai pas ma place ici. Sofia m'a amenée la première fois parce qu'elle pensait que ça m'aiderait, mais tout ce que j'ai fait c'est créer des divisions et mettre tout le monde mal à l'aise. Vous êtes toutes assises là à attendre que je dise ou fasse quelque chose de stupide. Et moi j'attends que vous me disiez exactement ce que vous pensez de moi. D'habitude j'évite Sofia le dimanche soir pour ne pas avoir à venir, mais aujourd'hui je n'ai pas fait attention à l'heure. Alors, je suis désolée d'avoir gâché la soirée de tout le monde. Je vais juste partir.

—J'ai dit pose ton cul, a grondé Elise quand je me suis levée à nouveau.

J'ai soupiré et je l'ai regardée. —Pourquoi ? Je sais reconnaître quand on ne veut pas de moi quelque part.

—Alors tu es une idiote parce que je te promets que ce groupe n'invite jamais des personnes dont on ne veut pas. Oui, ta situation est merdique. La mienne l'était aussi. Celle de Valentina aussi. Celle de Laura aussi. Beaucoup d'entre nous ont des histoires de merde qui nous ont amenées ici. On a toutes eu besoin les unes des autres à un moment ou un autre. On ne te connaît pas bien, Haley. Mais on veut te connaître. On veut connaître la femme sous le clinquant et le style. On veut savoir ce qu'on peut faire pour te montrer qu'on est sérieuses quand on dit qu'on est tes amies. Elise s'est levée et a posé ses mains sur mes bras, me maintenant en place. —Chelsea a beaucoup parlé de toi ces derniers mois. Elle connaît la vraie toi. Je sais que j'aimerais cette femme, si j'apprenais à la connaître aussi.

—Chelsea est géniale.

Elise a hoché la tête. —Putain, ouais, elle l'est. Difficile de ne pas l'être quand on est de ma famille.

J'ai pouffé tandis que tout le monde autour de nous riait.

—J'ai connu assez d'échecs merdiques dans ma vie pour ne même pas penser à me réjouir quand quelqu'un d'autre traverse des moments difficiles. Si je devais deviner, tu as dû faire face à beaucoup de douleur et de problèmes de confiance ces derniers mois à cause de Dawson, mais tu n'as pas eu l'impression de pouvoir en parler à cause de Valentina.

J'ai risqué un coup d'œil vers Valentina. Tout ce qu'elle a fait, c'est me sourire tristement. —C'est vrai ?

J'ai haussé les épaules.

—Merde, Haley. Aucune de nous n'a été épargnée par les conneries de Dawson. Je suis désolée que tu ne te sois pas sentie à l'aise pour en parler.

—Ce n'est pas grave.

—Non, c'est vraiment pas le cas, a argumenté Elise. —Je ne dis pas que Valentina devrait se sentir coupable. Vous avez toutes les deux été brisées par un homme qui vous a menti. Crois-moi, je sais ce que ça fait. Mais tu as laissé Valentina gérer sa douleur et tu as refoulé la tienne. Je sais comment ça se passe aussi. Mais si ça crée des problèmes avec Knox, alors parle-nous-en. Et si c'est autre chose, parle-nous-en. Je me fiche de ce que c'est, parle-nous-en juste.

J'ai regardé toutes les autres femmes qui entouraient Elise. Elles ne souriaient pas d'un air narquois ou méprisant. Elles croisaient mon regard avec préoccupation et attention. Comme si elles voulaient vraiment que je me sente bien.

Et bordel, ça m'a achevée.

—Je n'ai jamais été proche de mes parents. Ils n'étaient ni chaleureux ni attentionnés. Ils m'ont pratiquement ignorée dès que j'ai été assez grande pour réchauffer mon propre dîner au micro-ondes. Ils n'ont jamais été méchants ou abusifs, simplement pas intéressés à avoir un enfant. Dès que j'ai pu, je suis partie. J'ai fait une école de cosmétologie et j'ai continué ma vie. Mais je n'ai jamais vraiment su ce que c'était d'avoir quelqu'un qui veillait sur moi.

Quelques-unes d'entre elles hochèrent la tête comme si elles comprenaient. Elise lâcha mes bras et fit un pas en arrière pour s'asseoir à nouveau. Je suivis son exemple et retournai à ma place.

—J'ai tendance à me jeter à corps perdu dans une relation. À me convaincre que celui-ci est le bon et que nous sommes faits l'un pour l'autre et que ça durera pour toujours.

—Pour ne pas être seule, murmura Sofia.

J'acquiesçai d'un signe de tête. —Exactement. Avec Dawson, je me disais... Je jetai un coup d'œil à Valentina, mais elle se contenta de me sourire gentiment. —Je me disais que son travail le gardait occupé, mais qu'il m'aimait et qu'il était juste occupé. Je pensais que déménager ici était la bonne décision. Nous sortions ensemble depuis des mois. J'étais sûre d'avoir enfin suivi les bons signaux et de ne pas m'être précipitée trop vite. Évidemment, je me trompais encore une fois.

Les autres rirent avec moi.

—Knox et moi avons discuté pendant des mois sur Book Boyfriends Wanted. Il me faisait rire, et il semblait gentil, et quand il m'a demandé si je voulais qu'on se rencontre, j'avais hâte. La veille de notre premier rendez-vous, je suis allée à la quincaillerie d'Al pour Sofia et je l'ai rencontré, mais aucun de nous ne savait qui était l'autre. Il a flirté avec moi. C'était la première fois depuis mon arrivée ici qu'un homme me regardait avec désir au lieu de dédain. C'était... tellement agréable. Et avant mon rendez-vous du lendemain soir, je voulais me sentir désirée. Pas de noms, pas de contacts futurs, juste une nuit ensemble. Il était aussi enthousiaste que moi.

—Eh bien, la plupart d'entre eux pensent avec leur queue, alors oui, dit Elise en me faisant un clin d'œil.

—C'est vrai, et ça ne me dérangeait pas. Il a eu l'air choqué quand je me suis présentée pour notre rendez-vous, mais c'était bien. On s'est amusés. Il était exactement comme il paraissait dans nos discussions.

—Mais... m'encouragea Sofia.

—Mais rien. Notre rendez-vous était vraiment bien, et il m'a envoyé un message quelques jours plus tard pour m'inviter à nouveau. Mercredi soir, nous sommes allés dîner. Juste dîner. Nous avons parlé et appris à nous connaître un peu mieux, mais il ne m'a pas embrassée non plus ces deux soirs-là. Juste un baiser sur la joue. Puis il a dit bonne nuit et s'en est allé.

—Et tu penses que ça signifie qu'il ne t'aime pas ? demanda Elise.

J'ai haussé les épaules. —Je ne sais pas. Tu viens de dire que les hommes pensent avec leur queue. S'il est intéressé, pourquoi ne m'embrasse-t-il même pas ? Et d'ailleurs, il n'a pas repris contact depuis, même si j'ai dit que j'avais passé un bon moment. Je pense qu'il n'est pas intéressé. Mais merde, je pensais vraiment qu'après des mois à discuter, ce serait différent. Qu'il ne fuirait pas dès qu'il découvrirait qui je suis."

—Mais il ne l'a pas fait. Vous êtes sortis pour un deuxième rendez-vous," a dit Blake.

—Et puis plus rien," j'ai gémi. J'ai pris une inspiration et l'ai relâchée lentement. —Je ne sais pas être patiente. Comme je l'ai dit, je fonce. Et deux rendez-vous et une nuit ensemble, plus le fait qu'il ne soit pas parti dès qu'il a compris qui j'étais, surtout dans cette ville, m'ont fait penser qu'il y avait peut-être quelque chose entre nous."

—Ne laisse pas cette ville t'atteindre," a dit Elise. —Je sais que c'est facile à dire, mais les gens qui s'en soucient que tu étais celle avec qui Dawson trompait sa femme sont les mêmes qui pensent que Valentina va larguer Brantley et se remettre avec Dawson."

—Ça n'arrivera jamais," a grogné Valentina. Elle a secoué la tête et frissonné.

Je lui ai souri. Elle était forte. Elle a pris une situation qui aurait donné envie à la plupart des gens de se cacher et l'a transformée en un avenir tellement meilleur pour elle.

—C'est juste dur quand quelqu'un me traite de briseuse de ménage," j'ai avoué.

Elles ont toutes fait des bruits de frustration et de colère, mais c'est Valentina qui s'est penchée en avant.

—La fin de mon mariage n'était pas ta faute. Si Dawson n'avait pas couché avec toi, il aurait couché avec quelqu'un d'autre. Il le faisait peut-être déjà d'ailleurs. Si j'entends quelqu'un te dire ça, je te promets que je les remettrai à leur place. La réalité, c'est que je n'étais pas heureuse. Goldie et Anna le savent, mais je n'aimais pas étaler mon linge sale, alors j'ai fait semblant que tout allait bien, même si ce n'était plus le cas depuis des années. Dawson n'aurait jamais dû tromper. Il n'y a jamais d'excuse pour ça. Mais aucun de nous n'était investi dans notre mariage. J'ai essayé d'être ce que je pensais qu'il voulait, mais je n'avais pas été heureuse depuis longtemps. Pas comme je le suis maintenant. Ton apparition chez moi était la meilleure chose qui pouvait m'arriver. Je n'étais pas ravie sur le moment, mais ma colère n'a jamais été dirigée contre toi. Je suis désolée que tu aies ressenti la colère des autres, cependant. D'autres qui n'ont ni le droit ni la connaissance de ce qui se passait."

—Merci," j'ai murmuré.

—Et putain, est-ce qu'on peut arrêter de blâmer la femme parce que l'homme n'arrive pas à garder sa bite dans son pantalon ?" a dit Elise. —Je veux dire, sérieusement ? Il balade sa queue partout, et c'est la faute de la femme célibataire qui saute dessus ? Va te faire foutre. Assume ta sexualité, mais lui doit assumer la sienne. Je suis d'accord avec Valentina. Je ferai taire quiconque te dira quoi que ce soit."

—Ça vous dirait de traîner chez Teased by Debby les samedis ? ai-je plaisanté.

Elles se sont toutes tournées vers moi avec différents degrés de colère dans leurs yeux.

—Sérieusement ? a demandé Elise, sa voix sombre et dangereuse. —Ils disent des conneries à ton boulot ?

J'ai haussé les épaules.

—Ça va pas se passer comme ça. Je serai là samedi. Qui vient avec moi ? a demandé Elise.

Toutes les mains se sont levées.

J'ai pouffé de rire en essayant de ne pas pleurer. Bordel, j'étais heureuse d'être venue au club de lecture. Et d'avoir eu tort au sujet des femmes assises dans cette pièce avec moi.

J'espérais simplement avoir tort aussi à propos de Knox et que nous avions peut-être encore une chance.

8

Après l'encouragement et le soutien que Valentina m'avait témoignés au club de lecture, j'ai décidé de m'arrêter à la Pâtisserie du Havre sur mon chemin vers le travail mardi. J'entendais des choses extraordinaires sur ses talents depuis des mois, mais j'avais trop peur d'y entrer et de la voir. Mais j'avais envie de sucre, et la Pâtisserie du Havre était une tentation à laquelle je ne pouvais plus résister.

L'auvent rayé rose et blanc était accueillant et joyeux avant même que je n'entre. Une fois à l'intérieur, l'endroit était animé mais pas bondé, et seules quelques personnes ont levé les yeux vers moi, souriant avant de retourner à leurs gourmandises et leurs conversations.

—Bienvenue à la Pâtisserie du Havre, dit la femme derrière le comptoir. Comment allez-vous aujourd'hui ?

—Je vais bien, merci, lui répondis-je. Et vous ?

Elle gloussa. —Je ne peux pas me plaindre quand j'ai l'occasion de discuter avec les gens et de profiter des fruits du travail de Valentina.

—Je peux comprendre. C'est pour ça que je suis là.

—Je suis Harriett. Je ne crois pas que nous nous soyons déjà rencontrées.

J'ai secoué la tête. —Non. C'est la première fois que je viens. Je m'appelle Haley.

Ses yeux se sont écarquillés pendant une demi-seconde avant que son sourire ne se crispe. —Oh. C'est un plaisir de vous rencontrer.

Je lui ai rendu son sourire. Après la façon dont Valentina semblait m'avoir défendue au club de lecture, je ne m'attendais pas à ce qu'une de ses collègues ait une réaction aussi négative à mon arrivée, mais peut-être que j'avais mal interprété ce qu'elle avait dit et que je m'étais trompée à son sujet.

—Euh, que me recommandez-vous ?

—Oh, eh bien, si vous aimez le chocolat, les croissants au chocolat sont divins. Si vous êtes fan de caramel, nous avons des brownies spectaculaires. Et nous avons aussi des options plus salées. Mais la plupart des gens viennent pour les sucreries.

—Je suis définitivement là pour les sucreries.

—Alors je vous recommande vivement les croissants ou un muffin. Ils sont tous délicieux.

J'ai examiné la vitrine et j'ai décidé de me faire plaisir, surtout si c'était la seule fois où je mettrais les pieds à la Pâtisserie du Havre. —Je vais essayer les deux. Un croissant au chocolat et un muffin banane-caramel. Oh, et je pense que je vais aussi prendre un de ces brownies. Et une eau, s'il vous plaît.

Harriett sourit et descendit de son tabouret. —À emporter ?

Je ravalai ma déception et secouai la tête. —Sur place. Même si je sais que je ne finirai pas tout pendant que je suis ici. Puis-je avoir un sac ?

—Bien sûr, dit Harriett. Elle était agréable et gentille, mais elle ne voulait pas de moi ici.

Elle me tendit une bouteille d'eau, une assiette vide et un sac contenant toutes mes gourmandises. Elle accepta ma carte et me souhaita bon appétit, mais je savais qu'elle voulait juste me voir partir.

Je m'installai à une table, le dos contre le mur. Personne ne me prêta attention pendant que je déballais mon croissant au chocolat et y mordais. Je gémis. Bon sang. Valentina était une magicienne.

—Briseuse de ménage, entendis-je à quelques pas. Pas dirigé vers moi directement, mais faisant partie d'une conversation chuchotée à mon sujet.

Les premières larmes me piquèrent les yeux. Merde.

Je regardai vers Harriett et la vis chuchoter à une autre femme au comptoir. L'autre femme me lança un regard méprisant. Harriett jeta un coup d'œil à la porte menant à la cuisine, puis revint à moi.

Elle fit un signe de tête à l'autre femme, puis glissa de son tabouret. Elle se dandina vers la cuisine, vérifiant que je n'avais pas bougé avant de pousser la porte qui se referma derrière elle.

La femme au comptoir me fusilla du regard.

Je me forçai à ne pas me recroqueviller, mais ce n'était pas facile de rester assise là et d'encaisser leur mépris. La plupart des gens en ville m'ignoraient. Seuls quelques-uns m'avaient déjà adressé la parole. Mais assise là, dans la boulangerie de Valentina, je savais que j'aurais dû éviter de venir.

—Haley ! s'exclama Valentina derrière moi.

Je me tournai vers elle, me forçant à sourire.

Elle s'approcha de moi et me serra dans ses bras avant de tirer l'autre chaise à ma table. —Je suis si contente que tu sois venue. Pourquoi ne m'as-tu pas dit que tu venais ?

Je jetai un coup d'œil autour de la boulangerie, voyant que chaque personne nous observait. —Euh, je me suis dit que j'essaierais après ce que tu m'as dit l'autre jour.

—À propos du fait que vous n'êtes pas responsable de la fin de mon mariage avec Dawson ? dit-elle à voix haute, clairement pour que les autres l'entendent. —Mon Dieu, non. Mon ex-mari infidèle est le seul à blâmer pour nous avoir menti à toutes les deux. Tu n'as rien fait de mal, si ce n'est tomber amoureuse du mauvais gars, ce que j'ai fait aussi. Je suis contente que les mensonges de Dawson soient révélés au grand jour pour que nous puissions toutes les deux avancer dans nos vies et être heureuses. Dieu sait que je suis plus heureuse avec Brantley que je ne l'étais avec Dawson.

J'ai avalé mon malaise et lui ai souri avec gratitude. — Merci. C'est délicieux.

—Les pains au chocolat sont dangereux. Je pourrais manger tout un plateau. Si j'en fais à la maison, j'ai à peine le temps de les sortir du four avant que Brantley et les filles ne se jettent dessus.

J'ai jeté un coup d'œil autour de moi et me suis rendue compte que le nombre de personnes qui nous observaient avait considérablement diminué. —Merci, ai-je murmuré.

Valentina m'a fait un clin d'œil. —Comment est le muffin ? C'est une nouveauté. Karissa teste de nouveaux produits pour moi, et elle adore celui-là.

—Il est incroyable.

—Super. Karissa m'a pratiquement forcée à le mettre au menu. Elle et McJenna l'adorent. Tu connais McJenna ? La fille de Xavier ? Elle et ma fille aînée sont bonnes amies.

J'ai secoué la tête. —Je ne connais pas beaucoup de monde en ville.

—Il faut changer ça. Il n'y a pas énormément d'activités à cette période de l'année, mais quand le printemps approche, et certainement pendant l'été, il y en a beaucoup. Tu as participé à des événements l'année dernière ?

J'ai secoué la tête. —J'étais occupée par le travail.

—Tu dois sortir davantage cet été. Viens avec nous aux

événements. Knox se joint généralement à nous puisque lui et Brantley sont bons amis, a dit Valentina sans la moindre ironie. Elle a souri, me faisant comprendre qu'elle savait ce qu'elle disait mais que les autres ne le remarqueraient pas.

—J'y réfléchirai, lui ai-je dit. Je n'avais toujours pas de nouvelles de Knox, et prévoir un double rendez-vous avec Valentina et Brantley n'était pas une bonne idée si Knox m'évitait.

—J'espère que tu te joindras à nous.

—Moi aussi.

—Je dois retourner à la cuisine pour sortir des blondies du four, mais c'était bon de te voir. Fais-moi savoir quand tu reviendras et je te préparerai quelque chose de spécial. Elle s'est levée et m'a serrée dans ses bras à nouveau, puis s'est tournée vers Harriett au comptoir. —Harriett, Haley est une bonne amie. Assurez-vous de me prévenir chaque fois qu'elle vient. Elle va revenir bientôt, n'est-ce pas, Haley ?

J'ai ri de son annonce et j'ai hoché la tête. —Absolument.

—Parfait. Au revoir, Haley ! À dimanche au club de lecture !

J'ai souri et fait signe à Valentina qui s'éloignait. Elle était incroyable. La plupart des gens n'accueilleraient pas la petite amie de leur mari en ville, et encore moins prendraient sa défense lorsque d'autres deviennent médisantes à propos de la situation, mais Valentina n'était définitivement pas comme la plupart des gens. Elle était spéciale.

J'ai fini mon croissant et la moitié de mon muffin, en emballant le reste pour plus tard avec mon brownie. J'ai vidé le reste de mon eau et j'ai apporté la bouteille vide au comptoir pour qu'elle soit recyclée.

—Je suis désolée de la façon dont je vous ai traitée, a dit Harriett quand je lui ai tendu la bouteille.

—Ce n'est pas grave.

Elle a secoué la tête. —Non, ça ne l'est pas. Je pensais

protéger Valentina. J'étais inquiète qu'elle sorte et vous voie, mais quand je lui ai dit que vous étiez là, elle était tellement enthousiaste à l'idée de vous voir.

—Elle est vraiment merveilleuse. Elle a été si gentille avec moi.

—C'est comme ça qu'elle est. Elle a dit dès le début qu'elle blâmait Dawson pour la fin de leur relation, mais je ne savais pas que vous étiez amies toutes les deux.

—J'ai essayé de rester discrète, la plupart du temps.

Harriett a secoué la tête. —S'il vous plaît, ne le faites pas. Vous êtes toujours la bienvenue ici.

—Merci. Je sais que tout le monde ne partage pas ce sentiment.

—Ne vous inquiétez pas pour Annabeth. Harriett a secoué la tête. —Je l'aime bien, mais elle ne sera jamais d'accord avec le divorce, quelle que soit la situation.

—Je comprends. Ce n'était pas le cas, mais je n'allais pas débattre. Tous les mariages ne fonctionnent pas, et ce qui se passe dans un mariage concerne uniquement les deux personnes qui ont fait les vœux. Personne d'autre ne devrait avoir son mot à dire sur la durée d'un mariage ou non. Ce n'était l'affaire de personne.

Et même si j'ai joué un rôle dans la fin du mariage de Valentina et Dawson, je n'ai pas eu mon mot à dire. Quand j'ai appris que Dawson était marié, j'ai bloqué son numéro et je l'ai supprimé de mon téléphone. Peu importait s'il voulait continuer à me voir, je ne lui faisais pas confiance, et je ne voulais pas être avec quelqu'un en qui je ne pouvais pas avoir confiance.

J'ai dit au revoir à Harriett et j'ai promis de revenir bientôt, puis je suis partie pour aller au travail.

J'ai mis mon sac à main à l'arrière et j'étais sur le point de sortir par devant quand Chelsea a fait irruption à travers le rideau.—Es-tu allée à la boulangerie Cove ce matin ?

—Oui, pourquoi ? ai-je demandé avec prudence.

—Madeline vient d'entrer pour parler à Debby et lui racontait ça. Elle a dit que tu étais entrée là-bas comme si tu possédais l'endroit et que tu avais pris un ton hautain avec Harriett, puis exigé de voir Valentina. Elle a dit que Valentina avait été gentille et douce avec toi pendant que tu lui disais que la nourriture n'était pas aussi bonne que tout le monde le prétend. Elle a dit que tu avais jeté ta nourriture et annoncé à tout le monde que tu ne reviendrais jamais.

—Quoi ? Rien de tout cela ne s'est produit. Pourquoi dirait-elle ça ?

—Parce que c'est une garce haineuse. Que s'est-il réellement passé ?

J'ai soupiré.—Valentina était vraiment gentille au club de lecture dimanche, alors j'ai décidé d'aller à la boulangerie Cove aujourd'hui. Quand j'ai donné mon nom à Harriett, elle est devenue bizarre, puis une certaine Annabeth est arrivée et a dit quelque chose sur le fait que j'étais une briseuse de ménage. Harriett a dit à Valentina que j'étais là, et Valentina est sortie pour me saluer. Elle a été formidable. Elle a annoncé à tout le monde que nous étions amies et qu'Harriett devrait toujours lui dire quand j'arrive et qu'elle était heureuse de me voir et qu'elle ne m'a jamais blâmée pour la fin de son mariage.

—Ça semble plus probable que ce que Madeline vient de raconter.

—Et je n'ai rien jeté du tout. J'aurais acheté toute la vitrine si j'avais pu tout manger. Tout était tellement bon, ai-je gémi.

—Je sais. J'adore cet endroit. Argh. Je suis désolée que Madeline raconte encore un mensonge à ton sujet.

—J'imagine qu'elle est amie avec Annabeth ?

—Oui. Je crois même qu'elles sont sœurs.

J'ai levé les yeux au ciel et gémi.—Bien sûr qu'elles le sont.

—Ne t'inquiète pas. Debby a fait tsk-tsk et des bruits

vagues jusqu'à ce que Madeline s'en aille toute contente, après avoir répandu son venin pour la journée.

—Tu sais, j'attendais presque cette journée avec impatience. J'ai pris un petit-déjeuner délicieux, j'ai parlé à une amie, et j'allais passer toute la journée à travailler avec une autre amie. Mais maintenant ces femmes haineuses viennent tout gâcher.

—C'est exactement ce qu'elles veulent, dit Chelsea. —Tu ne dois pas les laisser t'atteindre.

—Ça a l'air tellement facile à faire, dis-je avec sarcasme.

Chelsea éclata de rire. —Je sais. Mais Madeline ne reviendra probablement pas puisqu'elle est déjà passée, donc il y a au moins ça de positif.

Je joignis les mains devant moi en prière. —S'il te plaît, mon Dieu, fais que ce soit vrai.

Chelsea rit à nouveau, puis passa son bras sous le mien. —Allez, viens. Allons travailler et oublions toutes ces personnes qui veulent nous rabaisser.

—Oui, s'il te plaît. Je me laissai entraîner par Chelsea dans le salon pour me mettre au travail.

MA JOURNÉE s'est finalement mieux passée que prévu. J'ai eu trois nouvelles clientes, une sans rendez-vous et deux qui avaient pris rendez-vous avec moi. Toutes les trois se sont extasiées sur leur nouveau look en partant et m'ont laissé d'énormes pourboires.

Et puis je suis rentrée chez moi et j'ai trouvé un long message de Knox.

BIEN AVEC MES MAINS

> Tu n'as probablement plus envie d'avoir de
> mes nouvelles, mais je voulais m'excuser de
> ne pas t'avoir contactée. J'ai eu une semaine
> difficile au travail, mais ce n'est pas une
> excuse. Le plus gros problème, c'est que
> mon père s'est retrouvé à l'hôpital. Il va bien
> maintenant, juste une petite frayeur vendredi
> matin, mais tout s'est enchaîné et j'ai travaillé
> plus longtemps que d'habitude. C'est le
> premier jour où j'ai pu m'arrêter plus d'une
> minute ou deux, et je voulais te contacter. Je
> suis vraiment désolé, et j'espère que tu me
> laisseras m'excuser en personne un jour.

Son histoire serait assez facile à vérifier, et j'étais sûre qu'il le savait. Mais ce n'était pas pour ça que je le croyais. Il avait dit qu'il était désolé. D'après mon expérience, les gens ne disaient pas ça, surtout les hommes, à moins qu'ils n'essaient de me mettre dans leur lit ou qu'ils ne le pensent vraiment.

Knox m'avait déjà mise dans son lit, donc je penchais plutôt pour le fait qu'il le pensait vraiment.

Je ne pouvais pas retenir le sourire qui relevait mes lèvres. J'ai vérifié l'heure et réalisé qu'il devrait fermer la quincaillerie dans moins d'une heure, à moins qu'il ne ferme plus tôt. Mais si je pouvais bien calculer mon arrivée, je pourrais le surprendre avec le dîner et peut-être passer un peu de temps ensemble.

Avant de remettre ma décision en question, je suis retournée à ma voiture et j'ai quitté le parking. J'ai conduit jusqu'à Will Work For Burgers et commandé deux cheeseburgers, deux grandes portions de frites et deux boissons en bouteille. J'ai vérifié l'heure en remontant dans ma voiture et j'ai croisé les doigts pour arriver à temps.

Les lumières étaient encore allumées quand je me suis garée devant la quincaillerie d'Al. J'ai pris le sac de nourriture et les boissons avant de me diriger vers la porte, souriant en constatant que le magasin était silencieux.

—Nous allons bientôt fermer. Je peux vous aider à trouver quelque chose ? lança Knox.

Je ne pouvais pas le voir, mais j'ai suivi sa voix vers l'avant du magasin. —J'ai trouvé ce que je cherchais, ai-je dit quand je l'ai enfin aperçu.

Il avait l'air épuisé. Ses cheveux étaient en désordre et bouclaient sur son col. Sa barbe semblait avoir besoin d'être taillée. Et ses yeux étaient rouges et fatigués. Mais il a souri en me voyant. —Salut. Qu'est-ce que tu fais ici ?

J'ai levé le sac et dit : —J'ai reçu ton message. J'espérais que tu serais partant pour dîner.

—Vraiment ?

J'ai hoché la tête. —Oui.

—Un dîner serait excellent. Donne-moi une seconde pour fermer et on pourra aller à mon appartement. Si ça te va ?

—Absolument.

Il m'a adressé un sourire soulagé. Il est passé près de moi, serrant mon bras au passage, et a verrouillé la porte d'entrée. Il s'est tourné vers moi et m'a demandé : —Où t'es-tu garée ?

—Devant. C'est bon ?

—Oui. Euh, tu peux déplacer ta voiture à l'arrière si tu veux. Tu n'es pas obligée, mais comme ça tu n'auras pas à faire tout le tour. Laisse tomber. Ce n'est pas grave.

—Knox, je peux déplacer ma voiture ou je peux marcher. Les deux me vont.

Il prit une profonde inspiration. —Je suis désolé. Je suis encore complètement déstabilisé, et je suis vraiment putain d'heureux de te voir. J'étais certain que tu ne me parlerais plus jamais.

Je m'approchai de lui et souris. —Ces derniers mois, j'ai eu quelques personnes qui ont tiré des conclusions hâtives à mon sujet. Je me suis dit que le minimum que je te devais était une chance de t'expliquer. Et j'ai eu l'impression que tu me disais la vérité, donc je n'avais aucune raison de me mettre en colère. La famille passe avant tout.

Il soupira à nouveau et hocha la tête. —Merci. Ça... Merci.

—Je devrais déplacer ma voiture ?

Il acquiesça. —Ouais. Ce sera plus simple quand tu partiras. Dieu sait que ces cinglés vont probablement me voir te raccompagner et essayer d'acheter quelque chose.

Je ris avec lui et essayai d'ignorer le doute qui persistait au fond de mon esprit, me soufflant qu'il tentait de cacher que nous passions du temps ensemble. Déplacer ma voiture pour la rapprocher de son appartement avait du sens. Ça n'avait rien à voir avec le fait que ma voiture était garée dans la rue devant sa boutique et les langues bien pendues des habitants de notre ville.

—Où dois-je me garer ? demandai-je.

Il ouvrit la porte d'entrée et sortit avec moi. —Tu vois cette allée au bout du bâtiment ?

J'acquiesçai.

—Passe par là. Il y a un parking, mais laisse-moi une minute pour ouvrir ma porte afin que tu saches près de quelle entrée te garer.

—Ton pick-up est là-bas ?

Il ricana. —Évidemment. Oui, tu peux te garer juste à côté. Désolé. Attends que j'ouvre la porte avant de sortir de ta voiture, par contre. Je ne veux pas que tu restes dehors dans le froid.

J'acquiesçai, étrangement touchée qu'il s'inquiète. Il n'essayait pas de me cacher. J'étais ridicule.

Je conduisis lentement jusqu'au parking derrière la quincaillerie et me garai à côté de son pick-up. Une minute plus tard, il ouvrit la porte menant à son appartement et sortit à ma rencontre.

—Je peux te faire un câlin ? demanda-t-il quand je sortis de la voiture.

J'ai acquiescé de la tête et me suis rapprochée de lui, appréciant plus que prévu la façon dont il se détendait contre moi. Il s'est appuyé sur moi pendant une minute, me laissant porter une partie du stress et de l'anxiété qu'il avait accumulés depuis presque une semaine.

—Je suis vraiment content que tu sois là. Je ne m'attendais pas à ce que tu viennes, mais bon sang, que je suis heureux que tu l'aies fait.

—Je me suis dit qu'on a tous besoin de quelqu'un à qui parler parfois, et d'un dîner auquel on n'a pas à réfléchir à l'avance. Si tu as travaillé et passé du temps avec ton père, je me suis dit que tu n'avais probablement pas fait les courses. Ce ne sont que des hamburgers, mais j'espérais que ce serait une bonne surprise.

—Définitivement, a-t-il murmuré dans mon cou. —Merci, Haley.

—Je t'en prie, Knox.

Nous sommes restés là jusqu'à ce que l'air froid s'installe et que je frissonne. Knox a reculé d'un pas. —Merde. Je t'ai dit de ne pas sortir de ta voiture pour que tu ne sois pas dans le froid, et je t'ai gardée dehors. Je suis désolé. Rentrons.

J'ai hoché la tête et l'ai suivi dans son appartement, me répétant que j'étais seulement là pour être une amie. Nous n'allions pas nous retrouver dans son lit à nouveau.

Probablement.

9

KNOX

J'ai grogné et me suis adossé dans mon siège, me frottant l'estomac. —C'était délicieux, ai-je dit à Haley. —Merci.

—Je t'en prie. Je suis contente que ton père aille mieux.

J'ai hoché la tête. Quand Papa m'a appelé pour me dire qu'il ne se sentait pas bien, puis a commencé à bafouiller, j'ai paniqué. Malgré toutes les conneries que Tony, Dick et Wayne me font subir, j'étais reconnaissant qu'ils soient là. Ils n'ont pas hésité à prendre en charge le magasin pour que je puisse rejoindre Papa immédiatement.

—Moi aussi. Et je suis reconnaissante que tu aies accepté de me pardonner de t'avoir ignoré pendant plusieurs jours.

Elle a secoué la tête et souri. —Rien à pardonner. Je comprends.

—Tu es proche de ta famille ?

Son sourire a faibli. —Euh, non. Pas vraiment.

—Vraiment ? J'aurais pensé que tu l'étais d'après ce que tu as dit. Que la famille est importante.

Elle s'est repositionnée à côté de moi sur le canapé. Le film que nous avions commencé en nous asseyant pour dîner était à moitié fini et nous étions encore assis à quelques mètres l'un de l'autre, mais son mouvement semblait l'éloigner encore plus. —La famille est importante. Mais je n'ai jamais vraiment eu l'impression d'en avoir une. Mes parents ont toujours été plutôt distants, et je n'ai pas de frères et sœurs.

—Wow. Ça craint. Je n'ai pas de frères et sœurs non plus, mais je suis très proche de mon père.

—Et ta mère ?

Je n'aimais pas parler de ma mère. Non pas parce qu'elle n'était pas géniale, mais parce que c'était douloureux. —Ma mère est morte quand j'avais deux ans. Elle est tombée malade et a fini à l'hôpital. Ils n'ont pas pu déterminer ce qui n'allait pas, et finalement, elle est juste morte.

—Putain. C'est dingue.

J'ai hoché la tête. —C'était dur. Ça a détruit mon père. Il était tellement en colère contre les médecins. Je pense que c'est en partie pour ça qu'il n'est pas allé consulter plus tôt la semaine dernière quand il ne se sentait pas bien. Il ne leur fait pas confiance."

—C'est difficile. Mais je peux comprendre qu'il ressente ça. C'est dur de faire confiance à des gens qui t'ont déçu par le passé."

—C'est vrai. Je ne me souviens pas de ma mère, mais il y a quelques gars qui traînent au magasin qui m'ont raconté un peu comment était mon père avant la mort de maman."

—Ah bon ?"

J'ai souri en repensant à certaines des histoires qu'ils avaient partagées. —Il adorait ma mère. Il la vénérait. Elle était tout son monde. Il m'a dit qu'ils parlaient d'avoir d'autres enfants, mais elle est morte avant qu'ils n'en aient eu l'occasion."

—J'en suis vraiment désolée."

—Merci. J'aimerais avoir des souvenirs d'eux avant qu'elle ne meure."

Haley a hoché la tête d'un air pensif. —Mes parents ne sont pas comme ça. Ils n'ont jamais été affectueux avec moi, et ils ne le sont pas non plus entre eux. Il y a eu des moments où je me demandais pourquoi ils m'avaient eue."

Ça me faisait mal pour elle. Je ne pouvais pas imaginer le sentiment de ne pas être désiré. Mon père ne m'a jamais fait sentir comme ça, même si je savais qu'il aurait aimé que ma mère soit là pour beaucoup de choses pendant mon enfance. —Tu as dit que tu venais de Kansas City, mais tu ne m'as jamais dit comment tu as atterri ici. Où habitais-tu avant de déménager à L'anse MacKellar ?"

—Après l'école de cosmétologie, je suis restée dans la région de Chicago pendant quelques années. Puis j'ai commencé à me déplacer vers l'est. Cleveland. Buffalo. Syracuse. Je ne me sentais jamais installée. Quand j'ai décidé de venir ici, je pensais me créer une famille."

—Avec Dawson. Merde." J'ai hésité, me demandant jusqu'où je pouvais ou devais fouiller.

—Vas-y, pose ta question," a-t-elle dit doucement.

J'ai croisé son regard et souri timidement, me demandant à quel point elle détestait que les gens soient curieux. —Comment vous êtes-vous rencontrés ?"

—J'avais un pneu crevé, et il m'a proposé de m'aider à le changer. Nous avons discuté pendant qu'il travaillait, et ça m'a plu. Il me plaisait. Je n'ai jamais su qu'il était marié. Je ne l'ai même jamais soupçonné."

—Je sais."

Elle releva brusquement la tête, ses yeux bruns fixés sur moi. —Vraiment ?

J'ai hoché la tête. —Bien sûr. Tu l'as dit avant, et je te crois. Je ne te connais pas si bien, mais j'ai l'impression de te connaître. Comme si je pouvais discerner le genre de personne que tu es. Je ne te vois pas comme quelqu'un qui s'impliquerait avec une personne déjà en couple.

—J'aimerais que les autres comprennent ça, a-t-elle chuchoté.

—Tout le monde ne s'intéresse pas à la vérité, lui ai-je dit, en pensant à Dick, Wayne et Tony. Autant je les trouvais plutôt corrects, autant ils ne se souciaient pas vraiment de la vérité. Ils aimaient raconter leurs histoires, qu'elles soient vraies ou non.

—J'ai définitivement appris ça. Travailler dans un salon n'est pas toujours facile.

—Mais tu aimes ça ?

Son sourire a été rapide et sincère. —J'adore. C'était quelque chose que je pouvais apprendre rapidement et qui me permettait de gagner de l'argent sans avoir à dépenser une fortune pour obtenir un diplôme. J'ai continué à me former, mais c'est abordable comparé à certaines options. Ça m'a permis d'être indépendante dès mes dix-huit ans.

—De t'éloigner de tes parents, ai-je dit.

Elle a acquiescé. —Je leur parle une ou deux fois par an, je prends de leurs nouvelles et je leur souhaite le meilleur, mais je ne leur rends pas visite souvent. Je crois que ça fait trois ou quatre ans que je ne les ai pas vus.

—Wow. C'est difficile pour moi de comprendre ça. Bon sang, je viens juste d'emménager ici il y a quelques années. Je ne me suis jamais embêté à quitter la maison de mon père. Il n'y avait aucune raison de le faire.

—C'est chouette que tu sois proche de lui. Tu as dit qu'il possédait autrefois la quincaillerie ?

—Oui. Il adorait ça. Il a pris sa retraite uniquement parce que les longues heures commençaient à lui peser.

—C'était probablement plus facile pour lui de savoir que tu étais prêt à prendre le relais et à faire tourner l'affaire.

Mes joues se sont réchauffées à cette implication. Que

mon père avait laissé l'endroit entre de bonnes mains. Que je ne changerais rien ou ne ferais rien de différent. Que je ne foutrais pas tout en l'air dès que j'aurais mis la main dessus et que je ne mettrais pas presque en faillite l'entreprise de mon père.

—Ouais, ai-je dit sans conviction.

Son sourire s'effaça en entendant mon ton, mais elle se força à le remettre en place. —Je devrais probablement y aller. Je voulais juste t'apporter à dîner.

—Oui, je suis vraiment épuisé. Mais j'apprécie beaucoup la nourriture. Et la compagnie.

Elle me sourit tandis que nous nous levions tous les deux. Nous étions proches, suffisamment proches pour que je puisse sentir le parfum de son shampooing.

—J'essaie d'être correct là, lui dis-je.

Elle leva les yeux vers moi. —Pourquoi ?

Je me rapprochai d'elle, désireux de me perdre en elle comme la nuit de notre rencontre. —Parce que je ne veux pas profiter de toi. Je ne veux pas être ce type qui t'entraîne au lit après une semaine difficile.

—Je n'ai pas besoin que tu le sois, murmura-t-elle.

Je fermai les yeux et respirai son parfum. Je ne désirais rien d'autre que d'oublier le monde extérieur et de me concentrer uniquement sur elle. Mais si je faisais cela, je la traitais comme n'importe quelle autre femme. Elle représentait plus que cela pour moi.

Elle était des mois de conversations et des semaines de sourires. Elle était des moments, de la douceur et le potentiel de bien plus qu'une nuit ou deux.

—Tu me plais, Haley. Je sais qu'on n'a eu que trois rendez-vous, si on compte ce soir, mais tu me plais. Et je ne veux pas tout gâcher. Même si on a déjà été ensemble une fois, je veux m'assurer qu'on soit tous les deux dans le bon état d'esprit quand on sera ensemble à nouveau.

Elle me sourit et se hissa lentement sur la pointe des pieds, me laissant le temps de reculer.

Je n'avais aucune intention de reculer.

Ses mains glissèrent sur ma poitrine aussi lentement que ses lèvres se rapprochaient des miennes. J'attendis, la laissant mener. Quand elle tira sur ma nuque pour que je réduise la distance entre nous, je n'hésitai pas à le faire.

Son baiser était doux et hésitant, comme si elle l'essayait. Les souvenirs de la nuit que nous avions passée ensemble me submergèrent. Je la désirais, intensément, mais je savais que ce n'était pas une bonne idée. Ni pour l'un ni pour l'autre.

Sa langue effleura mes lèvres, et je gémis en les entrouvrant pour elle. Elle taquina le bout de ma langue avec la sienne, toujours timide et prudente dans son baiser. Je n'étais pas pressé de la voir partir, ni pressé de faire avancer les choses. L'embrasser était parfait.

Nous sommes restés debout devant mon canapé pendant une éternité, à nous embrasser comme des adolescents qui ne savaient pas comment passer à l'étape suivante. Mes mains sont restées sur ses hanches, les siennes autour de mon cou, et aucun de nous n'a essayé d'aller plus loin.

C'était exactement ce dont j'avais besoin. Ce qui me faisait me sentir comme un connard de prendre d'elle, mais elle me l'avait offert. Elle avait initié le baiser. Elle l'avait rendu tellement meilleur que je ne l'aurais fait.

Elle s'est légèrement reculée et s'est abaissée sur ses pieds. Elle était plus petite que moi d'une quinzaine de centimètres et elle se logeait parfaitement sous mon menton comme si elle était faite pour être exactement là.

Ses bras ont entouré ma taille et m'ont serré contre elle, sa tête contre ma poitrine. Aucun de nous n'a dit quoi que ce soit, nous nous sommes juste tenus l'un à l'autre.

—Je devrais y aller. Je sais que tu dois te lever tôt demain. Elle s'est reculée, évitant mon regard.

—Hé, ai-je dit, la rattrapant avant qu'elle ne s'éloigne.

Elle a levé les yeux vers moi, une question dans son regard.

—Merci. D'être là.

Elle a souri.—De rien.

Je l'ai raccompagnée dehors, attendant qu'elle disparaisse au coin de la rue avant de rentrer. C'était une bien meilleure soirée que ce à quoi je m'attendais. Tout ça grâce à Haley.

LE LENDEMAIN MATIN A COMMENCÉ CALMEMENT, mais vers le milieu de la matinée, le magasin était bondé. La nouvelle que Papa avait fini à l'hôpital se répandait enfin en ville et les gens venaient demander comment il allait. Ce trafic supplémentaire m'empêchait de rester planté là à penser à toutes les choses que je ne faisais pas de ma vie.

L'alerte santé de Papa avait été pour moi un véritable signal d'alarme. Plus que je ne l'avais réalisé jusqu'au départ de Haley la veille. Bien sûr, ça m'avait foutu une trouille bleue, mais après avoir parlé avec Haley, ça m'avait fait réfléchir à toutes les choses auxquelles j'avais renoncé dans ma vie. Des choses que j'avais toujours prévu de faire et espéré accomplir.

Comme les changements pour le magasin.

Les choses se sont finalement calmées juste avant le déjeuner, mais je savais qu'une autre vague arriverait quand les gens seraient en pause de leur travail. Soit pour s'arrêter prendre un outil ou une pièce pendant leur pause déjeuner, soit pour récupérer quelque chose durant leur pause. Quand une femme au sourire éclatant, vêtue d'une salopette et d'un t-shirt jaune vif est entrée, ma première pensée a été qu'elle s'était perdue.

— Bonjour. Je peux vous aider ? ai-je demandé.

— Je l'espère. Êtes-vous Knox ?

Je me suis redressé, me demandant comment une femme que je n'avais jamais vue connaissait mon nom. — C'est bien moi. Nous sommes-nous déjà rencontrés ?

Elle a ri. — Non, non. Désolée. Je viens de m'installer en ville. Je m'appelle Daisy Lincoln.

— Lincoln Jouets ? ai-je demandé en serrant la main qu'elle me tendait.

— Oui ! C'est moi. Wow. Je ne savais pas que quelqu'un en avait entendu parler.

— Petite ville.

Elle a ri de nouveau. — C'est vrai, c'est vrai. C'est pour ça que j'ai déménagé ici. Une amie d'université habite ici. Elle m'a dit que c'est un endroit magnifique. Chaque fois qu'elle postait des photos en ligne, j'étais jalouse et je voulais être ici.

— Et maintenant vous y êtes.

— Maintenant j'y suis. Pour être honnête, c'est un peu écrasant quand même. Natalie, mon amie d'université, elle m'a beaucoup aidée, mais il y a tellement de choses à penser. C'est elle qui m'a parlé de vous.

— Natalie Edwards ? ai-je demandé.

Daisy a ri. — C'est bien elle. Elle m'a dit qu'elle vient ici pour trouver beaucoup de fournitures pour les jeux et projets qu'elle prévoit pour les enfants pendant le camp d'été. Elle m'a recommandé de venir voir si vous aviez ce que je cherche pour installer ma caisse enregistreuse.

— Je ne savais pas que vous étiez si proche de l'ouverture. Quand Tony a mentionné le magasin de jouets qui devait être près de chez lui, je pensais qu'il se trompait de quelques mois.

— Oh, je ne le suis pas. Pas avant environ quatre mois. Je prévois l'ouverture officielle pour le début de l'été, juste après la fin de l'année scolaire. Natalie va m'aider. Elle m'a présentée à Goldie du département du tourisme. Tout le monde ici est vraiment merveilleux.

— C'est un bon endroit où vivre.

— Jusqu'à présent, je l'apprécie beaucoup. Une fois que j'aurai lancé le magasin de jouets, je pense que je m'installerai vraiment. Pour l'instant, je ne m'arrête pratiquement jamais.

— Eh bien, que puis-je faire pour votre caisse enregistreuse afin de vous aider à avancer ?

Daisy parlait avec ses mains en décrivant le meuble qu'elle prévoyait d'utiliser pour l'espace de caisse. Sa taille était suffisante pour qu'elle puisse y mettre tout ce dont elle avait besoin, mais il n'était pas particulièrement propice à l'exposition des produits au point de vente. C'était ce qu'elle essayait de résoudre.

— J'aime bien ce que vous avez, dit-elle, en regardant les étagères simples que mon père avait installées il y a une éternité.

— Ça fonctionne. Ce n'est pas particulièrement attrayant, mais mes clients ne se soucient pas vraiment de l'apparence. Les vôtres seront peut-être un peu plus exigeants.

— C'est vrai, dit-elle, en examinant attentivement les étagères. J'essaie aussi de décider quelles petites choses je vais vouloir mettre à l'entrée du magasin.

— Je mise sur des articles peu coûteux, qui incitent à l'achat impulsif. Des choses que les gens pourraient glisser dans leur poche ou leur sac à main, mais aussi des outils dont tout le monde a besoin et qu'on oublie généralement de prendre quand on se promène dans le magasin. Je désignai les outils multifonctions qui se vendaient bien.

— Très intelligent. C'est l'une des nombreuses choses pour lesquelles j'ai l'impression d'être dépassée.

— Qu'est-ce qui vous a décidée à ouvrir un magasin de jouets ? demandai-je, toujours curieux de savoir ce qui inspire les gens.

— Parce que c'est amusant, dit-elle avec un grand rire. Je veux dire, qui n'a pas envie de jouer toute la journée ? Je suis définitivement concentrée sur les enfants et les jouets qu'ils aimeront, mais je vais aussi inclure des options pour les adultes.

— Vraiment ? Des jouets pour adultes ? demandai-je, me rendant compte à quel point cela sonnait grivois dès que les mots sortirent de ma bouche.

Elle rit à nouveau, frappant sa main sur le comptoir. — Pas ce genre de jouets. Pas dans le même magasin.

— Des projets futurs, la taquinai-je.

Elle rejeta la tête en arrière et rit. — Je ne suis pas sûre que je pourrais faire ça sans rougir jusqu'aux oreilles et être gênée de parler aux clients. Surtout dans une petite ville. Je ne veux pas savoir quel genre de jouets les couples d'ici apportent dans leur chambre.

—Il y a certainement des limites que je ne veux pas franchir. Surtout en connaissant certains habitants du coin.

Elle rit doucement. —Je comprends. Dis, ça te dérange si je prends quelques photos de ça ?

—Pas du tout, lui dis-je en m'écartant pour ne pas gêner sa prise de vue.

Elle prit quelques clichés, changeant d'angle et s'approchant pour voir certains détails. Puis elle se tourna et observa le reste du magasin. —J'ai besoin de tellement de choses. Il me faut toutes les étagères pour les jouets. Je n'arrive pas à décider si je veux des étagères sur mesure ou si je veux les étagères métalliques standard que tant de magasins utilisent. Je suis tombée amoureuse de la caisse enregistreuse et je n'ai pas pu m'en détacher, même si je savais qu'elle n'était pas parfaite.

—Je comprends ce sentiment.

—J'ai quand même besoin de quelques articles avant de vous laisser continuer votre journée.

—Très bien. Besoin d'aide pour trouver quelque chose ? demandai-je alors qu'un autre client entrait.

Daisy secoua la tête et rejeta mon offre d'un geste. —Je vais flâner et prendre la mesure de tout, si cela ne vous dérange pas. Je trouverai ce que je cherche au fur et à mesure.

—Parfait. Faites-moi savoir si vous avez besoin d'aide, lui dis-je.

—Je n'y manquerai pas. Merci, Knox.

Je me tournai vers le client et lui indiquai la direction pour trouver ce qu'il cherchait, puis je saluai Teddy. Il travaillait dans une équipe de construction locale mais s'arrêtait toujours pour acheter des articles pour ses projets à la maison. Lui et sa femme, Genevieve, possédaient une belle maison à rénover que Teddy n'avait le temps que de rafistoler entre son emploi du temps de travail et leur famille qui s'agrandissait.

—Salut, Knox.

—Comment vont Genevieve et le bébé ?

Teddy avait l'air épuisé. Comme s'il pouvait à peine tenir la tête droite, mais quand je lui ai demandé des nouvelles de sa famille, il a souri comme s'il venait de gagner au loto. —Tout va bien. Michael a eu un an en janvier, et elle attend le deuxième bébé pour juillet.

—Wow. C'est super.

Teddy hocha la tête. —Ça l'est, mais mec, c'est prenant. J'adore Gen, et j'adore Michael, mais la période où elle était en congé après sa naissance était stressante. Je ne suis pas sûr d'être prêt pour un deuxième enfant."

—Tu n'as pas vraiment le choix. Il va arriver que tu sois prêt ou non."

Il haussa les épaules. —Je sais. C'est juste... je ne suis pas assez présent pour l'aider. Si j'avais un emploi du temps plus régulier, je pense que tout serait plus facile."

—Je peux comprendre ça," dis-je, même si ce n'était pas le cas. Je n'avais jamais eu à me soucier que de moi-même et de mon père. Pas d'enfants. Pas d'épouse.

Un jour, peut-être.

—On va s'en sortir. On l'a fait la dernière fois, et Michael n'était pas prévu. Désolé de te décharger tout ça dessus."

—T'inquiète pas."

Il passa sa carte et prit son sac avant de se précipiter vers la sortie avec un signe de la main.

Daisy déposa une brassée d'articles sur le tapis avec un rire. —Les quincailleries, c'est comme de l'herbe à chat pour moi. Quand je me balade, ça me donne toujours de nouvelles idées. J'ai l'impression que je reviendrai très bientôt."

Je ris avec elle et scannai les articles. —Qu'allez-vous faire avec ceci ?" Je tenais une collection de crochets de tailles et de formes variées.

Daisy rit. Elle riait plus que quiconque que j'avais jamais rencontré. —C'est exactement pour ça que je suis venue. J'avais besoin de quelque chose pour tous les petits objets que j'ai. Certains vont me servir à organiser les câbles et ce genre de choses, mais d'autres seront pour les objets que je dois avoir à portée de main, comme les porte-blocs et les listes d'articles."

—Intelligent." Je terminai de scanner tous les articles, puis attendis qu'elle passe sa carte. J'hésitai à proposer mon aide pour l'installation du magasin de jouets, mais je ne voulais pas qu'elle pense que je la draguais.

—Merci. J'ai hâte de tout mettre en place. Et merci de m'avoir laissée examiner votre caisse. Je pense qu'une fois que j'aurai compris cette partie, je me sentirai plus à l'aise avec le reste du magasin."

—On dirait que ça donne le ton."

Elle hocha la tête. —Vraiment. C'est ce que j'adore. J'espère que je pourrai trouver d'autres éléments qui s'accorderont avec.' Elle attrapa ses sacs. —Je dois juste continuer à chercher et croire que la bonne chose se présentera. Ravie de vous avoir rencontré, Knox !"

—Moi de même, Daisy."

Je lui fis un signe de la main alors qu'elle sortait et me blâmai de ne pas lui avoir dit que je pouvais construire tout ce dont elle avait besoin. Mais je n'étais que le type qui possédait la quincaillerie. Je devrais la présenter à Teddy. C'était lui le professionnel.

Mais j'avais vraiment envie de ce travail. Si seulement je pouvais arrêter de me mettre des bâtons dans les roues.

J'ai vérifié l'heure en me précipitant vers mon camion. J'avais fermé en retard parce qu'un client était entré à la dernière minute, puis avait mis une éternité à décider ce dont il avait besoin. Mon père m'a inculqué de ne jamais brusquer un client, alors j'ai attendu patiemment qu'il ait terminé, puis j'ai encaissé son achat de dix dollars et retourné la pancarte sur « fermé ».

J'ai envoyé un rapide texto à Derek pour lui dire que j'étais en retard mais en route. J'ai rangé mon téléphone avant qu'il ne réponde, espérant qu'il ne serait pas trop contrarié quand j'arriverais à Stone Auto Repair.

Son parking était presque vide quand je suis arrivé, et une cliente sortait par la porte d'entrée, la tenant pour que je puisse entrer. J'ai remercié la femme et me suis précipité pour attraper la porte afin qu'elle n'ait pas à attendre.

—On n'a pas le temps pour un client sans rendez-vous, a lancé Derek dès que j'ai mis un pied à l'intérieur. Il a souri et s'est approché, me serrant la main. —Merci d'être venu.

—Pas de problème. Désolé pour le retard.

Derek a balayé mon inquiétude d'un geste. —Ça arrive. Je comprends. Prêt à jeter un coup d'œil ?

J'ai hoché la tête. Derek m'a guidé vers l'atelier, passant devant le panneau « Réservé au personnel » sur la porte. Le bruit des outils et les cliquetis du travail résonnaient dans l'espace. C'était calme comparé à ce que ce serait si l'atelier était plein. Seuls deux gars étaient encore là, de ce que je pouvais voir.

Derek a sifflé bruyamment, faisant cesser le bruit. —Knox est là, a-t-il annoncé.

Je ne comprenais pas pourquoi il annonçait ma présence jusqu'à ce que six gars s'approchent de nous, chacun me serrant la main et s'excusant de me salir.

J'ai écarté leur préoccupation et dit : —Enchanté de vous rencontrer tous.

Ils ont acquiescé et murmuré la même chose, puis se sont tous tournés vers Derek.

—Je sais ce que je veux, mais je voulais qu'ils t'expliquent eux-mêmes ce dont ils ont besoin. Rien de tout ça n'est visible pour les clients, donc l'apparence n'est pas vraiment importante. La fonctionnalité est bien plus significative que l'esthétique. Derek a fait un geste vers son équipe, qui a hoché la tête en accord.

—Je comprends. Est-ce que c'est pour du stockage de pièces, d'outils, de quoi parle-t-on ?

—Un peu de tout. Nous voulons remplacer ces vieilles étagères. Le métal est solide, mais avec les grilles, les trucs tombent à travers et tout dégringole par l'arrière tout le temps. On aime pouvoir voir où tout se trouve et avoir un accès facile, mais les inconvénients l'emportent sur les avantages.

Je me suis approché de ce qu'ils avaient et j'ai commencé à réfléchir aux options possibles. Les étagères étaient de style industriel standard. Solides et grandes, avec des hauteurs variables pour accueillir différentes tailles d'outils et de pièces, mais je comprenais ce qu'il voulait dire. Le cordon d'un outil pendait à travers l'étagère métallique ouverte et reposait sur un autre outil. Des pièces étaient éparpillées sur toutes les étagères, sans organisation et débordant des bacs dans lesquels elles étaient censées se trouver.

—Bon, qu'est-ce qui fonctionne bien dans ce que vous avez ? ai-je demandé, laissant mon regard balayer le groupe. Si Derek valorisait leurs opinions, j'allais faire de même.

Un gars s'est avancé, m'approchant devant les étagères. —J'aime que les espaces soient grands. J'ai des mains épaisses, et si les étagères sont à peine assez hautes, je m'écrase les jointures quand je prends quelque chose. Il m'a montré ce qu'il voulait dire, en prenant une clé à choc sur l'une des étagères plus basses et en me montrant combien d'espace il avait entre le haut et sa main.

—Ça a beaucoup de sens, lui ai-je dit. —Y a-t-il des étagères qui n'ont pas l'espace adéquat ?

Il a reculé et a examiné les différentes étagères. Après une minute, il a secoué la tête. —Je ne pense pas. Mais il y en a avec un gros outil et un tas de plus petits, donc je pense qu'on peut réorganiser et faire mieux rentrer les choses.

—J'allais parler d'organisation dans un instant, mais oui, je me demandais la même chose, lui ai-je dit. —Quoi d'autre fonctionne bien ?

Ils ont tous partagé quelques points positifs, principalement qu'ils pouvaient voir ce qui était là et qu'il était facile de trouver les choses, que l'espace convenait à ce qu'ils avaient, et qu'il n'y avait rien qu'ils auraient souhaité ne pas voir là-haut.

Mais il y avait aussi beaucoup de points négatifs. Rien n'était organisé. Les outils n'étaient jamais remis au même endroit. Et le plus gros problème était que les outils et les pièces étaient mélangés au lieu d'être séparés et triés.

—Vous avez un ensemble d'outils à chaque poste, c'est ça ? ai-je demandé.

Derek s'est avancé. —C'est exact. Les outils qu'on utilise pratiquement sur chaque voiture, à chaque fois, sont à chaque poste. On les a à portée de main pour gagner du temps et des efforts. Ceux-ci sont uniquement les choses qu'on utilise pour des projets plus importants ou plus spécialisés, plus des remplacements au cas où ce qui est à un poste se casse ou n'est pas chargé ou autre. Certains de ces outils, on les utilise une fois par an, d'autres une fois par mois. D'autres, on les utilise plus régulièrement, mais pas quotidiennement. C'est à peu près pareil pour les pièces, mais celles qu'on utilise seulement une fois par an ou une fois par mois, on ne les garde pas en stock. Presque tout ce qui est ici, c'est des trucs qu'on va utiliser cette semaine. Ou qu'on pourrait utiliser cette semaine.

—C'est bon à savoir. Dites-moi comment vos postes sont configurés. Est-ce que tout le monde travaille sur tous les postes ?

Tous les gars ont acquiescé.

—D'accord, et est-ce que chaque poste est équipé pour faire les mêmes travaux ?

— Oui, dit Derek. — Elles sont toutes configurées de la même façon. Tu me demandes si on peut réorganiser pour qu'une station s'occupe d'une chose et une autre station d'autre chose ? Par exemple, la station un pour les vidanges d'huile, la deux pour les pneus, quelque chose comme ça ?

J'ai secoué la tête avant même qu'il ne finisse de parler. — Non. Je ne veux pas que vous changiez quoi que ce soit. J'essaie juste de comprendre comment ça fonctionne. Je demandais parce que si vous fonctionniez comme ça, alors des choses comme une clé à choc ou des crics supplémentaires pourraient être placés plus près de la station qui travaille sur ces pièces. Si tout le monde fait tout, alors les pièces et les outils peuvent être placés n'importe où sur ces étagères.

— Ouais. Enfin, il y a des outils qu'ils utilisent plus que d'autres, et ils peuvent te montrer ceux qu'ils prennent le plus souvent, mais toutes les stations auront accès à tous les articles.

— Que penses-tu des étiquettes ? Si je crée un espace pour chaque article ?

— Tu veux dire comme un casier spécifique pour chaque outil ? demanda le gars aux grandes mains.

J'ai acquiescé. — Je pourrais. Si ce n'est pas quelque chose qui fonctionnerait, ce n'est pas grave.

Il a regardé les autres et a hoché la tête. — Je pense que ça pourrait être bien.

— Et des bacs rétractables pour les étagères du haut ?

— Tu peux faire ça ? demanda un autre gars.

J'ai acquiescé. — Si c'est quelque chose qui aiderait, bien sûr.

Nous avons discuté d'autres idées et options, et les rouages ont commencé à tourner dans mon esprit. Mes doigts me démangeaient de dessiner tout ce dont nous avions parlé.

Quand les gars ont partagé toutes leurs idées, Derek et moi sommes retournés à son bureau et nous nous sommes assis. — Qu'en penses-tu ? a-t-il demandé.

— J'ai un tas d'idées. Je pense que ça va être très amusant.

— Vraiment ? Tu penses que tu peux le faire ?

— Oui. J'ai hâte de m'y mettre.

— Parlons prix, dit Derek.

—Laisse-moi d'abord travailler sur quelques options. Je vais obtenir les prix pour chacune d'entre elles, et nous pourrons avancer à partir de là. Ça te convient ?

Derek hocha la tête. —Parfait. Merci de faire ça. Je sais que tu as dit que ce n'est pas grand-chose, mais ça l'est pour moi. La façon dont tu leur as parlé et vraiment écouté, tout en offrant tes propres idées, c'était génial. Je sais qu'ils l'ont apprécié aussi.

—Les personnes qui utilisent ces objets tous les jours doivent pouvoir s'en servir.

Derek sourit. —Je ne pourrais pas être plus d'accord. Merci, mec. On se voit demain ?

Je me suis levé et j'ai acquiescé. —J'y serai. Est-ce que lundi conviendrait pour que je revienne avec quelques options ?

—Ouais, certainement. À la même heure ?

—Oui. Merci, Derek.

Nous nous sommes serré la main, puis je suis retourné à mon camion. J'ai laissé mon esprit vagabonder en rejouant la conversation. Les notes et les photos que j'avais prises sur mon téléphone m'aideraient à trouver les bonnes options pour eux. Mais pour respecter le budget, je proposerais deux ou trois options à Derek.

Ça faisait un moment que je n'avais pas été aussi enthousiaste pour un projet comme celui-ci. Un projet dans lequel j'avais hâte de me plonger et de terminer. J'espérais juste que Derek aimerait ce que j'allais lui proposer.

J'ÉTAIS TELLEMENT ABSORBÉ par les designs que je créais ce soir-là que j'ai manqué un message de Haley sur Book Boyfriends Wanted. Quand je l'ai finalement vu, je n'étais pas sûr s'il était trop tard pour lui répondre, mais j'espérais que non.

HOMMES CÉLIBATAIRES RECHERCHÉS

Comment va ton père ?

BIEN AVEC MES MAINS

Mieux. Merci. Il se bat contre le médecin sur
ce qu'il est censé faire, mais il proteste un
peu moins chaque jour.

Je commençais à ranger mon téléphone et à réfléchir à un dîner très tardif quand il a sonné avec un autre message.

HOMMES CÉLIBATAIRES RECHERCHÉS

Ce sera un ajustement, mais il trouvera ce
qui lui convient.

BIEN AVEC MES MAINS

J'espère bien. En attendant, il va me rendre
un peu folle.

HOMMES CÉLIBATAIRES RECHERCHÉS

J'imagine que c'est ce que font la plupart
des parents.

BIEN AVEC MES MAINS

C'est ma punition pour toutes ces années où
je l'ai rendu dingue.

HOMMES CÉLIBATAIRES RECHERCHÉS

MDR ! Je vois bien. Quelle a été la chose la
plus folle que tu as faite adolescente ?

BIEN AVEC MES MAINS

Je sortais en cachette constamment.
Presque tous les week-ends quand j'étais au
lycée. On était un groupe à traîner en ville en
faisant comme si on était cool. Mais le truc le
plus fou que j'ai fait... j'ai volé le pick-up de
mon père quand j'étais en terminale.

HOMMES CÉLIBATAIRES RECHERCHÉS

Aïe. J'ai l'impression qu'il y a plus que juste
le vol de la voiture.

BIEN AVEC MES MAINS

Ouais. C'était mauvais. Je me suis fait arrêter
et jeter en prison. Le flic était un ami de mon
père et l'a appelé. Papa m'a laissé là toute la
nuit, et j'ai dû payer pour récupérer son
camion à la fourrière.

HOMMES CÉLIBATAIRES RECHERCHÉS

Oh, non. C'est pas cool. J'aurais pensé qu'ils
te laisseraient partir puisque ton père le
connaissait.

BIEN AVEC MES MAINS

MDR ! C'est lui qui leur a dit de ne pas le
faire. Ils n'allaient pas mettre le camion à la
fourrière, mais il leur a dit de le faire, et il leur
a dit de s'assurer de m'inculper de tous les
délits possibles.

HOMMES CÉLIBATAIRES RECHERCHÉS

J'imagine que c'était dur quand tu étais ado,
mais on dirait qu'il est un père formidable.

BIEN AVEC MES MAINS

Il l'est. C'était une leçon difficile à apprendre,
mais j'en avais besoin. Il la ressort de temps
en temps.

HOMMES CÉLIBATAIRES RECHERCHÉS

La vie n'est faite que de leçons. Et de
moments où on se fait charrier quand on fait
des bêtises.

BIEN AVEC MES MAINS

Il serait d'accord avec toi.

HOMMES CÉLIBATAIRES RECHERCHÉS

MDR !

BIEN AVEC MES MAINS

Je suis surpris que tu sois encore debout. Tu
travailles à quelle heure demain ?

HOMMES CÉLIBATAIRES RECHERCHÉS

Je suis libre demain. Par contre, je travaille vendredi et samedi.

BIEN AVEC MES MAINS

Tu travailles dimanche ?

HOMMES CÉLIBATAIRES RECHERCHÉS

Non. La boutique est fermée le dimanche. Ça garantit à tout le monde un jour de congé par semaine.

BIEN AVEC MES MAINS

On se voit samedi soir ? Je commence dimanche, mais c'est une journée plus courte.

HOMMES CÉLIBATAIRES RECHERCHÉS

J'adorerais.

BIEN AVEC MES MAINS

Super. Je peux passer te chercher ?

HOMMES CÉLIBATAIRES RECHERCHÉS

Ce serait sympa.

BIEN AVEC MES MAINS

Excellent. Je déteste devoir te quitter maintenant, mais je dois me lever tôt demain et je n'ai toujours pas dîné. Mais j'ai hâte d'être à samedi.

HOMMES CÉLIBATAIRES RECHERCHÉS

Moi aussi. Passe une bonne nuit.

BIEN AVEC MES MAINS

Bonne nuit, Haley.

J'ai terminé mon dîner rapide et me suis préparé pour la nuit. Je me suis couché avec un sourire aux lèvres, plus qu'un peu impatient pour mon rendez-vous de samedi soir.

COMME HALEY ÉTAIT ASSEZ nouvelle en ville, j'ai décidé de lui faire une visite approfondie de L'anse MacKellar. J'avais tout planifié l'itinéraire et j'étais vraiment enthousiaste. Et puis j'ai commencé à douter.

Est-ce que ça l'intéresserait vraiment ? Si elle voulait tout savoir sur la ville, peut-être qu'elle avait déjà fait tout ce que j'avais prévu. De plus, on était à peine en mars. Ne faisait-il pas trop froid pour se promener en ville ?

J'ai décidé de laisser les choses se faire et de lui laisser le choix : visiter la ville ou faire quelque chose comme un dîner et un film à la place.

Je me suis garé dans la rue devant son immeuble et j'ai pris les fleurs que j'avais achetées pour elle. J'ai sonné à son appartement et j'ai attendu que la porte se déverrouille pour pouvoir entrer.

Elle m'attendait dans le couloir quand je suis arrivé à son étage. Ses yeux se sont illuminés et elle a souri quand elle a vu les fleurs dans ma main. — C'est pour moi ?

J'ai hoché la tête. —Elles étaient vives, joyeuses et magnifiques et elles me faisaient penser à toi. J'espère que c'est correct.

Elle a pincé les lèvres et a hoché la tête. —Personne ne m'a jamais offert de fleurs avant.

—Personne ? Elle était sortie avec Dawson pendant presque un an, et elle avait mentionné d'autres relations qu'elle avait eues auparavant.

Elle a secoué la tête et m'a guidé à l'intérieur. —Sauf celle que tu m'as donnée lors de notre premier rendez-vous. Je n'ai même pas de vase.

Je l'ai suivie, secouant la tête et me faisant la promesse de lui montrer à quel point elle méritait d'être bien traitée.

Même si les choses ne marchaient pas entre nous, elle devait savoir qu'elle était spéciale.

—Je peux utiliser un pichet, non ? a-t-elle demandé, fouillant dans ses placards à la recherche de quelque chose pour y mettre les fleurs.

—Absolument. As-tu des ciseaux ? Je peux couper les tiges pour toi.

—Il faut faire ça ?

J'ai failli rire devant la vulnérabilité innocente dans ses yeux. Elle me regardait comme si elle n'avait aucune idée de ce qu'il fallait faire. J'ai réalisé qu'effectivement, elle ne savait pas.

—Oui. Si tu coupes le bout des tiges, ça les ouvre pour qu'elles puissent boire l'eau. Tu peux aussi mettre une pièce d'un centime dans l'eau, ça aide aussi paraît-il, mais je ne l'ai jamais essayé.

—Tu achètes souvent des fleurs ?

Sa façon de demander me faisait penser qu'elle s'interrogeait sur plus que des fleurs. —Non, pas vraiment. J'ai acheté des fleurs pour d'autres femmes avec qui je suis sorti, oui, mais pas régulièrement. La marguerite gerbera orange que je t'ai offerte quand on s'est rencontrés était la première fois que j'achetais des fleurs pour quelqu'un depuis longtemps.

—Je ne voulais pas—

—Tu peux me demander n'importe quoi, Haley. Je ne veux pas que tu aies l'impression que je te cache des choses.

—Je... Merci.

Je lui ai souri et j'ai levé les fleurs fraîchement coupées. Elle les a prises, nos mains se frôlant. Ses joues ont rosé tandis qu'elle se concentrait sur la disposition des fleurs dans le pichet, les arrangeant avec soin.

Quand elle a levé les yeux vers moi, j'ai dit : —De rien, Haley.

Elle a soutenu mon regard pendant un long moment, l'air

s'épaississant de désir. Encore une fois, je voulais être respectueux envers elle, surtout après avoir découvert qu'elle n'avait jamais reçu de fleurs de qui que ce soit.

—On y va ?

—Oui. Est-ce que je suis bien habillée ? Tu n'as pas précisé où nous allions.

J'ai regardé son jean et son pull. Un débardeur dépassait en dessous. Elle portait des bottines et avait un sac à main en bandoulière. —Tu es parfaite.

—Bien. Alors, où allons-nous ?

—Eh bien, c'est à toi de décider, en fait. Ma première idée était une visite de L'anse MacKellar. Je pensais que ce serait amusant pour toi de voir des choses que tu n'as peut-être pas encore vues et d'entendre certaines des histoires folles de la ville. Mais ensuite je n'étais pas sûr que tu voudrais vraiment faire ça. Donc, si tu ne veux pas...

—Si, je veux, a-t-elle lancé, ses joues rosissant avec sa déclaration. —Ça a l'air vraiment amusant. Je ne connaissais pas grand-chose de la ville quand je suis venue m'y installer, et je n'ai pas encore décidé si je resterai au-delà de mon bail d'un an, mais je pense que ce serait intéressant d'en apprendre davantage sur la ville.

J'ai classé cette information et me suis fait une note mentale pour savoir quand son année se terminerait. —Une visite de la ville, alors. À pied ou en voiture ?

—Qu'est-ce qui serait mieux selon toi ?

—Si ça te dit de marcher, on pourra aller à plus d'endroits.

Elle a souri. —Une promenade me semble très amusante.

—Parfait. Alors allons-y. Je pensais qu'on pourrait aussi dîner pendant qu'on est dehors. Il y a une nouvelle pizzeria. Si tu aimes la pizza.

—J'adore la pizza.

—D'accord, c'est réglé. Une visite à pied de toute l'histoire haute en couleur de L'anse MacKellar, de la pizza pour le dîner, et du temps ensemble.

Elle m'a regardé et a souri.

Sans réfléchir à deux fois, je me suis penché et j'ai pressé mes lèvres contre les siennes. Elle a hésité une seconde avant d'entrouvrir ses lèvres sous les miennes et de glisser sa langue pour l'enrouler autour de la mienne.

Mes mains se sont posées sur ses hanches, l'attirant plus près. Ses mains se sont glissées autour de ma taille, s'accrochant à moi. J'ai incliné la tête pour approfondir le baiser, durcissant lorsqu'elle a gémi contre mes lèvres.

Ses petits bruits m'ont immédiatement ramené à la nuit que nous avions passée ensemble et à quel point nous nous étions amusés. Même si je ne connaissais pas son nom et que je pensais ne jamais la revoir, cela restait parmi mes meilleures expériences sexuelles. Et en l'embrassant dans sa cuisine, avec le parfum de fleurs fraîches dans l'air autour de nous et la promesse d'un rendez-vous formidable devant nous, je savais que lorsque nous franchirons à nouveau cette limite, ce serait encore meilleur.

11

HALEY

Je contemplais l'eau face au domaine des MacKellar pendant que Knox me racontait les histoires qu'il avait entendues au fil des ans sur la famille qui avait fondé la ville, et la querelle entre eux et l'autre famille qui s'était initialement installée dans la région.

—Alors, le parc Catherine porte le nom de la mère de Trent MacKellar ? ai-je demandé.

Knox a hoché la tête. —Ouais. Elle voulait un endroit où toute la ville pourrait se réunir et profiter de la compagnie des autres. C'était apparemment très important pour elle. Son mari a fait don du terrain à la ville à condition qu'il ne soit jamais utilisé que comme parc et pour des événements municipaux. Aucun particulier ne pourrait jamais acheter la propriété pour son usage personnel.

—Et pour les mariages ou ce genre d'événements ? On peut l'utiliser pour ça ? ai-je demandé.

Knox a acquiescé. —Quelques personnes s'y sont mariées au fil des ans. Il n'y a pas beaucoup d'endroits assez grands en ville pour des événements, donc la plupart des gens qui se marient le font plus loin.

Je me suis retournée pour regarder le parc. Même avec le mobilier rangé pour l'hiver et le vent froid qui soufflait depuis l'anse, c'était époustouflant. Le kiosque surdimensionné accueillait les visiteurs à L'anse MacKellar et invitait les gens à s'attarder. Je pouvais imaginer un mariage là-bas. Les mariés au centre, les invités se répandant sur les douces collines qui s'éloignaient du kiosque. Le parc Catherine était au centre de la ville, un lieu vers lequel tout le monde était attiré plusieurs fois par an pour passer du temps ensemble.

Cela donnait à l'endroit une impression de foyer, même si je n'étais pas sûre de jamais pouvoir l'appeler mon chez-moi.

—On continue à marcher ? a demandé Knox après quelques minutes.

J'ai acquiescé. Nous avions déjà vu le côté sud de la ville, en commençant par l'auberge L'anse MacKellar et en parcourant cette partie de la ville. Il m'a montré les bâtiments historiques qui étaient utilisés pour des choses différentes de leur fonction d'origine, comme l'ancien marché aux poissons converti en restaurant et une vieille église devenue résidence privée. Nous avons dîné chez Pete's Pizza, un nouvel établissement pas loin d'O'Kelley's avec un propriétaire charismatique qui insistait pour rencontrer chaque client et se souvenait de vos noms.

Nous nous sommes éloignés de l'eau pour emprunter les rues et poursuivre la visite au nord du parc Catherine. —Cette maison juste là, a dit Knox en montrant une petite maison blanche avec des volets bleus et un panier de basket au-dessus du garage, —c'est là que j'ai grandi. Mon père y vit toujours.

—Vraiment ? ai-je demandé.

Il hocha la tête. —J'ai quelques années de moins que Trent, mais mes parents ont déménagé ici peu après la fondation de la ville. Il y avait des familles, et les maisons commençaient à apparaître dans le quartier. Tout le monde allait à l'école un peu au sud d'ici, à Alexandria Bay. Cette partie de la ville, près du parc Catherine, a été la première section construite. Les maisons sont toutes relativement petites. À l'origine, tout cela faisait partie du domaine MacKellar."

—Wow. Tout ça ?" J'ai regardé les maisons qui bordaient la route jusqu'au parc Catherine.

—Ouais. Les MacKellar possédaient la propriété où se trouve actuellement leur domaine, et tout le terrain autour de la crique jusqu'à un peu au sud d'O'Kelley's. Les grands-parents de Trent, d'après ce que j'ai entendu, voulaient garder toutes ces terres pour que la famille y construise des maisons générationnelles et contrôle la crique, mais sa mère pensait que ce serait bien d'avoir d'autres personnes dans le coin. Ils ont fini par conserver les propriétés en bord de mer et vendre les terrains un peu plus à l'intérieur des terres, les développant pour d'autres familles."

—J'en suis contente."

—Oui, beaucoup de gens le sont. C'est drôle de penser que ça ne fait pas si longtemps que la ville s'est vraiment développée. Je n'ai jamais vécu ailleurs, mais L'anse MacKellar n'existe pas depuis beaucoup plus longtemps que ça."

J'ai observé la rue, remarquant le léger sourire sur le visage de Knox tandis que nous marchions. Des souvenirs brillaient dans ses yeux, une belle enfance et une vie entière de bonheur.

Une partie de moi était jalouse de cela. Jalouse de n'avoir jamais connu la joie simple et le plaisir d'être quelque part où je me sentais totalement à ma place. J'avais espéré cela en déménageant à L'anse MacKellar. Que je serais accueillie par les habitants et que je me sentirais comme si j'étais destinée à être là.

Au lieu de cela, c'était tout le contraire. Il y en avait qui se fichaient que je reste ou non, mais c'était la minorité vocale qui me rendait la vie impossible. Sans eux, je commençais à penser que j'essaierais de faire de L'anse MacKellar mon foyer. Mais je n'étais pas sûre d'être assez forte pour me défendre et justifier mes actions pour toujours.

—Comment s'est passée ta journée de travail aujourd'hui ?" demanda Knox alors que nous arrivions au bout du pâté de maisons.

J'ai ri en repensant au club de lecture qui s'était présenté chez Teased by Debby.

—Ça a l'air bien," dit Knox, un sourire illuminant son visage.

—Il y a cette cliente de ma patronne. Tu connais Debby ?"

Knox acquiesça. —Tout le monde connaît Debby."

—C'est vrai. Elle a une cliente qui me déteste. Enfin, elle en a plusieurs, mais celle-là est venue aujourd'hui. Elle parle de moi comme si je n'étais pas là, ne s'adresse presque jamais à moi. Elle n'a jamais demandé ma version des faits. Elle s'en fiche. Elle est persuadée que j'ai détruit le mariage de Valentina et Dawson.

—Qui est-elle ? demanda-t-il, la voix tendue.

Je secouai la tête. —Peu importe.

—Pour moi, ça compte. Elle n'a aucun droit de te faire sentir comme si tu avais fait quelque chose de mal.

—Eh bien, elle a été un peu remise à sa place aujourd'hui, avouai-je.

—Par qui ?

—J'ai parlé d'elle au club de lecture dimanche, et Elise et d'autres ont dit qu'elles allaient venir au salon pour montrer à cette cliente qu'elles étaient de mon côté. Elles la connaissent toutes, apparemment, alors elle a été gentille et bavarde avec elles quand elles sont arrivées, mais l'une après l'autre, elles ont clairement fait comprendre qu'elles étaient là pour me voir et qu'elles étaient mes amies. La femme s'est sentie de plus en plus mal à l'aise.

Knox rit avec moi, tendant la main pour prendre la mienne. —C'est brillant.

—Ce n'était pas mon idée, mais je leur suis très reconnaissante d'être venues à mon secours. Je ne suis pas sûre que ça l'empêchera de faire des commentaires à l'avenir, mais c'était agréable de ne pas avoir à la supporter pour une fois.

—C'est le bon et le mauvais côté de cette ville. De la plupart des petites villes, j'imagine. Les gens se protègent les uns les autres. Le problème, c'est quand il y a différentes interprétations de ce à quoi ressemble cette protection.

—Je comprends. Valentina est appréciée et respectée. Sa patronne a failli me mettre dehors quand je suis entrée à la boulangerie l'autre jour.

—Harriett ? C'est la personne la plus gentille qui soit. Je suis surpris qu'elle se soit comportée ainsi.

Je secouai la tête avant qu'il ne s'énerve davantage. —Elle protégeait Valentina. Elle ne savait pas que nous nous entendions bien. Elle est allée à l'arrière pour dire à Valentina de ne pas sortir parce que j'étais là, et Valentina est sortie, m'a prise dans ses bras et s'est assise avec moi, puis a annoncé à tout le monde que nous étions amies et que Harriett devait la prévenir chaque fois que j'apparaissais à la boulangerie.

—C'est quelqu'un de bien, dit Knox, hochant la tête pour lui-même.

—Oui. Je déteste avoir joué un rôle dans la fin de son mariage.

—Ce n'est pas de ta faute, dit Knox fermement. —C'est Dawson qui a fait ces vœux, et il était le seul à savoir qu'il les violait.

—Je sais, mais—

Knox s'arrêta au milieu du trottoir et me fit face. Il prit mon visage entre ses mains, sa chaleur imprégnant mes joues. Il caressa ma peau de ses pouces et attendit que je croise son regard avant de parler. —Valentina est mieux sans

Dawson dans sa vie. Je sais que le divorce est difficile, et je sais que tu te sens coupable, mais je suppose que Valentina ne t'a jamais blâmée, n'est-ce pas ?

J'ai hoché la tête.

—Alors ne te blâme pas toi-même. C'est Dawson qui porte toute la responsabilité.

—Mais je suis arrivée—

—Et si tu n'étais pas venue, Valentina n'aurait jamais su que son mari la trompait. Elle serait encore mariée à un homme qui ne la méritait pas. Un homme qui ne te mérite pas non plus, ni que tu acceptes de porter le blâme pour ses actions.

J'ai acquiescé, sachant qu'il avait raison. Je détestais continuer à osciller au sujet de Dawson et de mon rôle dans la fin de son mariage. Si je n'avais jamais déménagé à L'anse MacKellar, ils seraient peut-être encore ensemble, mais Valentina elle-même m'avait dit que ce n'était pas une meilleure option. Elle était plus heureuse avec Brantley, et elle méritait d'être heureuse.

Je devais laisser tomber ma culpabilité et aller de l'avant.

—Tu veux connaître l'histoire de cet endroit ? demanda Knox, en inclinant la tête vers une maison de deux étages qui semblait drastiquement déplacée par rapport aux autres maisons voisines.

—C'est un style complètement différent des autres. De la brique au lieu du bardage, deux étages, et un énorme jardin. Je veux absolument connaître son histoire.

Il sourit et passa son bras autour de mon épaule. —C'était l'école primaire originale.

—Quoi ?

Il rit. —Fou, n'est-ce pas ? L'école primaire actuelle a été construite pour être le collège et le lycée. Il n'y avait pas beaucoup d'enfants qui auraient été rattachés au district quand elle a été construite, alors ils ont bâti cette école, juste au bout de la première rue résidentielle, pour que ce soit plus facile pour les jeunes enfants d'y aller à pied. L'idée était de faire venir les enfants plus âgés en bus, mais que l'école primaire n'accueille que les enfants d'ici, de la ville.

—Ce n'est pas une mauvaise idée.

Knox secoua la tête. —Ce n'était pas le cas, mais ça n'a duré que quelques années. La ville s'est développée, le district aussi, et ils ont construit d'autres écoles pour accueillir les autres élèves. Cette maison a été vendue à une famille nombreuse avec cinq enfants."

—Est-ce qu'ils y vivent toujours ?" demandai-je.

—Non. Ils ont déménagé il y a longtemps. Une autre famille y habite maintenant. D'après ce que je sais, ils essaient de faire inscrire la maison au registre historique, mais c'est un processus compliqué, et la maison n'est pas vraiment si ancienne."

—Ça ne coûte rien d'essayer, cependant," dis-je.

Knox sourit. —Aucun mal à ça, en effet.

Nous avons continué à marcher, visitant le quartier résidentiel au nord de Catherine Park avant de faire une boucle pour revenir à mon appartement. J'ai invité Knox à entrer, bien que je n'aie pas grand-chose à lui offrir.

—Tu veux regarder un film ?" a-t-il demandé, en faisant un signe de tête vers le petit téléviseur que j'avais acheté quelques semaines après mon installation.

—Bien sûr. Tu veux boire quelque chose ?"

—De l'eau serait parfait. J'ai beaucoup parlé."

—Merci de m'avoir raconté tout ça sur L'anse MacKellar. Ça me donne envie de rester ici plus longtemps."

—Tu as déjà mentionné ça. Quand dois-tu prendre ta décision ?"

Je lui ai tendu son verre d'eau et me suis assise à côté de lui. —Mon bail se termine fin mai."

Knox a changé de position sur le canapé, ramenant un genou entre nous sur le coussin. —Où irais-tu ?"

J'ai haussé les épaules. —Quelque part où les gens ne me considèrent pas comme une briseuse de ménage."

Knox a secoué la tête. —Je déteste que les gens t'aient fait te sentir comme ça."

—C'est bon. Je veux dire, c'est difficile, mais je sais que tout le monde ici ne me déteste pas."

—Je ne te déteste absolument pas, Haley, murmura Knox. Sa voix s'approfondit. Ses yeux rencontrèrent les miens et s'y attardèrent. Il se pencha, posant son verre d'eau sur la table basse avant de lever ses mains pour encadrer mon visage. Ses paumes étaient fraîches à cause du verre, mais elles me faisaient du bien sur la peau. —Est-ce que je peux t'embrasser ?

J'ai hoché la tête. J'en avais assez de prétendre que je ne voulais pas que les choses avancent entre nous. J'aimais bien Knox. J'aimais lui parler et être avec lui, et j'appréciais vraiment le sexe avec lui.

Je savais qu'il pourrait m'influencer à rester. Que si je le laissais faire, il serait le facteur décisif. Peut-être que si j'étais impliquée avec lui, les gens de la ville qui ne m'aimaient pas verraient que je ne suis pas si terrible. Mais je ne voulais pas mettre Knox au milieu de tout ça.

—Arrête de t'inquiéter, Haley, chuchota-t-il, son visage à quelques centimètres du mien.

—Je suis désolée.

Il sourit. —Ne sois pas désolée. Sois juste ici avec moi maintenant. Je ne veux pas t'embrasser si tu n'es pas intéressée et présente avec moi.

J'ai inspiré profondément et chassé toutes les pensées sauf celle de combien je voulais sentir ses lèvres sur les miennes. Mon regard s'est posé sur ses lèvres, et j'ai léché les miennes.

Il a finalement comblé l'espace entre nous. Sa barbe chatouillait mes joues, me ramenant à la réalité. Je n'avais jamais été avec un homme qui gardait une barbe complète, mais j'aimais ça. Elle était plus douce que prévu sous mes doigts.

Knox a léché mes lèvres, demandant silencieusement l'entrée. J'ai soupiré en m'ouvrant à lui, sentant que tout était enfin à sa place dans mon monde pour la première fois depuis bien trop longtemps.

Il a abaissé une main de ma mâchoire pour caresser mon cou. J'ai frissonné à ce contact, mais il a continué, glissant sa main sur mon épaule puis jusqu'à ma main où il a entrelacé nos doigts et m'a tenue fermement. C'était doux et intime et oh, bon sang...

Il a utilisé nos mains jointes pour lever la mienne au-dessus de ma tête et m'allonger doucement sur le canapé. Il a recouvert mon corps du sien, sans rompre notre baiser alors qu'il se positionnait entre mes cuisses.

Il ne se frottait pas contre moi, mais je sentais quand même sa dureté. Nous étions allongés sur le canapé, nous embrassant sans penser à ce qui suivrait. Je savais que je le voulais, mais je savais aussi qu'il voulait prendre les choses lentement.

—Dis-moi d'arrêter, Haley.

—Je ne veux pas que tu arrêtes, ai-je avoué.

—Ce n'est pas comme la dernière fois pour moi, murmura-t-il contre mon cou. —Ce n'est pas un coup rapide sans noms et sans contact demain. Tu es d'accord avec ça ?

—Oui.

Il arrêta d'embrasser mon cou et me regarda. Son regard bleu-vert parcourut mon visage avant de se poser à nouveau sur mes yeux. —Je sais que la dernière fois, c'était différent.

C'était impulsif, et nous n'avions fait aucune promesse. Je ne veux pas que tu penses que ça m'intéresse à nouveau. Je t'apprécie, Haley. Je veux continuer à te voir. Si tu dis non maintenant, je voudrai quand même continuer à te voir. Peu importe ce qui se passe ce soir, si tu es intéressée, je veux continuer à te voir.

—Je veux ça aussi.

Il sourit, un petit sourire qui retenait quelque chose. —Tu vas rester en ville ?

—Quoi ?

—Je veux que tu restes. Je sais que ce n'est pas juste de te demander ça, mais je veux que tu restes. Je veux au moins que tu y réfléchisses. Que tu envisages sérieusement de rester ici. Je sais que tu aimes cet endroit, et j'espère que tu laisseras la ville te montrer à quel point elle peut être extraordinaire.

Je levai les yeux vers cet homme, un homme qui pourrait me faire tomber amoureuse non seulement de la ville mais aussi de lui. Knox était tout ce que Dawson n'était pas. Il était doux et attentionné. Il voulait aller lentement avec moi parce qu'il voulait que je sache qu'il me respectait. Il était prêt à se promener en ville en me tenant la main et en saluant les gens. C'était un homme bien.

Mon parcours amoureux était désastreux. J'allais trop vite et je tombais trop vite amoureuse. Commencer quelque chose avec Knox alors que je ne resterais peut-être pas n'était pas vraiment juste pour l'un d'entre nous, mais je ne pouvais pas lui résister. Et après avoir vu L'anse MacKellar à travers ses yeux, je ne pouvais pas résister à la ville non plus.

Je voulais que cet endroit soit mon foyer. Je voulais y rester. Je voulais rencontrer le père de Knox et développer ma clientèle. Je voulais entretenir les amitiés que j'avais développées. Je voulais un foyer pour la première fois.

—Je veux rester ici, avouai-je.

Il sourit et ouvrit la bouche pour dire quelque chose, mais je l'arrêtai avant qu'il ne puisse parler.

—Mais je ne peux pas rester à cause de toi. Ou de quelqu'un d'autre. Je ne le dis pas méchamment, c'est juste que j'ai déménagé ici à cause d'un homme. La plupart de mes déménagements ont été liés à des hommes. Pour être près de l'un, pour en trouver un, pour m'éloigner d'un autre. J'ai laissé les autres diriger ma vie depuis toujours. Et j'ai besoin de faire ce qui est le mieux pour moi. Donc, oui, j'envisage sérieusement de rester à L'anse MacKellar, mais je ne peux pas le faire pour toi. Ce doit être le bon choix pour moi.

Le sourire de Knox s'élargit. —Merci. C'est... putain, je te désire encore plus après t'avoir entendue dire ça.

—Vraiment ?

Il bougea ses hanches, me laissant sentir sa virilité.

J'ai gémi.

—Oh oui, dit-il. Puis il a comblé la distance entre nous et m'a embrassée jusqu'à ce que je halète pour lui et que je lui arrache ses vêtements.

—S'il te plaît, Knox. Ne te retiens pas.

Il a souri. —Avec plaisir.

12

Knox se dégagea de moi et tendit le bras derrière lui, attrapant le col de son t-shirt pour le retirer d'un geste efficace.

Ce n'était pas juste qu'un simple geste puisse être aussi sexy. Il ne faisait qu'enlever son t-shirt, mais j'aurais juré avoir eu un mini-orgasme rien qu'à voir ce mouvement d'une sensualité naturelle.

—Quoi ? demanda-t-il, un sourire hésitant soulevant un côté de sa bouche délectable.

Je secouai la tête. —Tu rends les plus petits gestes ridiculement sexy.

Il haussa un sourcil. —Enlever mon t-shirt est sexy ?

Je posai mes mains sur sa peau chaude et acquiesçai. —Je veux dire, oui, définitivement, mais pas seulement parce que ça me permet de te toucher.

—Est-ce que je vais pouvoir te toucher aussi ?

J'acquiesçai et l'attirai de nouveau sur moi. —Dans une minute.

Il rit doucement tandis que nos lèvres se rencontraient à nouveau. Il entrouvrit les miennes avec sa langue, son poids s'enfonçant sur moi et me pressant contre le canapé.

Je relevai les genoux et remontai doucement mes talons le long de ses mollets. Il se soutenait sur un coude pendant qu'il utilisait son autre main pour soulever le bord de mon t-shirt, se donnant un accès minuscule et frustrant à la peau nue de ma taille.

J'en voulais plus. J'avais besoin de plus. Nous étions passés de l'étape où on apprenait à se connaître en faisant attention à *déshabille-toi tout de suite* en cinq secondes et deux dixièmes. Et j'étais complètement partante.

J'écartai largement les mains sur son dos, touchant autant de son corps à la fois que je le pouvais. J'enroulai ma jambe autour de sa hanche et m'y accrochai. Nous n'avions pas encore franchi de nouvelles limites. Nous pouvions encore nous séparer et revenir à la case départ. Mais je n'en avais pas envie. Je voulais cet homme. Je le voulais dans mon lit.

—Chambre, murmurai-je, rompant à peine notre baiser pour souffler ce mot plein de désir.

Knox m'ignora, embrassant mon cou de haut en bas. Il lécha ma clavicule et déposa des baisers à pleine bouche le long de mon cou. Il se balançait doucement contre moi, son érection frottant mon clitoris à travers nos jeans et faisant s'emballer mon cœur de plus en plus vite.

—Knox, gémis-je, à mi-chemin d'un orgasme et encore plus proche de tomber amoureuse de cet homme.

—Si je ne me retiens pas, toi non plus, grogna-t-il contre mon oreille. —Laisse-toi aller, Haley.

Il changea de position, accélérant son rythme alors qu'il s'emparait à nouveau de ma bouche. Je gémis, incapable de me retenir ou d'arrêter la lente montée et la chute soudaine de mon orgasme, qui me propulsa dans un mini-état de béatitude si bon mais tellement insuffisant.

—Chambre, exigea-t-il, ses lèvres contre mon oreille.

Ce mot glissa le long de ma colonne vertébrale pour se loger dans ma culotte trempée.

Knox fit un mouvement pour se relever, mon corps mou et post-orgasmique toujours accroché à lui. J'essayai de me détacher, mais il se leva avec moi suspendue à lui comme un petit singe. Une de ses grandes mains vint soutenir mes fesses, me maintenant exactement où il le voulait, tandis qu'il se dirigeait à grands pas vers l'unique chambre de mon appartement.

Knox actionna l'interrupteur, inondant ma chambre de lumière. Je brûlais d'envie de l'éteindre, sachant que l'éclairage brutal de l'appartement ne me mettait pas en valeur, mais Knox ne m'en laissa pas le temps avant de traverser la pièce à grandes enjambées jusqu'à mon lit.

Il me détacha doucement de son corps, se penchant sur moi en me déposant sur le matelas. —Si tu veux que j'arrête, tu me le dis, Haley. D'accord ?

J'acquiesçai, mordillant ma lèvre pour ne pas prononcer les mots qui me brûlaient la langue.

—Quoi ? demanda-t-il, son regard parcourant mon visage comme s'il y cherchait des indices sur mes pensées. —À quoi penses-tu ?

Je secouai la tête, toujours peu disposée à partager mes pensées.

—Haley, si tu ne veux pas de ça, dis-le-moi s'il te plaît. Je ne me pardonnerais jamais si—

—J'ai tellement envie de toi que j'arrive à peine à respirer, murmurai-je dans un souffle.

—Eh bien, c'est exactement ce que je pensais aussi, ma belle.

Nous échangeâmes un sourire complice avant qu'il n'embrasse le bout de mon nez.

—Voyons si on peut enfin te débarrasser de ces vêtements pour que je puisse poser mes mains sur toi.

J'ai ri jusqu'à ce que le regard chargé de désir dans ses yeux me coupe le souffle. Bon sang, cet homme était puissant. Je l'avais su dès le soir de notre rencontre, quand je n'avais pas pu résister à son charme naturel et à son rire sexy, et j'en étais rappelée chaque fois que nous parlions depuis.

Mais voir ça, le besoin évident dans ses yeux, me donnait envie de dire *tant pis, je reste* sans même envisager une autre option.

Je ne pouvais pas. Même alors qu'il retirait mes vêtements et se mettait à vénérer chaque centimètre de mon corps, je savais que je ne pouvais pas. Pour la première fois de ma vie, je devais faire un choix pour moi-même. Pas pour un homme.

Même s'il était enfin le genre d'homme que je devrais choisir.

—Où es-tu partie, ma belle ? a-t-il demandé, ses lèvres remontant l'intérieur de mon mollet.

—Je pensais juste à quel point tu es parfait.

Il a relevé un sourcil blond. —Vraiment ? Tu n'as pas l'air si ravie que ça.

J'ai laissé échapper un rire. —Ce serait vraiment facile pour moi de tomber amoureuse de toi, Knox.

Il a inspiré brusquement, emportant tout l'air de la pièce avec lui.

Je suis restée allongée là, mon corps entier se réchauffant d'une gêne embarrassante face à ce que je venais de lui avouer.

J'ai essayé de retirer mon pied de sa prise, mais ce geste semblait l'avoir sorti de la transe dans laquelle mes mots l'avaient plongé. Son regard a glissé le long de mon corps pour se fixer dans mes yeux. —Et ce serait une mauvaise chose ?

Sa question m'a plus que surprise. —Vu mon palmarès, c'est une pensée effrayante.

Il a embrassé mon mollet, puis mon genou, remontant vers l'intérieur de mes cuisses, sans un mot de plus. Quand il a reposé ma jambe sur le lit, il m'a regardée. —Je ne sais pas où cela nous mène, Haley. J'aimerais pouvoir te dire que je le sais, mais même si c'était le cas, je voudrais quand même que tu arrives où que nous allions par toi-même. Je ne vais pas te dire que je ne serai pas un connard manipulateur qui essaiera de te convaincre de rester, mais je vais te dire que tu n'es pas la seule à voir à quel point il serait facile que tout ceci devienne bien plus que ce que c'est maintenant.

Mes poumons se gonflèrent à l'extrême face à sa confession, délivrée sans rompre le contact visuel. Me laissant voir toutes les émotions sur son visage et dans son regard brûlant.

— Maintenant, puis-je reprendre là où j'en étais et te faire crier ? Parce que si je te donne suffisamment d'orgasmes pour que tu ne puisses plus sortir du lit, je pourrai te convaincre de ne pas quitter L'anse MacKellar.

J'ai ri doucement, essayant de ne pas succomber à ses mots doux et coquins.

— C'était un oui ? Parce que j'ai vraiment besoin de savoir que tu es là avec moi, Haley.

— Je suis là, Knox.

— Bien. Es-tu prête à crier pour moi, ma belle ?

Il ne m'a pas laissé le temps de répondre avant d'écarter mes cuisses plus largement de ses muscles et de plonger sa langue dans mon intimité.

— Oh, mon Dieu," ai-je gémi.

Knox a murmuré son approbation et a fait tourbillonner sa langue, me goûtant complètement avant de la retirer et d'explorer lentement la peau entre mes cuisses épaisses. Il a déplié tous mes replis et a pris son temps pour se frayer un chemin jusqu'à mon clitoris. Même quand il y est arrivé, il ne s'y est pas attardé, me frustrant avec ses coups de langue dédaigneux et bien trop rapides.

J'ai bougé mes hanches, essayant de l'amener là où je le voulais, mais il n'a pas accéléré ni n'a bougé vers l'endroit où je le dirigeais. J'étais sur le point de lui dire de se dépêcher quand il a taquiné mon entrée avec un doigt épais, le glissant à l'intérieur et le faisant tourner avant de se retirer pour en ajouter un deuxième.

— C'est tellement bon, ai-je chuchoté.

Il a grogné en signe d'approbation et a pompé ses doigts en moi au même rythme paresseux et tranquille qu'il avait adopté sur mon canapé.

— Knox, ai-je gémi. — S'il te plaît.

À ma supplique étouffée, il a grogné et a utilisé sa main libre pour écarter mes cuisses davantage. Avec plus d'espace pour ses épaules, il s'est rapproché de moi, enfouissant son visage entre mes jambes et enroulant ses lèvres autour de mon clitoris. Son attaque implacable m'a fait haleter et m'a laissée désespérée d'atteindre la délivrance.

Mes ongles se sont enfoncés dans son cuir chevelu, mon désir me poussant à la folie alors qu'il courbait ses doigts profondément en moi et envoyait mon corps voler, se précipiter, s'écraser par-dessus le bord.

J'ai crié, l'orgasme comme un poing dans mes cheveux, insistant et impossible à ignorer. Je me suis débattue et j'ai gémi, vague après vague m'entraînant plus profondément tandis que Knox continuait à exercer sa version de la manipulation et me renvoyait vers un autre orgasme avant que le premier ne m'ait complètement laissée reprendre mon souffle.

—Knox. Oh, putain. Oui ! J'ai gémi longuement et bruyamment, mes cuisses tremblantes tandis que mon intimité pulsait au rythme de mes orgasmes.

—Putain, tu es magnifique, a-t-il grogné. Il s'est jeté sur moi, sa main toujours enfouie entre mes cuisses. Il m'a embrassée, l'odeur et la saveur de mon orgasme recouvrant ses lèvres et sa barbe tandis qu'il me dévorait.

Il a pompé sa main de plus en plus vite, retirant ses doigts pour les passer sur mon clitoris avant de les enfoncer à nouveau en moi. Son pouce a pris le relais de sa bouche sur mon clitoris, et il m'a embrassée jusqu'à ce qu'un autre orgasme me frappe comme un train lancé à pleine vitesse sur une voie sans freins.

J'ai rompu notre baiser en criant. Je me suis agitée sous l'intensité, mon corps hors de contrôle. Chaque muscle tressaillait, chaque cellule en feu. Et quand Knox a retiré sa main de mon intérieur, j'ai gémi de frustration même si je savais qu'il n'avait pas terminé.

Un sachet en aluminium se déchira, le bruit comme un bourdonnement en arrière-plan tandis que mon pouls battait dans mes oreilles au rythme de mon orgasme.

—Haley, a murmuré Knox.

J'ai forcé mes yeux à s'ouvrir pour regarder l'homme magnifique agenouillé entre mes cuisses.

—Salut, ma belle. Toujours avec moi ?

—Mon Dieu, oui, j'ai gémi, refusant d'arrêter. J'étais épuisée, des picotements dans toutes mes zones sensibles, et je serais terriblement courbaturée le lendemain matin, mais il n'était pas question que j'en finisse avec lui.

Il s'est aligné à mon entrée, son regard passant de moi à l'endroit où il allait. Mon intimité vibrait d'anticipation. Il s'est enfoncé, centimètre par centimètre, me regardant tout du long.

—Knox, j'ai gémi, frottant mon mollet contre son dos et l'incitant à avancer.

—Putain, ma belle, je veux tenir longtemps. Je n'y arriverai pas si tu me presses.

—Je t'ai dit que je ne voulais pas que tu te retiennes.

Le regard dans ses yeux était de ceux pour lesquels on

invente les longs bains, les vibromasseurs et les murs insono-risés. Sauvage et enivrant, mon intimité s'est inondée une demi-seconde avant qu'il ne se lâche et plonge profondément en moi.

—Oui, gémis-je, la sensation de le sentir complètement en moi suffisant à me faire rouler des yeux. Je le cherchais à l'aveuglette, ayant besoin de le toucher.

—Tu es sûre de ça, Haley ? Sa voix rocailleuse était tendue, comme s'il se retenait encore et vacillait au bord de sa capacité à se contrôler.

J'ouvris les yeux et croisai son regard. —Baise-moi, Knox.

Quelque chose bascula dans son regard. Quelque chose qui révélait que cet homme avait de multiples facettes. Doux, gentil et tendre quand il le voulait. Passionné, exigeant et dangereux quand il le souhaitait.

J'aimais les deux. Et toutes les autres facettes de lui que j'allais découvrir.

Knox se retira, juste assez pour se donner l'espace de revenir en moi avec force. Il amena nos mains jointes au-dessus de ma tête, et se pencha sur moi, me fixant dans les yeux pendant qu'il me pilonnait.

Des perles de sueur apparurent sur son front. Ses joues rougissaient sous l'effort. Sa respiration haletante suivait le rythme avec lequel il me baisait.

J'étais fascinée par lui. Il était magnifique. Puissant, sexy et concentré sur moi avec tant d'intensité que je ne pouvais pas détourner le regard. Je ne voulais pas manquer une seule seconde à observer Knox alors qu'il me prenait de plus en plus fort, son désir et son exigence se mélangeant pour nous alimenter tous les deux.

—Jouis pour moi, ma belle. Laisse-moi te sentir.

L'orgasme que j'étais trop distraite par Knox pour anti-ciper me prit par surprise. À son ordre grondé, mon corps s'empressa de lui obéir et les premiers frémissements de mon orgasme pulsèrent autour de sa dureté.

—Oui, ma belle. C'est ça. Il accrocha mon genou sur son avant-bras et écarta mes cuisses davantage, s'enfonçant plus profondément pendant quelques coups. Suffisamment pour frapper exactement le bon endroit au fond de moi qui propulsa mon orgasme à la surface et envoya ma raison par la fenêtre.

—Knox ! Je l'agrippai, ayant besoin de sa stabilité pour me porter à travers la tempête dans laquelle j'étais plongée.

—Oui, Haley. Putain. Il grogna, me suivant dans la tempête.

Son érection pulsa en moi, la force de son orgasme nous faisant trembler tous les deux de secousses résiduelles.

Le bras de Knox trembla pendant quelques secondes avant qu'il ne cède et s'effondre sur moi, nous faisant immédiatement rouler pour que je me retrouve étalée sur son corps au lieu d'être écrasée sous lui.

Non pas que cela m'aurait dérangée.

J'ai posé ma tête sur sa poitrine, écoutant les battements rapides de son cœur, et j'ai souri.

Ses doigts parcouraient ma colonne vertébrale de haut en bas, berçant mon corps épuisé jusqu'à la somnolence tandis que nos cœurs ralentissaient et que nos corps refroidissaient.

—Je dois me débarrasser du préservatif, Haley, a-t-il chuchoté, cinq minutes ou cinq heures plus tard.

J'ai gémi et l'ai laissé me faire rouler sur le matelas.

Il a ri doucement et m'a embrassée sur le côté de la tête avant de traverser ma chambre jusqu'à ma salle de bain, son magnifique corps nu s'offrant entièrement à ma vue.

Il n'a pas complètement fermé la porte, la laissant entrouverte dans un geste totalement domestique qui m'a submergée d'émotion. Dawson ne faisait jamais ça. Il fermait toujours la porte et emportait son téléphone avec lui. Le téléphone de Knox n'était certainement pas avec lui dans la salle de bain.

Il a ouvert la porte et m'a surprise en train de le regarder tandis qu'il revenait vers mon lit. —Tu es réveillée ?

J'ai hoché la tête, me décalant pour lui faire de la place sur le lit avant de réaliser qu'il voulait probablement partir.

Il s'est allongé à côté de moi, se blottissant contre moi et embrassant mon cou. —Tu es incroyable.

J'ai ri doucement. —Je pourrais te dire la même chose.

Il a frotté son nez contre ma mâchoire, sa barbe chatouillant ma joue. Il a posé un bras lourd sur mon corps et m'a attirée aussi près de lui que possible.

—Qu'est-ce que tu fais ? ai-je demandé en riant.

—Eh bien, j'ai besoin d'une vingtaine de minutes avant de pouvoir me fondre en toi à nouveau, mais je voulais être aussi proche que possible. À moins que tu ne veuilles que je parte.

—Non ! ai-je lâché brusquement.

Il a ri avec moi. —Tant mieux. Ce seul mot était un murmure contre mes cheveux. Une promesse.

Il me serra contre lui et resta allongé pendant quelques minutes, ses mains caressant nonchalamment mon corps nu.

C'était nouveau pour moi. Il ne comptait pas les minutes ni ne faisait de projets. Il ne se précipitait pas vers la porte et ne cherchait pas à cacher notre relation. Il était simplement allongé là, savourant ce moment ensemble.

—Safari africain ou bungalow sur la plage ? demanda-t-il.

—Quoi ?

—Si tu pouvais choisir, préférerais-tu partir en safari africain ou te détendre dans un bungalow sur la plage ?

—Ce sont mes seules options ? Je plissai le nez. Je n'avais jamais envisagé ni l'un ni l'autre auparavant.

Knox rit, sa poitrine tressautant au son soudain qui jaillit de lui. —Évidemment que non, mais je suis curieux. Moi, j'irais en safari africain. J'ai toujours pensé que ce serait vraiment génial de voir tous ces animaux dans leur environnement naturel. Les observer jouer, errer et explorer.

—Je ne suis pas fan des zoos, avouai-je.

Knox secoua la tête. —Ce serait complètement différent d'un zoo. Dans un zoo, ce sont eux qui ne sont pas censés être là. On fait venir ces animaux et on s'attend à ce qu'ils nous divertissent, mais ce n'est pas leur état naturel. Un safari permettrait de les voir là où ils appartiennent.

—Tu as l'air vraiment emballé par cette idée.

Il haussa les épaules et se détendit. —Je n'ai pas beaucoup voyagé. Les gars du magasin me disent que je devrais sortir davantage. Bien sûr, ils me disent aussi que je devrais ouvrir plus longtemps pour qu'ils puissent faire leurs courses quand l'envie leur prend.

—Ce n'est pas juste pour toi. Tu as aussi besoin d'avoir une vie.

Knox émit un grognement incompréhensible.

Je pris une profonde inspiration et réfléchis à mes mots. —Je n'ai jamais pris de vacances. Mes parents... je n'étais jamais une priorité, et les vacances en famille n'étaient pas quelque chose que nous faisions quand j'étais enfant. Depuis que j'ai quitté la maison, je travaille. Je ne prends pas de congés pour m'évader ou me détendre, alors je n'ai jamais pensé à ces options, ni à aucune autre, parce que je n'ai jamais pris de vacances.

Knox est resté silencieux après ma confession précipitée. Je voulais lever les yeux vers lui et voir l'expression choquée et horrifiée qui, j'en étais sûre, se dessinait sur son visage, mais je n'arrivais pas à le faire.

— On forme une belle paire, pas vrai ? Mon père gardait toujours le magasin ouvert, alors je ne partais jamais en vacances non plus. Les jours fériés, je les passais à la maison parce que toute ma famille vivait ici. Quand j'étais à la fac, quelques amis me traînaient parfois en virée le week-end, mais c'était à peu près tout.

J'ai laissé échapper un petit rire. — On'est vraiment pitoyables tous les deux.

Il s'est figé sous moi, puis a bougé. Je me suis tournée pour le regarder et j'ai vu l'expression horrifiée sur son visage et la lueur d'amusement dans ses yeux. — Oh non, tu n'as pas le droit de dire ça. Son visage s'est fendu d'un sourire juste avant qu'il ne plonge ses doigts dans mes côtes.

J'ai éclaté de rire sous ses chatouilles agressives, poussant des cris aigus lorsqu'il s'est hissé sur moi et m'a immobilisée.

— Knox ! Mon Dieu ! Arrête ! ai-je ri en haletant.

Il n'a pas arrêté. — Jamais ! Je suis le champion des chatouilles !

J'ai ri encore plus fort, essayant de tendre les bras pour le chatouiller à mon tour, mais chaque fois que je le faisais, il trouvait un nouvel endroit sur moi à chatouiller et je devais me protéger. — Je n'arrive plus à respirer.

Il riait avec moi, son rire puissant et enveloppant. Ses yeux se plissaient aux coins, les rides du rire creusant son visage et le rendant encore plus attirant à mes yeux.

— Peut-être que je devrais te faire du bouche-à-bouche, a-t-il proposé.

J'ai hoché la tête. — Je crois que j'en ai besoin.

Il a laissé son poids reposer sur moi, me faisant pousser un dernier cri en chatouillant mes côtes, puis a posé ses lèvres sur les miennes et m'a fait du bouche-à-bouche jusqu'à ce que je me retrouve à haleter pour une tout autre raison.

KNOX

Quelques semaines après ma sortie nocturne avec Haley, je pensais encore à la nuit que nous avions passée ensemble. Je ne me souvenais pas de la dernière fois où je m'étais autant amusé avec quelqu'un, et encore moins avec une femme que je fréquentais.

Nous avions passé beaucoup de temps ensemble ces dernières semaines. Nous travaillions beaucoup, ce qui limitait notre temps libre, mais quand nous étions disponibles, nous étions ensemble.

Mes amis n'en avaient toujours pas parlé, et je n'avais toujours rien dit. Hudson me lançait un regard chaque semaine quand j'arrivais à notre soirée entre mecs, mais je ne trouvais jamais les mots pour leur dire que je fréquentais l'ennemie publique numéro un.

Alors j'ai fait ce que je faisais toujours quand je ne savais pas quoi faire. J'ai travaillé comme un forcené. Et je suis allé voir mon père.

—Salut, papa, ai-je lancé en entrant chez lui.

—Qu'est-ce que tu fais là ? a-t-il demandé, levant les yeux

de son fauteuil inclinable devant la télé. «Je ne savais pas que tu venais ce soir.

—Je ne t'ai pas vu depuis quelques jours. Je voulais prendre de tes nouvelles.

Son épais sourcil gris s'est arqué au-dessus d'un œil brun. Il a roulé les deux yeux, ne croyant pas à mon excuse. — Qu'est-ce qui ne va pas ?

J'ai ri intérieurement et me suis assis sur le canapé en face de lui. Le canapé écossais brun et orange était déjà démodé quand j'étais adolescent, mais papa n'avait jamais pris la peine de le remplacer. Il disait que ma mère et lui l'avaient choisi ensemble quand ils s'étaient mariés. Il avait envisagé de le faire restaurer, mais tous les artisans qu'il avait consultés lui avaient dit qu'ils devraient enlever le tissu, alors papa avait refusé.

—Je ne peux pas simplement passer te voir ? ai-je demandé.

Il a ricané. —Tu étais là pour dîner il y a trois jours. Et tu reviendras dans quelques jours. Si tu es là maintenant, c'est qu'il s'est passé quelque chose. Alors raconte.

J'ai secoué la tête et fixé le jeu télévisé qu'il regardait. J'ai murmuré la réponse pour moi-même quelques secondes avant que le candidat ne résolve l'énigme.

Papa a ri. —Tu as toujours eu un don pour ce genre de choses. Intelligent comme pas deux. Tu tiens ça de ta mère."

—Ah bon ?" Il ne parlait pas souvent d'elle, surtout pas ces derniers temps. —Si tu avais su comment les choses allaient se terminer, aurais-tu changé quelque chose ?"

Son regard est devenu grave et son visage s'est affaissé. Il a secoué la tête, bien que ce geste fût empreint de chagrin. — J'aimais ta mère. Elle était tout pour moi. Je n'ai pas eu assez de temps avec elle, mais avoir un peu de temps avec les gens qu'on aime vaut mieux que pas du tout. Il y a eu des moments où je me demandais s'il n'aurait pas mieux valu que nous ne nous rencontrions jamais, mais... Il s'est frotté la poitrine comme si cette pensée lui faisait physiquement mal. —Je ne peux pas imaginer une vie sans qu'elle en fasse partie. Même si ce n'était que pour quelques années."

—Penses-tu que tu aurais fait les choses différemment si elle avait vécu ?"

—Quel genre de choses ?"

J'ai haussé les épaules. —Le magasin. Les heures que tu as travaillées. N'importe quoi."

Papa a réfléchi à ma question pendant un moment, puis a lentement secoué la tête. —Je ne sais pas, fiston. J'ai fait de mon mieux pour te donner une belle vie. Pour t'élever pour que tu deviennes un homme bien. Si ta mère avait été là, je sais que les choses auraient été différentes. Il y avait des jours où ça me faisait mal de penser à elle. Des jours où je voulais rester au travail jusqu'à être trop épuisé pour fonctionner, pour ne pas avoir à rentrer à la maison et savoir qu'elle n'y était pas. Il y a encore des moments où le chagrin me frappe si fort que j'en perds mon souffle. Mais je ne peux pas dire ce que j'aurais fait au cours des trente-six dernières années si elle avait été là pour les vivre."

J'ai hoché la tête, réfléchissant à ses paroles. Je n'ai jamais eu l'impression qu'il me manquait quelque chose quand j'étais enfant. Bien sûr, j'aurais aimé avoir une mère, mais j'aimais mon père. Il a toujours été là pour moi, et il s'est assuré de s'impliquer dans ce que je faisais. L'avoir à mes côtés n'était pas un remplacement pour ma mère, mais il s'assurait que je sache qu'il était présent.

—Qu'est-ce qui se passe avec ton amie ? Ça devient sérieux ?"

J'avais mentionné Haley lors d'une de mes visites, mais je ne lui avais jamais dit son nom. Je n'étais pas sûr d'être prêt à ce que mon père commence à faire des suppositions. —Je l'aime vraiment bien, Papa. Je m'amuse beaucoup avec elle."

—S'amuser n'est qu'une partie du problème. Tu dois réfléchir avec autre chose que ton pénis, fiston."

—Bon sang, Papa.

—Ne jure pas devant moi. Et ne manque pas de respect à une femme. Ta mère n'était pas parfaite, et moi non plus, mais je l'ai toujours traitée comme ma reine. Parce qu'elle l'était. J'aurais fait n'importe quoi pour ta mère. On s'amusait ensemble. Bon Dieu, c'est pour ça que tu existes, mais la vie, c'est plus que ça.

J'ai poussé un gémissement. Peu importe mon âge, je ne voulais pas penser à mes parents faisant l'amour. —Je sais, Papa. Et ce n'est pas de ce genre d'amusement dont je parlais. Elle est drôle et gentille, et j'aime passer du temps avec elle.

—Mais il n'y a pas d'alchimie ?

—Oh, si, il y a de l'alchimie. Je voulais juste dire que ce n'est pas de ça dont je parlais.

—D'accord, alors quel est le problème ?

—Elle ne va peut-être pas rester ici.

—Elle n'est pas d'ici ?

J'ai secoué la tête. —Elle a emménagé ici l'année dernière, et elle essaie de décider si elle veut rester ou non.

—Eh bien, convaincs-la de rester.

—Je ne peux pas, Papa. Elle... Elle a ses raisons de vouloir choisir par elle-même.

Papa est resté silencieux pendant de longues minutes. J'ai joint mes mains, posant mes coudes sur mes genoux. Je me suis concentré sur l'émission, résolvant deux énigmes de plus avant que mon père ne reprenne la parole.

—Est-ce ta façon de me dire que tu quittes la ville ?

—Quoi ? Non. Pourquoi penses-tu ça ?

—Parce que tu agis comme si tu étais amoureux de cette femme. Et si elle ne reste pas, je suppose que toi non plus.

J'ai secoué la tête pendant qu'il parlait, ses mots me frappant comme un coup. Je n'étais pas amoureux de Haley. Je savais que je pourrais tomber amoureux d'elle, mais je n'en étais pas encore là. Mais je savais aussi que son possible déménagement en était en partie la cause.

L'anse MacKellar faisait partie de moi. C'était mon foyer. C'était le seul endroit où j'avais vécu en dehors de mes années d'université. Je savais que je voulais y fonder une famille, y construire ma vie. Même si je ne voulais pas que cette vie soit exactement ce qu'elle était en ce moment, je voulais que ma vie soit à L'anse MacKellar.

J'avais fréquenté d'autres femmes qui étaient parties. Qui disaient aimer L'anse MacKellar, mais qui se lassaient de la vie dans une petite ville et du manque de commodités et partaient. Beaucoup avaient essayé de me convaincre de les suivre, mais toutes avaient échoué. Je n'avais aucun intérêt à quitter ma ville natale.

—J'ne suis pas amoureux de Haley. Et je ne pars pas.

Papa plissa les yeux en me regardant, me lançant ce regard qu'il utilisait chaque fois que je faisais quelque chose de stupide au lycée. Ce regard qui me poussait toujours à avouer avant que la punition ne s'aggrave. J'avais appris cette leçon à mes dépens.

Mais cette fois, je n'avais rien à avouer, alors j'ai soutenu son regard calmement et j'ai attendu qu'il cède.

Il a finalement soufflé et secoué la tête. —Bon. Alors pourquoi me demandes-tu tout ça ? Si tu n'es pas amoureux de cette femme, que tu ne quittes pas la ville, et que tu n'es pas malheureux au magasin, alors que se passe-t-il ?

J'ai repensé à la façon dont j'avais passé ma journée. Le magasin était fermé pour que je puisse avoir un jour de congé. Et j'avais passé la journée à travailler sur des choses que je voulais faire. Comme les étagères pour Stone Auto Repair. J'avais presque terminé leurs unités d'étagères personnalisées. J'avais passé le bois au blanc plus tôt dans la journée et quand il serait sec, j'allais ajouter trois ou quatre couches de laque pour m'assurer que les étagères soient imperméables. Je ne voulais pas que les gars s'inquiètent de salir les choses, ce qu'ils feraient certainement, et je ne voulais pas que la graisse et les autres taches s'imprègnent et rendent le nettoyage plus difficile. D'après ce que j'avais vu, Derek gérait un atelier impeccable, presque immaculé, même s'ils travaillaient clairement avec des outils et des voitures sales en permanence.

—Il ne se passe rien, ai-je dit à mon père, espérant qu'il croirait ce mensonge.

Il m'a fixé à nouveau, avec le même regard, et cette fois, j'ai su que je devais avouer.

—D'accord. Je prends des projets personnalisés en parallèle. Je fais des choses pour les gens de la ville. Et j'aime ça.

—D'accord. Alors pourquoi toute cette discussion à propos de la femme ?

— Je... je ne sais pas. Je suppose que ça me préoccupe ces derniers temps. Je me demande si je suis assez bien pour elle.

Papa a ri doucement. —Laisse-moi te répondre tout de suite, mon fils. Non. Tu ne l'es pas. Tu ne seras jamais assez pour la femme que tu aimes. Parce que tu la mettras toujours sur un piédestal. Tu la verras toujours comme quelqu'un qui mérite mieux que toi. Si c'est la bonne pour toi, elle te verra de la même façon. Elle pensera qu'elle ne sera jamais assez bien pour toi. Parce que quand on aime vraiment quelqu'un, on veut le meilleur pour cette personne. Et on connaît nos propres défauts. On sait ce qu'on a foiré en chemin. On connaît tous les squelettes dans nos placards, et on croit que la personne qu'on aime va découvrir ces secrets et s'enfuir en hurlant. Mais si c'est la bonne, elle t'aidera à vider ce placard et à te débarrasser de tout ce qui te pèse. Et elle te laissera l'aider à faire de même.

Je me suis adossé au canapé, méditant sur la sagesse des paroles de mon père. Pendant des années, j'avais voulu changer le magasin et faire mes propres trucs. Me salir les mains et donner vie aux choses. Après mon échec initial, je n'avais jamais osé me lancer à plein temps, mais ces dernières années, j'avais testé le terrain. J'adorais ça.

Mais ensuite j'ai rencontré Haley. J'aimais toujours travailler de mes mains, mais je ne lui en avais jamais parlé. J'avais caché le projet sur lequel je travaillais pour Derek, le dissimulant même quand elle venait chez moi pour qu'elle ne le voie pas et ne me juge pas.

Comme j'avais caché ma relation avec elle à mes amis pour qu'ils ne me jugent pas.

J'avais passé la majeure partie de ma vie, de ma vie d'adulte, à cacher les choses qui me tenaient à cœur parce que j'avais peur de l'opinion des autres.

—Tu devrais dire à cette Haley ce que tu penses. Si tu tiens à elle, tu devrais la mettre au courant.

J'ai lentement acquiescé, sachant que Papa avait raison. Ce n'est pas parce que je n'étais pas amoureux de Haley que je ne tenais pas à elle. J'avais fait de la place pour elle dans ma vie, et je voulais lui en faire davantage. Je savais qu'elle avait une décision difficile à prendre, mais je savais aussi qu'elle penchait pour rester.

Et je n'avais pas peur de l'aider à prendre cette décision finale.

J'AI PRIS quelques photos des étagères terminées et je les ai recouvertes avant d'aller travailler le lendemain matin. Brantley devait passer à la fin de la journée pour m'aider à les livrer à Stone Auto Repair, mais d'abord je devais ouvrir le magasin et affronter une longue journée.

C'était mercredi, ce qui signifiait que Dick, Wayne et Tony seraient là dans l'après-midi. Ils ne savaient rien des étagères, et j'allais devoir fermer tôt pour les livrer avant que Derek ne ferme pour la journée, donc j'allais probablement devoir mettre les hommes dehors. Ça n'allait pas être amusant.

J'étais à mi-chemin de ma journée avant de pouvoir prendre une pause et me servir un verre d'eau et quelque chose à manger. Je savais qu'il fallait faire vite, mais je savais aussi que si quelqu'un entrait, ce ne serait pas grave.

Le magasin était encore calme lorsque j'y suis retourné quelques minutes plus tard, ce qui était bon, mais je pouvais dire que quelqu'un était là. —Je peux vous aider ? ai-je demandé quand j'ai trouvé l'homme dans l'allée trois. Je ne connaissais pas son nom, mais il venait souvent. J'étais presque certain qu'il travaillait avec Teddy dans l'équipe de David, mais je n'en étais pas sûr.

—La dernière fois que j'étais ici, je suis sûr d'avoir repéré un gabarit pour queues d'aronde. En avez-vous un ?

Mon cou me brûlait tandis que je secouais la tête. J'avais pris celui dont il parlait. Je l'avais payé, au prix coûtant, mais il était resté sur l'étagère pendant un an et personne n'en avait jamais parlé. Je voulais l'essayer pour certains tiroirs coulissants du projet de Derek et pour un projet que je faisais pour moi-même. —J'en avais un, mais il n'est, euh, plus là.

—Merde, dit-il. —J'économisais pour ça, je le gardais à l'œil. C'était un très bon modèle, et je ne voulais pas avoir à payer les frais de port si je le commandais en ligne.

—Je comprends. Je peux en faire venir un autre d'ici quelques jours.

Le type a gémi et a lentement secoué la tête. —Je suppose que je n'ai pas vraiment le choix. Les grandes enseignes prendraient tout aussi longtemps.

—Désolé pour ça, mec. Je suis Knox, au fait. Je sais que je vous ai vu ici plusieurs fois.

—Oui. André.

—Ravi de vous rencontrer. Allons voir ce que vous cherchez et voyons à quelle vitesse nous pouvons l'obtenir.

André a hoché la tête et m'a suivi à l'avant vers la caisse. J'ai ouvert le système que j'utilisais pour soumettre des commandes et j'ai recherché le gabarit que j'avais à l'arrière dans mon atelier.

—Merde, ai-je marmonné. J'ai regardé André. —Il est en rupture de stock.

Andre expira bruyamment et fixa le plafond. —Bien sûr, c'est comme ça. Je suis enfin prêt à l'acheter, et c'est impossible.

—On ne peut pas avoir quoi ? demanda Dick, choisissant ce moment pour entrer dans le magasin. Tony était sur ses talons.

Andre regarda les hommes, la frustration évidente dans son regard. Il aurait pu être leur petit-fils, probablement pas plus âgé que vingt-cinq ans, et pas content de devoir attendre. —Je suis venu ici pour acheter un gabarit de queue d'aronde, mais il a été vendu.

—Vendu ? Qui dans cette ville aurait besoin d'un de ces trucs ? demanda Tony.

—Aucune idée, dit Dick. —Je ne savais même pas que Knox en avait un en stock.

—C'est ma faute, dit Andre. —J'attendais d'avoir assez d'argent pour le payer, et maintenant j'ai un projet qui en nécessite un ce week-end.

—Si j'en avais un, je vous le prêterais, mais ma femme ne me permet plus de garder des outils, dit Tony, secouant la tête comme si c'était la pire chose qui puisse lui arriver.

—Annabeth t'a rendu service, dit Wayne, entrant et se joignant à la conversation comme s'il avait été là depuis le début. —Si elle ne t'avait pas confisqué tous tes outils, tu te serais coupé un doigt. Ou ta bite.

—Ce n'était pas si proche que ça, grommela Tony.

Il y avait une histoire là-dessous, mais je n'étais pas sûr de vouloir l'entendre.

—De quels outils parle-t-on ? À part vous deux, demanda Wayne, désignant ses amis du pouce. Il se concentra sur Andre.

—Je cherchais un gabarit de queue d'aronde. Knox m'a dit qu'il avait été vendu depuis ma dernière visite, se lamenta Andre.

Mes oreilles brûlaient. Ma nuque me démangeait. Si je proposais de lui prêter le mien, je devrais admettre que j'étais celui qui l'avait acheté. Dans d'autres circonstances, cela n'aurait pas d'importance, mais avec Wayne, Tony et Dick assis là, j'aurais à m'en justifier.

—Je n'en ai pas de ça, dit Wayne. —Et toi ? demanda-t-il à Tony.

Tony secoua la tête. —Je ne sais même pas à quoi ça sert. Knox, ça sert à quoi ?

—Ça sert à créer des joints à queue d'aronde, qui sont plus solides, pour des choses comme les tiroirs. Pour tout ce qui est à angle droit, en fait, mais généralement pour les tiroirs, expliquai-je.

—Qu'est-ce que vous fabriquez, André ? demanda Dick.

—Ma femme est enceinte. Premier bébé. Je lui ai dit que je construirais une table à langer pour le bébé, mais le travail a été si prenant que je n'ai pas eu le temps. Elle doit accoucher dans quelques semaines, donc je dois le faire maintenant.

Merde. Je ne pouvais plus me taire. Ce n'était pas juste un type impatient qui pensait avoir droit à quelque chose immédiatement. C'était un homme qui essayait de prendre soin de sa famille.

—Vous pouvez utiliser le mien, lui dis-je. —C'est celui qui était dans la boutique. Je l'ai déjà utilisé, donc il n'est pas neuf, mais vous pouvez l'emprunter aussi longtemps que nécessaire.

—Vous n'êtes pas obligé de faire ça, dit André.

Je secouai la tête. —C'est bon. Je l'utilisais pour un projet, et j'ai terminé ce que je faisais. Je peux m'en passer pendant un moment.

—Vous êtes sûr ? demanda André.

J'acquiesçai. —Oui. Absolument. Si vous voulez me suivre, je peux aller le chercher pour vous.

André sourit pour la première fois depuis que je l'avais vu. Il me suivit avec empressement, me remerciant tout du long. Il promit de me rendre le gabarit en parfait état et fit un signe de la main aux autres hommes en se précipitant vers la porte, comme s'il avait peur que je change d'avis et lui fasse payer, ou que je le lui arrache simplement des mains.

D'autres clients étaient entrés pendant que j'étais avec André, mais Dick s'était occupé d'eux, travaillant à la caisse comme s'il l'avait fait depuis toujours. Il termina avec le dernier client de la file, puis retourna s'asseoir.

Ils me regardaient tous avec expectative.

— Quoi ? ai-je demandé. J'aurais dû me méfier.

— Quel projet de merde tu fabriquais pour avoir besoin d'un gabarit à queue d'aronde ? a exigé Wayne.

Merde.

14

L'homme adulte que j'étais presque certain d'être voulait lui dire d'aller se faire foutre. Que ce n'était pas son affaire ce que je faisais de mon temps. Mais la voix de mon père résonnait dans ma tête, me rappelant d'être respectueux envers mes aînés et attentionné envers les clients.

Bon sang.

—Je travaillais sur un projet pour Stone Auto Repair, ai-je admis. Mentalement, j'ai croisé les doigts pour qu'ils n'insistent pas davantage, mais même en y pensant, je savais qu'il n'y avait aucune chance qu'ils laissent tomber le sujet.

—Un projet ? Tu vas transformer cet endroit en ce truc de personnalisation stupide que tu as essayé avant ? Où tu pensais pouvoir gagner ta vie en construisant des choses et en nous coupant tous des fournisseurs ? a demandé Dick. Il a ri, donnant un coup de coude aux deux autres, qui ont rejoint son hilarité.

J'étais furieux. Oui, j'avais échoué. Oui, j'avais merdé. Oui, j'avais presque perdu le magasin. Mais bon sang, j'avais essayé quelque chose. J'avais suivi ma passion et tenté une nouvelle idée. Ce n'était pas ma faute si cette idée n'avait pas été bien accueillie par ma communauté. Si ma petite ville ne pouvait me voir autrement que comme le fils d'Al et n'était pas prête à me laisser me salir les mains.

—Le magasin ne change pas, ai-je forcé à travers mes dents serrées. J'avais appris ma leçon. Je savais que je ne pouvais pas me lancer dans le travail sur mesure à plein temps. Il n'y en avait pas assez à L'anse MacKellar, et ça ne me ferait pas vivre. Le magasin devait rester ouvert. Il était nécessaire dans la ville, même si les personnes qui y passaient le plus de temps n'étaient plus vraiment des clients.

—Eh bien, c'est une bonne chose. Tu dois garder les choses telles qu'elles sont. Les gens par ici n'aiment pas le changement, a dit Wayne.

J'ai hoché la tête, reconnaissant lorsqu'un client est entré et a eu besoin d'aide pour trouver quelque chose. Le temps que nous revenions à la caisse, Tony, Dick et Wayne étaient passés à un autre sujet de conversation.

Les clients sont venus et repartis tout l'après-midi. À mesure que l'heure à laquelle Brantley devait arriver approchait, j'ai regardé l'horloge et me suis demandé si le trio allait un jour partir.

—Je dois bientôt fermer, leur ai-je dit, en gardant ma voix légère pour éviter une confrontation.

Wayne a regardé son téléphone et a froncé les sourcils. — Il nous reste encore une heure. Si je rentre trop tôt, Madeline me mettra au travail.

—N'est-elle pas chez Debby ce soir ? Je croyais qu'elle se faisait toujours coiffer le mercredi soir, a dit Dick.

—Oui, mais quand elle rentre, elle commence à préparer le dîner. Si je suis à la maison avant elle, elle me demande pourquoi je n'ai rien commencé, a dit Wayne, comme si la suggestion était complètement risible.

—Pourquoi ne le fais-tu pas ? lui ai-je demandé.

Tous les trois se sont tournés vers moi comme si j'avais perdu la raison. Ils se sont regardés, puis se sont retournés vers moi avec des expressions identiques de consternation, secouant la tête à l'unisson.

—C'est un travail de femme, a dit Wayne. J'allais travailler et je gagnais l'argent pour qu'elle puisse rester à la maison avec les enfants. Nous nous sommes mis d'accord là-dessus quand nous nous sommes mariés. Elle a dit que c'était ce qu'elle voulait, alors ne joue pas les donneurs de leçons avec moi. C'est elle qui a suggéré de rester à la maison. Et maintenant, après toutes ces années, elle essaie de changer les règles. Elle me dit que je devrais l'aider dans la maison.

—Tu pourrais, ai-je dit, creusant ma tombe encore plus profondément. Je savais qu'ils allaient se moquer de moi, mais je n'étais pas d'accord avec l'idée qu'une seule personne soit censée tout faire dans la maison. Mon père me l'avait appris quand j'étais adolescent. Je lui en voulais à l'époque, mais il avait raison. J'y habitais aussi. Je contribuais aussi au désordre. Donc je devais aussi être responsable du nettoyage. En tant qu'adulte, c'était toujours ainsi que je pensais que les choses devraient être.

Wayne a secoué la tête. —On ne peut pas revenir en arrière pour qu'elle trouve un emploi, alors pourquoi devrais-je changer ?

—Parce que tu y habites, ai-je dit, tenant bon.

—Et elle s'occupe de tout. Je ne suis pas une femme au foyer, a grogné Wayne.

—Ouais, mais imagine comme tu serais élégant avec un tablier, a dit Brantley. Il était entré sans qu'aucun de nous ne le remarque et avait clairement entendu le dernier commentaire de Wayne.

Wayne s'est retourné vers lui, fronçant les sourcils avant de voir qui c'était. Son visage s'est transformé, et il a ri, secouant la tête. —J'aurais dû me douter que tu dirais quelque chose comme ça. Comment vont tes parents, Brantley ?

—Ils vont bien. Comment ça se passe ici ? À part imaginer Wayne en tablier. Brantley a tapé sur l'épaule de Wayne et a ri.

Wayne a levé les yeux au ciel et secoué la tête. Il était toujours plus agréable quand Brantley était là, bien que je n'aie jamais compris pourquoi.

—Ça va, Coach. Vous avez une bonne équipe cette année ? a demandé Tony.

Brantley a hoché la tête. —Les premiers entraînements semblent plutôt prometteurs. J'ai quelques jeunes qui ont déjà des bourses assurées, donc les garder en bonne santé est toujours une priorité.

—C'est vrai, c'est vrai, a dit Dick. Je vous assure, quand j'étais entraîneur, c'était un travail à plein temps rien que pour garder ces garçons dans le droit chemin. Je n'aurais pas pu le faire si j'avais dû aussi corriger des copies et préparer des cours et tout ça.

Dick était professeur de gym autrefois, et il entraînait au baseball, au basketball et au football américain. D'après mes souvenirs, Brantley n'avait jamais entraîné avec lui, mais ils avaient manifestement un lien particulier.

—J'ai réussi à m'en sortir. J'ai aussi été célibataire pendant longtemps. Brantley haussa les épaules, comme si cela faisait toute la différence.

Les trois hommes ne firent aucun commentaire sur le statut de Brantley et ne posèrent aucune question sur Valentina. J'étais un peu surpris, mais je n'ai pas eu le temps d'y réfléchir davantage avant que Brantley me demande si j'étais prêt à partir.

—Partir où ? Le magasin n'est pas encore fermé,

Brantley me regarda, puis se tourna vers les autres.— Knox doit livrer des étagères à Stone Auto Repair. Brantley se retourna vers moi.—Je pensais que tu fermais plus tôt pour qu'on puisse y arriver avant que Derek ne doive fermer.

J'ai hoché la tête.—C'est le cas. Je dois le faire. Bon, il est temps pour vous de plier bagage et de partir.

Tous les trois me foudroyèrent du regard.

—Je pensais que c'était une blague. D'abord, tu utilises ce truc de gabarit sur l'étagère et le pauvre Andre ne peut pas construire une table pour son bébé parce que tu jouais encore à l'artisan, et maintenant tu fermes plus tôt. Wayne secoua la tête comme si j'étais sa plus grande déception.

Brantley nous regardait bouche bée, les yeux écarquillés. De toute évidence, les hommes ne lui avaient jamais parlé comme ils me parlaient.

—Je ne savais pas que je devais faire approuver mon emploi du temps par vous. Je ne savais pas non plus que je devais vous soumettre mes décisions d'achat ou mes choix de travail.

—Tu as dit que tu ne changerais rien, argumenta Tony.

—Et je ne change rien.

—Tu fermes le magasin plus tôt. C'est un changement, dit Dick.

—C'est juste pour aujourd'hui. Et c'est moins d'une heure. Et nous devons y aller. J'ai croisé les bras sur ma poitrine. Je savais qu'il valait mieux ne pas essayer de toucher ces hommes pour les faire bouger, mais je n'allais pas manquer de me faire payer pour un travail pour lequel je m'étais tué à la tâche, juste parce que ces trois têtes de mule pensaient qu'ils me commandaient.

—Pourquoi ne viendriez-vous pas tous à l'entraînement demain pour jeter un œil à l'équipe pour moi, suggéra Brantley. Il contourna les hommes et donna une tape sur les épaules de Wayne et Dick.—J'adorerais avoir un regard extérieur sur la façon dont les choses se passent, mais seulement de personnes en qui je peux avoir confiance.

Wayne lui sourit. —Ce serait bien, mon garçon. Nous serions ravis de t'aider. J'ai entendu de bonnes choses sur ce petit Mitchell. Il paraît qu'il pourrait être un vrai concurrent. Et en plus, il n'est qu'en seconde."

—On devrait aussi jeter un œil à l'équipe junior, dit Dick.

Tous les quatre se dirigèrent vers les portes d'un même mouvement, Brantley guidant les hommes plus âgés hors du magasin comme si c'était leur choix.

—C'est de l'équipe junior que viendront tes joueurs, dit Dick. —Nous te ferons savoir ce qu'on pense de ces jeunes. On verra s'il y en a que tu devrais garder à l'œil. Peut-être en faire monter si tu as besoin d'un joueur."

—C'est une excellente idée, dit Brantley. Il se frotta la mâchoire d'un air pensif. —Je n'ai pas l'occasion de les observer puisqu'ils s'entraînent et jouent en même temps que mon équipe. Avoir des personnes pour me donner une perspective interne serait vraiment utile."

La porte se referma derrière les hommes, coupant le reste de la conversation, et j'ai finalement expiré. Brantley était un maître. Je n'étais pas tout à fait sûr de comment il s'y prenait, mais il gérait ces trois-là comme si de rien n'était. Se sacrifiant dans le processus.

Je ne voudrais jamais que ces trois-là me jugent et critiquent ce que je fais, mais Brantley s'était porté volontaire pour qu'ils me laissent tranquille.

J'ai fermé la caisse et vérifié que le reste du magasin était vide. Brantley est revenu quelques minutes plus tard, prenant les clés que j'avais laissées sur le comptoir et verrouillant la porte d'entrée avant de me suivre vers l'atelier à l'arrière.

—Ils sont toujours comme ça avec toi ? demanda Brantley, me rendant mes clés.

J'ai ricané. —D'habitude, c'est pire.

—Merde. Je n'en avais aucune idée. Qu'est-ce qu'ils ont dans le cul ?

—Tu te souviens quand j'ai tout changé ? Quand j'ai essayé d'orienter cet endroit vers des travaux haut de gamme et sur mesure ?

Brantley hocha la tête.

—J'ai failli couler, et ces trois-là s'assurent que je n'oublie jamais que j'ai merdé.

—Ce n'est pas juste.

J'ai haussé les épaules. —C'est comme ça qu'ils voient les choses. Quand j'ai mentionné que j'avais fabriqué ces étagères, ils ont presque pété un plomb. Ils ont dit que je ne pouvais pas tout changer à nouveau.

—C'est ton magasin. Tu peux faire ce que tu veux.

J'ai secoué la tête. —J'ai une clientèle que je dois servir. Je l'ai accepté. J'aimerais faire plus de travaux comme celui-ci, mais il n'y en a pas assez dans le coin. Et les gens ont besoin d'une quincaillerie. Je ne peux pas faire les deux.

—Et si tu engageais quelqu'un pour gérer le magasin ? Tu as dit que c'était ce que tu voulais faire.

—Ce serait idéal, oui. Des horaires plus courts pour moi et du temps pour faire des travaux comme celui-ci, mais je ne connais personne qui voudrait de ce job.

—Il doit bien y avoir quelqu'un. Parce que tu as un talent fou. Brantley passa ses mains le long des étagères que j'avais fabriquées. Il siffla et secoua la tête. —J'aurais dû te demander de me faire des placards.

J'ai ri, sachant qu'il disait ça juste comme ça. —Tu n'aurais pas supporté tout ce temps sans cuisine.

Brantley ne détachait pas son regard des étagères. —Non, mais si j'avais su que tu pouvais faire ça, j'aurais attendu pour tout démonter jusqu'à ce que tu aies terminé quelque chose. C'est incroyable.

—Merci. Mes joues ont chauffé face à l'admiration dans sa voix.

—Je suis sérieux. Tu pourrais vraiment gagner ta vie en faisant ça.

J'ai secoué la tête. —Non. Il n'y a pas assez de boulot par ici. Mais ça va. Je prendrai ces projets de temps en temps, si je peux les avoir, et c'est suffisant pour me faire plaisir.

Brantley a haussé un sourcil interrogateur vers moi, mais je ne lui ai pas laissé l'occasion de dire ce qu'il allait dire.

—Chargeons-les pour qu'on puisse les amener chez Derek.

Brantley a acquiescé.

Nous avons transporté chaque pièce jusqu'au camion de déménagement que j'avais loué. Elles tenaient parfaitement à l'intérieur, et nous les avons attachées pour qu'elles ne bougent pas et ne s'endommagent pas mutuellement pendant le court trajet à travers la ville.

Le parking était presque vide quand nous sommes arrivés au garage Stone Auto Repair. Une baie était ouverte, alors j'ai reculé le camion devant, sachant que Derek l'avait laissée ouverte pour nous. Avant même que j'aie mis le camion au point mort, Derek nous attendait déjà.

— Bonsoir, dit-il en me serrant la main.

— Bonsoir. Vous êtes prêt pour moi ?

Derek hocha la tête. — Nous sommes prêts. On a débarrassé les anciennes étagères aujourd'hui. J'ai quelques gars ici pour vous aider si vous en avez besoin.

Brantley ouvrit l'arrière du camion et déploya la rampe, la positionnant pour que nous puissions monter et descendre. — Il y en a cinq là-dedans, donc de l'aide serait bienvenue.

J'acquiesçai en croisant le regard de Derek.

— Parfait. Derek siffla, et trois gars sortirent d'une porte sur le côté. — Prenez chacun un bout.

Brantley grimpa dans le camion et souleva une extrémité de l'étagère du dessus. Un des gars de Derek saisit l'autre bout, et ils sortirent l'étagère du camion, donnant à Derek son premier aperçu de ce que j'avais créé.

Derek siffla doucement. — Putain, mec. C'est magnifique.

— Merci, mon pote.

Derek regarda les autres pièces dans le camion, passant sa main sur le bord de l'une d'elles. — J'ai l'impression qu'on ne pourra pas les salir. Cet endroit n'est pas vraiment propre.

Je me lançai dans une explication du design des étagères, détaillant la façon dont je les avais finies pour qu'elles n'absorbent pas les taches et soient faciles à nettoyer.

— Vous avez vraiment pensé à tout, n'est-ce pas ? demanda Derek.

J'acquiesçai. — J'ai essayé.

Derek et moi avons pris une étagère et l'avons transportée à l'intérieur. Nous avons tous travaillé ensemble, déplaçant les étagères à l'intérieur avant de décider où son équipe voulait les positionner. J'avais inclus du matériel de fixation à l'arrière pour que les étagères ne risquent pas de basculer, et j'avais des supports pour les ancrer ensemble.

Avec nous tous travaillant ensemble, les étagères ont été rapidement fixées aux murs. Derek recula et secoua la tête en admirant le travail que j'avais fait.

— Ça, c'est une sacrée amélioration, dit une voix derrière nous alors que nous regardions les étagères.

Derek se retourna avec un sourire. —Omar. Je suis d'accord. Désolé que personne n'ait été à l'accueil quand vous êtes arrivé.

Le maire Omar Knight balaya les excuses de Derek d'un geste. —Ne vous inquiétez pas, Derek. Je comprends pourquoi vous étiez tous ici. D'où viennent ces pièces ?

Derek me désigna du pouce. —Knox les a fabriquées.

Le maire Knight me regarda avec un sourcil levé et un sourire approbateur. —Travail impressionnant. Vous faites souvent des créations sur mesure ?

Je secouai la tête. —Non, monsieur. Je possède la quincaillerie Al's Hardware. Ce n'est qu'un passe-temps pour moi.

—C'est sa passion, dit Brantley. —Il adore ça, mais les gens ont besoin de la quincaillerie, alors Knox la fait tourner. Son père est Al.

—L'héritage familial, dit le maire Knight. —Je comprends parfaitement ce que c'est.

Je n'étais pas sûr de ce à quoi il faisait référence puisque je ne connaissais pas bien l'homme, mais je n'allais certainement pas interroger le maire. Sur quoi que ce soit.

Derek le raccompagna vers l'entrée, où je supposais qu'un véhicule l'attendait. Les gars commencèrent à remplir les étagères avec tous leurs outils et pièces, discutant et décidant où ils voulaient placer les choses.

Brantley et moi avons reculé pour admirer le travail que j'avais réalisé. J'en étais fier. C'était un gros projet, mais je savais qu'il conviendrait parfaitement à l'usage auquel il était destiné. L'un des gars attrapa une étagère et réalisa qu'elle était coulissante, ce qui le fit rire. Je l'entendis dire à quel point cela allait être pratique.

—C'est incroyable. Brantley me donna une tape dans le dos. —Tu as vraiment du talent, Knox.

—Merci, Bee.

—Désolé pour ça, dit Derek en nous rejoignant. Il me tendit une enveloppe. —Le reste de votre paiement. Merci encore d'avoir fait ça. Je sais que Xavier vous a un peu forcé la main, mais c'est mieux que tout ce que j'aurais pu imaginer.

—Merci. Ça a été très amusant à réaliser pour moi.

—Bien. Dites, vous pensez que quelqu'un verrait un inconvénient à ce qu'Omar se joigne à nous pour une soirée entre hommes un de ces jours ?

Brantley et moi avons échangé un regard et haussé les épaules.

— Je n'y vais pas toutes les semaines,' lui dis-je. Je suis relativement nouveau sur la liste d'invités, mais ils ont toujours semblé assez accueillants.

— Pareil pour moi. Je doute que qui que ce soit en soit contrarié. Pourquoi ?

— Omar n'a pas vraiment de personnes avec qui il traîne. Il est célibataire, et il est responsable de pratiquement tout le monde en ville, donc il reste discret, mais c'est vraiment quelqu'un de sympa. Je pense qu'il s'entendrait bien avec le groupe, mais je n'y vais qu'une fois par mois, tout au plus. Je ne veux pas être ce type dont tout le monde parle parce qu'il a dépassé les bornes, dit Derek.

Je secouai la tête. — Je ne vois pas ça arriver. Patrick ne travaille-t-il pas pour lui ? Ce serait une personne de plus que le maire Knight connaît.

— Vois s'il est intéressé et amène-le. Je suis sûr que ça ira, dit Brantley.

Derek hocha la tête. Il ouvrit la bouche pour dire autre chose, mais un bruit fracassant attira notre attention. Ses gars se tenaient à côté des étagères avec une boîte de pièces à leurs pieds.

— Je devrais les aider à tout installer. Nous voulons être prêts à démarrer demain matin sans perdre de temps. Mais merci encore. J'apprécie vraiment.

Brantley et moi avons acquiescé avant de nous diriger vers la porte. Nous avons fermé le camion et sommes montés à l'avant. Brantley fit un signe de tête vers l'enveloppe que Derek m'avait donnée.

— Allons manger quelque chose. C'est toi qui paies.

J'ai ri et secoué la tête, mais j'ai accepté. Je lui devais bien ça pour m'avoir aidé, après tout. Probablement plus qu'un dîner une fois qu'il aurait Tony, Dick et Wayne qui pèseraient sur son équipe.

Je n'enviais pas Brantley, mais j'étais vraiment reconnaissant.

15

HALEY

Je me suis adossée sur la chaise et j'ai fermé les yeux. Faire laver ses cheveux par quelqu'un d'autre était l'un des petits plaisirs de la vie. En tant que coiffeuse, je lavais les cheveux de dizaines de personnes chaque semaine, mais recevoir le même traitement n'était pas quelque chose que je m'offrais souvent.

Mais Chelsea avait insisté. Elle me harcelait depuis des mois pour que je la laisse me couper les cheveux, et j'ai finalement accepté. Uniquement parce qu'elle a dit qu'elle me laisserait couper les siens aussi.

—L'eau est bonne ? a demandé Chelsea en mouillant mes cheveux.

—Parfaite, lui ai-je répondu en me laissant aller à la relaxation du moment.

Chelsea est restée silencieuse pendant qu'elle me lavait les cheveux, utilisant ses ongles pour frotter mon cuir chevelu et faire mousser le shampooing jusqu'à une propreté agréable. Elle a rincé mes cheveux, puis a appliqué de l'après-shampooing. Après un autre rinçage, elle a enveloppé mes cheveux dans une serviette et m'a redressée.

—Tu es sûre que tu me fais confiance ? a-t-elle demandé, croisant mon regard dans le miroir face à son poste.

J'ai expiré lentement, déstabilisée par la question. —Tu es en train de me dire que je ne devrais pas ?

Chelsea a ri et secoué la tête. —Pas du tout. Mais je sais que faire confiance n'est pas facile pour toi.

—Ça, c'est bien vrai, a marmonné Sofia depuis son siège à côté de moi. Je venais de finir de lui couper les cheveux, et elle avait aidé Chelsea à me convaincre d'adopter un nouveau style. Un que je n'avais pas choisi. Un qu'elles me cachaient.

—Je n'ai jamais eu personne de fiable dans ma vie. Ce n'est pas facile de baisser ma garde quand personne d'autre que j'ai connu n'a été assez correct avec moi pour que je puisse essayer. Je veux dire, regardez mon palmarès.

Elles ont échangé un regard derrière moi, un regard que j'ai surpris dans le miroir, un regard qui disait qu'elles avaient pitié de moi. Merde. Je détestais ça.

—C'est pour ça qu'il te faut une nouvelle coupe, a dit Chelsea en essorant l'eau de mes cheveux.

Je devais admettre qu'ils étaient trop longs pour moi. J'avais entretenu les pointes, mais le style global avait trop poussé et était moins qu'idéal.

—Ne coupe pas trop court, dis-je. —Juste un rafraî-chissement.

—Un bon rafraîchissement, dit Sofia. —Comme tu m'as convaincue de faire.

Les cheveux blonds de Sofia lui allaient bien. Elle soute-nait qu'elle ne faisait jamais rien et devait les garder hors de son visage pour le travail, donc elle ne se donnait jamais la peine d'en faire quoi que ce soit. Je l'avais convaincue de faire un rafraîchissement qui ajoutait des dégradés et encadrait son visage, tout en restant assez longs pour qu'elle puisse les attacher en queue de cheval sans s'en soucier.

—Tu n'arrêtes pas de toucher tes cheveux, alors on sait que tu les aimes, dit Chelsea.

Sofia arrêta de caresser ses mèches éclaircies et rougit. —Ça fait tellement différent.

—C'est parce que ça l'est. Mais différent, c'est bien, dit Chelsea.

Sofia sourit. —Parfois.

Je levai les yeux au ciel devant leurs échanges, puis me concentrai sur Chelsea dans le miroir. Elle sectionnait mes cheveux, tordant le dessus sur ma tête et le fixant avec une pince. Elle saisit ses ciseaux et leva les yeux, me découvrant en train de l'observer.

—Non. On ne va pas faire ça. Chelsea fit pivoter mon fauteuil pour que je ne puisse pas la regarder dans le miroir.

—Hé ! Pourquoi tu as fait ça ?

—Parce que tu vas juger et critiquer, et je vais devenir folle. Je te montrerai quand j'aurai fini.

—Et si ça ne me plaît pas ?

Chelsea se plaça devant moi et me fixa droit dans les yeux. —Haley, je suis ton amie. Je veux que tu sois belle parce que je veux que toutes les personnes qui s'assoient dans mon fauteuil soient belles et se sentent bien. Je te promets que je ne vais pas te faire une coupe pourrie. Mais je sais que tu vas paniquer à chaque mèche que je coupe. Comme Sofia l'a fait.

—Hé ! Je me reconnais dans cette remarque.

Je pouffai de rire.

— Fais-moi confiance, s'il te plaît, dit Chelsea.

J'ai finalement acquiescé, et elle s'est placée derrière moi, me laissant sans vue sur ma tête pendant qu'elle travaillait sa magie sur mes cheveux.

Du moins, je l'espérais.

— Sofia, tu dois me distraire, ai-je dit à mon amie.

— J'ai parlé à mon père l'autre jour, dit Sofia.

— Tu as parlé à ton père ? Je croyais que vous n'étiez plus

en contact. Sofia ne partageait pas beaucoup à propos de sa famille, mais je savais que sa mère était morte quand elle était adolescente et qu'elle était allée vivre chez son père. Elle laissait entendre qu'ils n'étaient pas proches et qu'elle était partie dès qu'elle avait pu.

— Il appelle de temps en temps, dit Sofia. — Il a dit qu'il voulait venir en visite.

— Ici ?

Sofia a hoché la tête, attrapant les pointes de ses cheveux et les examinant. — Je lui ai dit que je devais y réfléchir.

— Quand l'as-tu vu pour la dernière fois ? demanda Chelsea.

Sofia haussa les épaules. — Il y a quelques années.

— Wow. Je n'imagine pas passer autant de temps sans voir mes parents. Je dîne avec eux chaque semaine, dit Chelsea.

— Tout le monde n'a pas une famille aussi proche que la tienne, lui ai-je dit.

— Je sais. Je pense que j'ai de la chance.

— Tu en as. J'étais proche de ma mère. C'était juste nous deux, et elle était formidable. Quand elle est morte, j'ai eu l'impression d'être seule au monde. Piper a été la première personne que j'ai rencontrée qui m'a fait sentir que je n'étais pas seule, a dit Sofia.

— Piper a le don de mettre tout le monde à l'aise, ai-je dit. — Je parie que ça lui facilite beaucoup la gestion de l'auberge.

Sofia pouffa. —Certains jours, elle dit qu'elle ne sait pas pourquoi elle a acheté l'auberge de L'anse MacKellar, mais elle s'en souvient toujours quand de nouveaux clients arrivent.

—Je comprends tout à fait, dit Chelsea. —Ce travail peut devenir répétitif, mais c'est amusant de parler aux gens et de voir leur réaction quand quelqu'un obtient une coupe qu'il adore et qui le met en valeur.

—C'est aussi pour ça que je le fais, ai-je avoué. —En tant

que femme pulpeuse, j'ai toujours eu du mal avec mon apparence et à me sentir bien. Je sais que beaucoup de mes clientes ressentent la même chose. Quand je parviens à faire en sorte que quelqu'un se sente bien, ça fait une énorme différence. Ça me fait sourire pendant des jours.

—C'est pour cette raison que j'ai ouvert cet endroit, a dit Debby à ma gauche. Elle était à l'arrière en train de faire de la paperasse, mais je ne m'étais pas rendu compte qu'elle pouvait entendre notre conversation.

—Et c'est pourquoi vous avez toujours du succès, a dit Chelsea, en souriant à notre patronne.

—Ça aide d'être le seul salon en ville, a dit Debby. Elle a examiné ce que Chelsea faisait à mes cheveux et a souri. —Ça va lui aller à merveille.

—Merci, a dit Chelsea. —Je ne la laisse pas voir, ce qui la rend un peu folle.

—Ou complètement, a dit Sofia en riant.

J'ai grogné contre elles.

Debby a croisé mon regard. —Tu vas être contente du travail de Chelsea. C'est une coupe très flatteuse pour toi. Encore assez longue pour que tu restes toi-même, mais plus fraîche. Je n'ai jamais été très douée pour donner de nouveaux styles à mes clientes.

J'avais envie de jeter un coup d'œil à Chelsea, mais j'ai gardé mon regard fermement fixé sur Debby. —Si elles ne veulent pas de changement, c'est difficile de le leur imposer.

Debby a haussé les épaules. —Peut-être. Mais c'est aussi plus difficile pour moi d'imaginer quels nouveaux styles iraient bien à quelqu'un. Je n'aurais jamais fait ce que Chelsea est en train de faire, mais je vois que ça va t'aller très bien.

—Merci, dit Chelsea. Nous avions souvent parlé des coupes démodées de Debby, mais nous n'aurions jamais avoué à notre patronne que nous pensions qu'elle avait besoin de se rafraîchir, ou que ses compétences pourraient bénéficier de la même chose. Nous aimions et respections vraiment Debby.

—Je vais y aller. Vous voulez bien fermer pour moi, les filles ?

—Bien sûr, répondîmes Chelsea et moi à l'unisson.

—Bonne soirée, dit Chelsea.

—Vous aussi, les filles, dit Debby en nous faisant un signe de la main avant de disparaître derrière le rideau au fond.

Nous sommes toutes restées silencieuses pendant quelques minutes. Chelsea continuait à me couper les cheveux, et Sofia et moi étions perdues dans nos pensées.

Debby semblait étrangement introspective. C'était un peu troublant. Elle était une institution dans la ville, d'après ce que je savais. Tout le monde avait entendu parler de Debby, et au moins la moitié de la population de L'anse MacKellar était des clients réguliers du salon.

Sa façon de parler ressemblait à celle d'une femme sur le départ, pas à quelqu'un qui reviendrait travailler le lendemain.

—Ça vous a paru bizarre à vous aussi ? demanda Sofia quelques minutes plus tard.

J'ai hoché la tête, ce qui a fait que Chelsea m'a attrapé la tête pour stopper mes mouvements. —Désolée.

—C'était presque mauvais, marmonna Chelsea. —Et oui. C'était bizarre. Je me demande s'il se passe quelque chose.

—Le moulin à rumeurs n'a rien dit, dit Sofia. —Elle avait juste l'air prête à prendre sa retraite.

—C'est aussi ce que j'ai pensé.

Chelsea marmonna son accord, puis prit le sèche-cheveux. Elle avait terminé. Je ne tarderais pas à pouvoir voir ma nouvelle coupe.

Nous étions toutes silencieuses pendant que Chelsea me séchait les cheveux. Quand elle a terminé, elle a insisté pour me les coiffer. J'ai mâchouillé l'intérieur de ma lèvre tout du long. Trop anxieuse pour parler.

Et si je détestais ce qu'elle avait fait ?

Et si c'était horrible ?

Et si-

Chelsea me fit pivoter et toutes mes craintes s'évanouirent.

— Wow. Je me penchai en avant sur la chaise, me rapprochant du miroir pour examiner son travail. C'était magnifique. J'étais magnifique. Elle avait ajouté beaucoup de dégradés, mais ils s'accordaient parfaitement avec mes longues ondulations. Elle m'avait donné énormément de texture et de volume, tous deux amplifiés par les boucles douces qu'elle avait ajoutées à ma coiffure.

— Ça te plaît ? demanda-t-elle.

Je croisai son regard dans le miroir. Ses mains étaient jointes devant elle, l'inquiétude marquant son visage.

— C'est incroyable. Je suis vraiment canon.

Chelsea poussa un soupir de soulagement.

— Tu as toujours été canon, dit Sofia. Chelsea t'a juste aidée à le montrer.

J'ai ri avec elles deux et j'ai regardé autour du salon. La nuit commençait à tomber dehors, mais à l'intérieur, nous formions notre petit groupe à nous trois. Je n'avais jamais compté sur personne de toute ma vie, mais au cours de la dernière année, j'avais compté sur ces deux femmes pour tout, de l'amitié au travail, en passant par une épaule sur laquelle pleurer quand j'ai découvert que Dawson était marié.

Je me disais que je ne faisais jamais confiance aux gens, mais j'avais fait confiance à Sofia et Chelsea. Je savais qu'elles étaient des personnes que je ne voulais pas voir disparaître de ma vie.

Et si j'étais honnête, Knox était en train de devenir une de ces personnes aussi.

Je me suis levée de la chaise et me suis tournée pour serrer Chelsea dans mes bras. Merci. Vraiment. C'est incroyable, et j'apprécie énormément que tu aies coupé mes cheveux et que tu sois mon amie.

Chelsea a ri et m'a rendu mon étreinte. Être ton amie, c'est facile. Et t'aider à te sentir comme la personne que je vois à l'intérieur est absolument un plaisir.

— Hé, j'ai aidé aussi. J'étais le soutien moral, dit Sofia en se levant d'un bond pour rejoindre notre câlin.

Nous avons toutes éclaté de rire.

J'ai hoché la tête. —Absolument, Sofia. J'aurais quitté L'anse MacKellar depuis longtemps si ce n'était pas pour vous deux. Merci d'être mes amies."

—C'est réciproque, ma belle, a dit Chelsea.

Sofia a hoché la tête. —Ce qu'elle a dit."

Je me suis tournée vers Chelsea. —Maintenant je te coupe les cheveux ?"

Chelsea a secoué la tête. —Pas ce soir. Je meurs de faim. Quelqu'un veut une pizza ?"

—Je croyais que tu allais me laisser te couper les cheveux."

—Je vais le faire. La semaine prochaine. Crois-moi, je suis prête. Mais ce soir, on a besoin de pizza et de vin, et toi tu dois nous dire ce qui se passe avec Knox."

—Oh oui, moi aussi je veux savoir ce qui se passe avec Knox, a dit Sofia.

J'ai essayé de discuter, mais rien que d'entendre son nom m'a fait sourire. —D'accord. Si je dois vraiment."

Elles ont échangé un sourire. —Oh oui, tu dois. Tout le monde chez moi, a dit Sofia.

Chelsea et moi avons fermé le salon, puis nous avons toutes rejoint l'immeuble de Sofia et le mien en voiture. Chelsea s'est garée sur une place visiteur et nous a retrouvées, Sofia et moi, à la porte. Nous sommes toutes allées dans l'appartement de Sofia, où nous avons commandé une pizza et ouvert une bouteille de vin avant de nous installer sur son canapé.

—Allez, raconte, a dit Sofia. —Comment ça se passe avec Knox ?"

J'ai secoué la tête, riant de son impatience. On venait à peine de s'asseoir avant qu'elle ne pose la question. —Ça se passe bien."

—Bien ? C'est tout ce que tu vas nous dire ? a demandé Chelsea.

J'ai ri. —Que voulez-vous que je vous raconte ?"

—Comment est le sexe ? demanda Chelsea.

Sofia haussa un sourcil et haussa les épaules avant d'acquiescer d'un signe de tête. —Je me posais la même question.

—Vous êtes terribles. Mais le sexe ne l'est pas.

—Ah bon ?

J'ai hoché la tête. —C'est bizarre. Je n'ai jamais parlé de sexe avec personne auparavant.

—Attends, jamais ? Genre jamais ? Tu n'as jamais eu d'amies avec qui tu pouvais parler de sexe ? Tu sais ce qu'est le sexe, n'est-ce pas ? demanda Chelsea.

—Oh mon Dieu. Tu es folle. Oui, je sais ce qu'est le sexe. Mais je n'ai jamais eu d'amies proches. J'ai toujours eu l'impression qu'elles me jugeaient, alors je gardais mes distances avec les autres femmes.

—On ne te juge pas, dit Sofia. —On vit juste par procuration puisque je sais que moi, je n'ai pas de vie sexuelle. Et toi ?

Chelsea secoua la tête. —Pareil. Est-ce qu'il est attentionné avec toi ? Il s'assure que tu prends du plaisir ? Il a l'air d'être le genre de mec qui serait conscient de ce genre de chose.

—Il l'est, ai-je avoué avant même d'y réfléchir.

Elles ont souri largement. —Tant mieux.

—Que pense-t-il de ton intention de rester ? demanda Sofia.

—Tu restes ? s'écria Chelsea. —Youpi ! Tu ne m'as jamais dit que tu avais décidé.

J'ai secoué la tête. —Je n'ai pas encore décidé. Je pense que Sofia parlait de mes options.

—C'est vrai. Désolée, dit Sofia.

—Knox a dit qu'il voulait que je reste, mais il comprend que je ne peux pas décider pour lui. Ça doit être le bon choix pour moi.

—Et le fait qu'il le sache et qu'il ne te pousse pas me dit que c'est un homme bien," dit Sofia.

J'ai hoché la tête. —Je suis d'accord. Mais ça fait dix mois que je suis ici, et il y a encore des gens qui veulent me voir partir."

—Oublie-les," dit Chelsea. —Ils n'ont aucune importance."

J'ai laissé échapper un rire. —Si seulement c'était aussi simple. Je ne suis peut-être pas trop préoccupée par ce que disent des inconnus, mais c'est difficile de ne pas laisser ça m'atteindre."

—Je pensais que ça s'était amélioré après notre visite au salon il y a quelques semaines ?" demanda Sofia.

J'ai acquiescé. —C'était mieux. Ça l'est. Mais qu'est-ce qui va se passer quand ces gens découvriront que je sors avec Knox ?"

—Knox n'est pas marié. Il ne l'a jamais été. Que pourraient-ils bien dire sur le fait que tu sortes avec lui ?" demanda Chelsea.

J'ai haussé les épaules. —Je ne sais pas. Je suis sûre que les gens qui veulent me voir partir trouveront quelque chose à dire."

Un coup à la porte interrompit tous les autres arguments de Sofia ou Chelsea. Nous nous sommes installées sur le canapé avec de la pizza et du vin et avons trouvé un film à regarder en arrière-plan pendant que mes amies tentaient à nouveau de me convaincre de rester à L'anse MacKellar.

—Où irais-tu si tu partais ?" demanda Sofia.

J'ai ri. —Je n'ai jamais réfléchi à l'endroit où je voudrais vivre. J'ai toujours suivi mon nouveau petit ami là où il habitait, ou choisi un endroit où mon ex n'était pas."

—Quel est l'endroit que tu as préféré ?" demanda Chelsea.

—Ici," ai-je admis.

—Alors reste !" ont-elles dit à l'unisson.

—Je penche vers cette option. J'y réfléchirai."

— Je pense que c'est le mieux qu'on puisse espérer, a dit Sofia avec un sourire narquois. — Mais ça ne veut pas dire qu'on renonce à te convaincre.

— Certainement pas question d'abandonner, a confirmé Chelsea.

Je leur ai souri et j'ai pris ma part de pizza. C'était différent d'avoir des amies. Agréable, mais différent.

DE RETOUR dans mon appartement ce soir-là, confortablement réchauffée et légèrement euphorique après avoir passé du temps avec mes amies et peut-être bu un verre de vin de trop, j'ai décidé d'envoyer un message à Knox.

Chelsea et Sofia m'ont harcelée toute la soirée pour que je reste à L'anse MacKellar, mais la seule question à laquelle je ne pouvais pas répondre, c'était ce que Knox dirait si je restais. Je ne voulais pas qu'il pense que je restais pour lui, parce que ce n'était pas le cas, et j'avais besoin de savoir qu'il serait d'accord avec mon choix de rester, si c'était ce que je décidais.

HOMMES CÉLIBATAIRES RECHERCHÉS

Si je reste, et que les choses ne marchent
pas entre nous, que se passera-t-il ?

BIEN AVEC MES MAINS

D'abord, pourquoi penses-tu que ça ne marchera pas ?

HOMMES CÉLIBATAIRES RECHERCHÉS

Mon palmarès.

BIEN AVEC MES MAINS

Chaque célibataire sur la planète pourrait dire la même chose. Jusqu'à ce que tu rencontres la bonne personne, ton palmarès est nul.

HOMMES CÉLIBATAIRES RECHERCHÉS

D'accord, mais est-ce que tout le monde a la même chance que moi ?

BIEN AVEC MES MAINS

D'accord, c'est vrai. Peut-être pas. Mais je ne suis pas comme Dawson.

Pour répondre à ta question, j'espère qu'on pourra être amis.

HOMMES CÉLIBATAIRES RECHERCHÉS

Tu veux qu'on soit amis ?

BIEN AVEC MES MAINS

Euh, non. Mais si ce que je veux être ne marche pas, alors oui, je pense que l'amitié c'est bien.

HOMMES CÉLIBATAIRES RECHERCHÉS

Oh. Euh, d'accord.

BIEN AVEC MES MAINS

Je suis en train de te dire que je t'aime bien, Haley. Beaucoup. Et je veux que tu restes en ville. Et je veux continuer à te voir. Et je veux être plus qu'un ami pour toi.

HOMMES CÉLIBATAIRES RECHERCHÉS

Moi aussi. Tout pareil.

BIEN AVEC MES MAINS

MDR. Je l'espérais. On est toujours bons
pour dîner demain soir ?

HOMMES CÉLIBATAIRES RECHERCHÉS

Oui.

BIEN AVEC MES MAINS

Bien. À demain alors, ma belle. Passe une
bonne nuit.

HOMMES CÉLIBATAIRES RECHERCHÉS

Toi aussi.

J'ai serré le téléphone contre ma poitrine en souriant. Plus qu'amis, ça sonnait vraiment bien. Mais amis, c'était bien aussi. Comme solution de repli. Une dont j'espérais vraiment ne pas avoir besoin parce que je voulais être plus qu'amie avec Knox.

Pour très longtemps.

16

Knox est venu me chercher à six heures avec un baiser qui m'a coupé le souffle et un bouquet qui m'a fait monter les larmes aux yeux. —Encore des fleurs ? ai-je demandé.

Il a haussé les épaules. —Je me suis dit que celles que je t'avais offertes il y a quelques semaines étaient fanées, et que tu avais besoin de nouvelles.

J'ai pris le bouquet et l'ai porté à mon nez. Je me suis retournée pour aller chercher le pichet que j'avais utilisé la dernière fois, Knox derrière moi, quand il s'est éclairci la gorge.

—J'ai, euh, aussi pris ça.

Je me suis arrêtée et j'ai pivoté pour lui faire face, haletant quand il a levé un simple vase. Il était suffisamment grand pour les fleurs qu'il avait apportées, mais pas trop haut pour ne pas convenir à des tiges plus courtes. C'était du verre cristallin avec des lignes verticales qui donnaient du mouvement à l'ensemble.

—Tu m'as acheté un vase ?

Il a hoché la tête et a posé le vase près de l'évier. —J'ai

remarqué que tu n'en avais pas la dernière fois que j'ai apporté des fleurs. J'espère que ça te plaît.

J'ai acquiescé en m'approchant de lui, me hissant sur la pointe des pieds pour l'embrasser. —Merci, ai-je murmuré, un bras autour de son cou, l'autre serrant les fleurs.

Ses mains se sont posées sur mes hanches. —De rien, Haley.

Nous sommes restés là un long moment, hésitant à sauter le dîner pour aller directement dans la chambre. Ou peut-être que c'était juste moi.

Je suis redescendue et me suis affairée à couper les fleurs et à les arranger dans le nouveau vase tout en essayant de calmer mes hormones en ébullition.

J'aimais vraiment Knox. Plus que je ne pensais le devoir. Les choses allaient bien entre nous. Facilement. Je n'avais pas l'impression de devoir prétendre être quelqu'un d'autre, ce que je faisais avec presque tous mes autres petits amis. Et je n'étais pas sûre de ce que cela signifiait, mais pour le moment, je ne m'y attardais pas trop.

—Ta coupe de cheveux est vraiment jolie, a-t-il dit, interrompant mes pensées.

J'ai ébouriffé les pointes, adorant leur légèreté. —Merci. Chelsea m'a convaincue de la laisser faire à sa guise.

—Elle a fait un excellent travail. Tu as l'air différente, mais toujours la même. Toujours aussi belle.

Mes joues se sont réchauffées sous son regard appréciateur, et j'ai envisagé de sauter à nouveau le dîner.

Je me suis concentrée sur les fleurs et j'ai ignoré l'attraction que je ressentais envers Knox, sachant qu'une relation basée uniquement sur le sexe était ce qui m'avait amenée à L'anse MacKellar, et je ne voulais pas revivre ça.

Les fleurs en place, nous sommes partis dîner. Knox m'a tenu la main pendant le court trajet vers le sud en direction d'Alexandria Bay. Il s'est garé devant un restaurant aux couleurs vives avec des guirlandes lumineuses suspendues au-dessus du trottoir jusqu'à la porte d'entrée. La musique filtrait à l'extérieur du bâtiment, une chanson douce et sensuelle qui était clairement jouée en direct.

—C'est quoi cet endroit ? ai-je demandé, en prenant la main de Knox sur le trottoir.

—The Bay Place. J'ai pensé que ce serait sympa. Ils ont une excellente cuisine et de la musique live tous les soirs. Les musiciens sont tous locaux, donc ils jouent beaucoup de reprises et certaines de leurs propres compositions. J'y suis déjà venu quelques fois.

J'ai levé les yeux vers lui, essayant de déterminer s'il me disait que c'était là qu'il emmenait ses rencards ou s'il y avait une autre raison pour laquelle il y était allé. Avant de poser la question, j'ai décidé que ça n'avait pas d'importance. Il était là avec moi. Et l'endroit semblait amusant.

—Ça me paraît bien, ai-je dit après un moment.

Knox s'est détendu à côté de moi, puis m'a guidée à l'intérieur.

C'était plus lumineux que ce à quoi je m'attendais de l'extérieur. Une scène se trouvait au centre du restaurant avec un espace ouvert autour pour que les gens puissent danser. Des tables remplissaient le reste du restaurant en anneau, permettant de voir le musicien depuis chaque siège.

Knox a dit à l'hôtesse que nous étions deux, et elle nous a conduits à une table sur la rangée supérieure. J'ai été surprise de constater que nous pouvions nous parler sans crier.

L'hôtesse nous a tendu les menus, puis nous a laissés seuls pour les examiner. J'ai regardé partout sauf le menu, découvrant le restaurant et l'ambiance festive du lieu.

—Comment as-tu découvert cet endroit ? ai-je demandé à Knox.

—Mon ex jouait ici, a-t-il dit, grimaçant légèrement en l'admettant.

Mes sourcils se sont haussés. —Tu m'as amenée sur le lieu de travail de ton ex-petite amie ?

—Elle ne joue plus ici. Pas depuis des années. Je n'y suis pas revenu depuis notre rupture.

—Mais vous avez bien rompu ? ai-je chuchoté.

Il tendit la main à travers la table et prit la mienne, attendant que je lève les yeux vers lui pour parler. —La seule personne avec qui je suis impliqué, c'est toi, Haley. La seule personne avec qui je veux être impliqué, c'est toi."

J'ai acquiescé, me sentant idiote de l'avoir questionné. Il ne m'avait jamais donné de raison de penser qu'il n'était pas honnête avec moi.

—D'après mes souvenirs, toute la nourriture est excellente. La musique est agréable. J'espère aussi pouvoir te convaincre de danser à un moment donné."

Son pouce caressait mon poignet, m'électrisant pour la simple raison qu'il me touchait.

J'ai hoché la tête, sachant que je ne pourrais pas formuler un mot tant qu'il me toucherait.

Nous nous sommes tournés vers nos menus et avons commandé le dîner et des boissons quand le serveur est venu. Une fois qu'il est parti, je me suis tournée pour écouter la musique.

Elle était belle, et un peu mélancolique. Elle parlait d'un homme qui vivait avec des regrets concernant sa vie, le plus grand étant d'avoir abandonné une femme qu'il avait aimée autrefois.

—Eh bien, ce n'est pas déprimant du tout," a dit Knox.

—Mais c'est authentique," ai-je répondu. —C'est triste, mais on peut ressentir sa douleur."

—Pourquoi ne retourne-t-il pas vers elle ?"

—Ce n'est pas toujours aussi simple."

Knox m'a observée attentivement pendant un moment. —Est-ce que je peux te poser des questions sur Dawson ?"

J'ai pris une inspiration brusque et j'ai acquiescé. Le cacher ne changerait rien. —Qu'est-ce que tu veux savoir ?"

—Comment les choses se sont-elles terminées ?"

Ce n'était pas la question à laquelle je m'attendais. Tout le monde semblait savoir comment ça s'était terminé. —Euh, je me suis présentée chez lui alors qu'il dînait avec Valentina et leurs filles, ainsi que Goldie et son fils."

—Oui, je sais ça, mais après. Qu'est-ce qu'il a dit ?"

J'ai pris une gorgée d'eau. —Je ne lui ai pas parlé.

—Quoi ?

—On ne s'est plus jamais parlé. Valentina l'a mis à la porte, il a passé la première nuit chez Brantley, puis il a quitté la ville. Il n'a jamais cherché à me contacter.

—Tu plaisantes ?

J'ai secoué la tête.

—Merde. Je pensais déjà que c'était un connard, mais là, c'est vraiment bas. Tu n'as rien fait de mal. C'est lui qui a déconné.

—Ce n'est pas comme ça qu'il le voit, j'imagine. Il m'a blâmée. Si je n'étais pas apparue, tout aurait bien marché.

—Rien n'allait dans cette situation. Ce n'est pas normal que tu prennes tout le blâme.

J'ai haussé les épaules, souhaitant qu'il change de sujet. Dawson était mon sujet de conversation le moins préféré.

—Que ferais-tu s'il t'appelait ?

—Maintenant, tu veux dire ?

—Oui. Ça fait des mois, mais et s'il voulait se remettre avec toi ?

—Je l'ai bloqué, donc je ne saurais pas s'il essayait de me contacter, mais j'en ai fini avec lui. Il a peut-être trompé sa femme avec moi, mais de mon point de vue, c'est moi qu'il trompait avec elle. Il ne me l'a jamais dit clairement, mais je pensais qu'il était amoureux de moi. Je croyais qu'on construisait une vie ensemble, alors qu'en réalité, il n'avait jamais eu l'intention qu'on soit plus que ce qu'on était. Il m'a menti, il m'a manipulée et il s'est servi de moi. Je n'ai aucune envie de me remettre avec lui, ni même de le revoir un jour.

Je me suis appuyée contre mon siège en luttant contre les larmes qui me montaient aux yeux. Je détestais Dawson. De tous mes ex, c'était celui qui m'avait fait le plus de mal. Je croyais avoir enfin trouvé quelqu'un de bien. Je suis tombée amoureuse de lui, complètement. Mais il s'est avéré être le pire d'entre tous.

—Je suis désolé, Haley, a murmuré Knox en prenant ma main.

J'ai essayé de résister, tirant ma main pendant une seconde, mais Knox n'a pas lâché prise.

—Je ne voulais pas te contrarier à propos de Dawson. J'ai entendu des bribes de ce qui s'est passé par d'autres, mais je voulais l'entendre de ta bouche.

J'ai essuyé les larmes au bord de mes cils et évité son regard. —J'ai cru tous ses mensonges. Je n'avais aucune idée de qui il était vraiment. Et je me sens idiote d'avoir déraciné toute ma vie pour déménager ici et être plus proche de lui. Je... je regrette simplement de m'être jamais impliquée avec lui.

—Je suis heureux que tu l'aies fait, murmura Knox. Ça t'a amenée à L'anse MacKellar. Ça t'a fait entrer dans ma vie. Je sais que c'est égoïste, et que tu as traversé l'enfer pour arriver ici, mais je suis heureux qu'on se soit rencontrés.

—Moi aussi, ai-je admis. Ça aurait été bien de se rencontrer sans le chagrin d'amour et sans que toute la ville me déteste, cependant.

Knox a pouffé de rire. —Je ne pense pas qu'ils te détestent tous.

Je l'ai fusillé du regard, et il a ri de nouveau.

—D'accord, ils te détestent tous. Mais c'est leur perte. Ils n'ont aucune idée de ce qu'ils manquent.

J'ai souri. —Peut-on parler d'autre chose que du fait que tout le monde me déteste ?

Il a ri encore une fois. —Bien sûr. Pourquoi ne me parles-tu pas de ton travail ?

J'ai plissé le nez, et il a ri de nouveau.

—Pas un bon sujet ?

—Non, le travail va bien. Mais si je ne reste pas en ville, alors je vais devoir chercher un nouvel endroit où travailler et vivre.

—J'ai construit un entrepôt de stockage, a lâché Knox brusquement.

Le changement soudain de sujet m'a déstabilisée pendant un instant, et je l'ai regardé bouche bée. —Euh, cool. Je suppose. C'était une bonne chose ?

Il a acquiescé, laissant échapper un rire. —Oui. Désolé de t'avoir balancé ça comme ça. Je... As-tu toujours su que tu voulais être coiffeuse ?

J'ai haussé les épaules, ne comprenant pas pourquoi il m'avait parlé de l'entrepôt, puis immédiatement changé de sujet. —Oui et non. C'était facile de gagner de l'argent pendant ma formation, alors je me suis lancée sans vraiment considérer beaucoup d'options. Avec la façon dont était ma famille, je voulais être indépendante le plus vite possible.

—Mais tu en es contente ?

—Ouais, je suppose. J'aime savoir que quand quelqu'un quitte mon fauteuil, il se sent bien. Il se tient un peu plus droit, sourit un peu plus largement et secoue un peu plus ses cheveux. Ça me fait du bien de pouvoir faire quelque chose comme ça pour une autre personne.

Knox m'a souri pendant un moment, puis s'est penché par-dessus la table et m'a embrassée tendrement. Lèvres fermées, et fini trop vite, mais ça a fait naître un sourire sur mes lèvres.

—Tu es une bonne personne, Haley. La plupart des gens

choisissent leur métier parce qu'ils ont un sens élevé de leur propre importance. Mais toi, tu le fais parce que tu fais du bien aux gens. Pour redonner aux autres.

J'ai haussé les épaules, avec l'impression qu'il voyait une partie de moi que je n'avais pas partagée avant. Pas qu'il ait tort, mais je n'acceptais pas bien les compliments.

—Je veux faire de la conception et de la construction sur mesure, a-t-il lâché brusquement, les mots se bousculant alors qu'il les forçait à sortir.

—Tu veux... Genre construire des maisons ?

Il a secoué la tête. —Les étagères que j'ai construites étaient pour Stone Auto Repair. Pour leurs outils et pièces dans l'atelier, pour les employés. Derek m'a demandé si je connaissais quelqu'un ou si je pouvais construire quelque chose, et Xavier a proposé mon aide.

—Xavier ?

—Xavier Hogan. Il dirige le Théâtre MacKellar. Il est marié à Karissa, qui a conçu l'application.

—Oh ! D'accord, je comprends maintenant. Je ne savais pas que vous étiez amis.

—J'ai fait l'enseigne du théâtre.

—C'est toi qui l'as faite ? C'est incroyable.

Knox a hoché la tête d'un air pensif. —J'ai essayé de transformer le magasin de mon père en un endroit où je pourrais faire ça. J'ai failli tout perdre.

—J'ai du mal à le croire.

Il a secoué la tête. —C'est vrai. J'ai tout changé. La ville n'était pas intéressée par ce que j'avais à offrir. On s'est pratiquement moqué de moi. J'ai tout remis comme avant.

—Mais tu détestes ça. Ce n'était pas une question. Je pouvais voir la douleur sur son visage et ses épaules voûtées. Ce n'était pas comme quand il parlait de la construction des étagères.

Knox hocha lentement la tête. —J'aimerais bien l'aimer

comme toi tu aimes ce que tu fais. Être excité à l'idée d'entrer dans la quincaillerie tous les matins."

—Alors démissionne."

Knox rit sans joie. —Je ne peux pas démissionner. Mon père a construit ce magasin. Il en a fait ce qu'il est aujourd'-hui. Il l'adore."

—D'accord, alors change les horaires. Ouvre à mi-temps et consacre l'autre moitié de ta journée à des travaux sur mesure. Embauche quelqu'un pour gérer le magasin. Fais quelque chose. La vie est bien trop courte pour être malheureux. Crois-moi. J'ai passé la majeure partie de ma vie à chercher quelque chose que je n'ai pas encore trouvé. Je déteste ça. Je ne veux pas continuer à courir après un rêve qui n'existe peut-être pas."

—Quel rêve ?"

—L'amour," ai-je avoué, croisant son regard. —Je veux savoir ce que ça fait d'être aimée par quelqu'un. De savoir que je suis en sécurité avec une autre personne. De savoir qu'il y a quelqu'un qui se demande comment s'est passée ma journée, qui pense à moi et qui espère que je souris. Quelqu'un qui prendra ma défense face à tous ceux qui me trouvent horrible d'avoir couché avec un homme qui ne m'a jamais dit qu'il était marié. Quelqu'un qui me veut dans sa vie autant que je veux être dans la sienne." J'ai secoué la tête. — Ça semble si petit et si bête, mais je n'ai jamais eu ça."

Knox a tendu la main à travers la table pour prendre la mienne. —Ce n'est pas bête. Et ce n'est certainement pas petit. Je sais que mon père m'aime, et ça a été énorme pour moi. Je n'ai pas eu cette femme dans ma vie qui représente ce que ma mère était pour lui, mais je cherche ça aussi."

Je lui ai souri, prenant une respiration tremblante. Je n'avais pas l'intention de lui confesser mes pensées, mais il a demandé et je n'ai pas pu garder les mots à l'intérieur.

Le serveur a apporté nos plats, nous forçant à nous lâcher

pour faire de la place aux assiettes. Il est reparti après s'être assuré que nous avions tout ce dont nous avions besoin.

—Je pensais ce que j'ai dit hier soir à propos d'être plus que des amis, Haley, mais je crois aussi que les meilleures relations sont avec des personnes qui sont aussi des amis. Je regarde Brantley et Valentina et tout ce qu'ils ont traversé pour en arriver où ils sont. Je n'ai aucun doute que c'était difficile pour lui d'être patient et de se demander s'il aurait un jour la chance de lui dire ce qu'il ressentait, mais ils ont été amis pendant très longtemps. Ça a rendu leur transition vers quelque chose de plus beaucoup plus facile."

—Qu'est-ce que tu essaies de dire, Knox ?"

Il a souri. —J'essaie de te dire que tu me plais, Haley. Et que je suis heureux qu'on puisse parler. Que tu sois prête à avoir des conversations avec moi. Et à ne pas avoir de conversations avec moi."

Mes joues se sont réchauffées sous son regard chargé de désir. Il n'était pas le seul à ressentir le désir qui tourbillonnait autour de nous. Ou la joie de trouver quelqu'un avec qui je pouvais parler de choses réelles.

Dawson ne voulait parler que de choses superficielles. Il ne partageait jamais de détails sur sa vie ou sur ce qu'il voulait vraiment. Il disait toujours qu'il aimait son travail, mais que ce n'était qu'un emploi et qu'il ne voulait pas en parler. Il ne parlait de rien. Il me posait des questions et me faisait me sentir spéciale au lieu de s'ouvrir lui-même.

Assise en face de Knox pendant que nous dînions et écoutions de la musique, les différences entre les deux hommes étaient encore plus évidentes. Knox hochait la tête en rythme avec la musique. Il m'offrait une bouchée de son dîner, désireux de partager l'expérience. Il souriait, parlait et me faisait sentir que j'étais importante pour lui, même si nous étions encore en train d'apprendre à nous connaître.

Quand nous avons terminé de dîner, Knox m'a invitée à

danser. Une chanson lente a commencé, et il s'est levé pour me tendre la main. Alors qu'il me conduisait sur la piste de danse, j'ai senti les regards des autres sur nous, appréciant l'homme avec qui j'avais la chance de danser.

Knox m'a attirée contre lui, une main possessive posée bas sur mon dos, l'autre tenant ma main contre nos corps. Sa barbe chatouillait ma joue tandis que nous nous balancions ensemble, laissant la musique nous guider.

Les doigts de Knox ont pressé mon dos, me serrant plus étroitement contre lui jusqu'à ce que je sente son excitation grandir contre mon ventre.

—Désolé, a-t-il chuchoté.

Je lui ai souri. —À moins que tu ne t'excuses parce que tu penses à quelqu'un d'autre, tu n'as pas à t'inquiéter pour moi.

Il s'est penché jusqu'à ce que ses lèvres frôlent mon oreille. —Je ne pense définitivement à personne d'autre que toi. T'avoir dans mes bras me fait cet effet-là.

—Je ressens la même chose, ai-je avoué.

Knox s'est reculé juste assez pour capter mon regard et a lentement réduit la distance entre nous. Ses lèvres ont touché les miennes comme un fil électrique, étincelant et tournoyant, m'illuminant de l'intérieur comme de l'extérieur.

J'ai haletée contre ses lèvres, lui offrant une ouverture dont il a pleinement profité. Nous avons traîné les pieds en nous embrassant comme si nous ne l'avions jamais fait auparavant, nous embrassant comme si nous avions besoin l'un de l'autre pour survivre.

Et j'ai réalisé que Knox Randall pourrait bien être l'homme que je voulais trouver. Il pourrait être l'homme qui me ferait me sentir en sécurité, aimée et chérie. Avec son corps dur contre moi et sa main possessive dans mon dos, il n'y avait aucun endroit au monde où j'aurais préféré être qu'ici même, dans ses bras.

17

*N*ous sommes restés sur la piste de danse jusqu'à ce que le musicien fasse une pause. Knox m'a ramenée à notre table, où il a réglé l'addition, puis m'a entraînée hors du restaurant.

Pas que je lui résistais.

Il m'a ouvert la portière, a attendu que je monte, puis l'a refermée avant de se précipiter de l'autre côté. Il a démarré le pick-up et mis la climatisation à fond, même si fin mars il faisait encore frais.

—Où allons-nous, Haley ?

J'ai rencontré son regard affamé. Je n'étais pas prête à ce que la soirée se termine. Chez lui signifiait pas de voisins, mais chez moi signifiait que nous ne serions pas obligés de passer la nuit ensemble. Comme il était venu me chercher, je n'avais pas de voiture à son magasin, donc soit il devrait me ramener chez moi, soit je devrais passer la nuit.

—Chez toi, ai-je murmuré.

Il a soutenu mon regard une minute de plus, puis a hoché la tête et a démarré. Il a respecté scrupuleusement la limitation de vitesse jusqu'à ce que nous sortions de la ville et atteignions l'autoroute, puis il a accéléré autant qu'il le pouvait sans risquer une amende.

Aucun de nous n'a parlé pendant le trajet jusqu'à chez lui. Sa main agrippait ma cuisse, ses doigts s'enfonçant dans mon jean, me faisant regretter de ne pas avoir mis une jupe.

Je voulais ses mains sur ma peau. Son corps sur le mien. Sa langue dans ma bouche. J'étais tellement mouillée que j'étais sûre de laisser une marque sur le siège. C'était presque embarrassant à quel point je le désirais.

Jusqu'à ce que je capte son regard et comprenne que je n'étais pas la seule à ressentir cela.

Knox a mis le pick-up en position de stationnement si brutalement que les vitesses ont protesté. Il a tourné la clé et l'a arrachée, sa ceinture déjà détachée et sa portière ouverte avant même que la clé ne soit complètement sortie du contact.

Je me débattais avec ma ceinture de sécurité, les mains tremblantes. Knox était déjà là, ouvrant ma portière et me libérant, puis me soulevant du camion dans ses bras.

Son érection était solide entre nous, aussi prête que je l'étais pour ce qui allait suivre.

Oh, à qui je voulais faire croire quelque chose ? Je savais exactement ce qui allait suivre. Nous.

Knox a mis deux essais pour déverrouiller sa porte et nous faire entrer. Dès que nous étions à l'intérieur, et que la porte était de nouveau verrouillée, nous nous sommes mis à arracher les vêtements l'un de l'autre.

Une botte est partie dans une direction, l'autre dans la direction opposée. Ses chaussures ont été retirées d'un coup de pied à la porte, laissées là pour qu'on trébuche dessus en sortant. Mes mains se sont dirigées vers son jean pendant qu'il s'occupait de ma veste.

Des vêtements ont été jetés et éparpillés sur notre chemin

vers la chambre. Nous n'étions pas disposés à ralentir ou à prendre notre temps. J'ai senti que quelque chose avait changé entre nous. Quelque chose s'était transformé. Je ne savais pas ce que c'était, mais il y avait quelque chose de nouveau.

Knox m'a plaquée contre le mur juste à l'entrée de sa chambre, la cloison froide me faisant pousser un cri. Il a baissé la tête et m'a léché la gorge, ses mains me réchauffant tout au long de leur chemin sur mon corps.

—J'ai besoin de toi, Haley.

—Moi aussi.

Il s'est mis à genoux devant moi et a poussé mes cuisses pour les écarter davantage, faisant glisser sa main entre elles. Il a enfoncé un doigt en moi. Il a embrassé mon ventre et m'a regardée.

—Tu es si belle.

J'ai ouvert la bouche pour répondre, mais rien n'est sorti.

Il a ajouté un autre doigt et a frotté son pouce sur mon clitoris.

—Tu es tellement mouillée, Haley. Tu pensais à ça pendant le trajet jusqu'ici ? Moi oui. Je n'en pouvais plus d'attendre de poser mes mains sur toi.

J'ai hoché la tête.

—Bien.

Mes genoux tremblaient tandis que mon orgasme commençait à se manifester.

—Laisse-toi aller pour moi, ma belle. Laisse-moi t'entendre. S'il te plaît, Haley. J'espérais que tu voudrais venir ici pour que je puisse te faire crier pour moi. Tu le feras, Haley ?

—Knox, j'ai gémi.

—Plus fort, ma belle.

—Putain. Knox. J'ai gémi.

Ses doigts bougeaient plus vite, son pouce me taquinant.

—Peux pas tenir debout, ai-je grogné, concentrée à rester debout plutôt que de me laisser aller.

—Je te tiens, ma belle. Appuie-toi sur moi.

Sa main libre se posa au centre de ma poitrine, me maintenant droite alors qu'une vague de plaisir me submergeait et faillit m'envoyer au sol.

—C'est bien, ma belle.

Il ajouta un troisième doigt, et mon corps se brisa, volant en éclats tandis que je jouissais avec un cri.

—Oui, ma belle. Tellement bon. Knox murmurait des mots d'encouragement, me couvrant d'éloges tout en continuant à caresser mon corps. Allons au lit. Je veux que ton prochain orgasme soit sur mon visage.

J'ai haletant lorsqu'il a retiré ses doigts de l'intérieur de mon corps.

—Ne t'inquiète pas. Je ne te laisserai pas sans t'en donner quelques autres.

J'ai laissé échapper un rire, les genoux tremblants alors qu'il m'aidait à traverser la pièce jusqu'à son lit. Il m'a doucement allongée sur le bord du lit, les jambes pendantes. Il s'est positionné entre mes cuisses et n'a pas perdu de temps à placer ses épaules entre elles.

Ces trois doigts sont revenus en moi d'un seul coup, et il a encouragé mes jambes à se poser sur ses épaules. Sa bouche s'est refermée sur mon clitoris, et me retenir n'était plus une option.

Je me suis laissée aller, criant et jouissant dans un tel état de béatitude que j'étais certaine de voler.

Le club des plus de dix mille mètres n'avait rien à voir avec Knox Randall. Je n'avais pas besoin d'avion pour y accéder avec cet homme.

Avant même que je ne redescende sur terre, Knox avait enfilé un préservatif et s'était positionné devant moi. Dès que j'ai ouvert les yeux, il s'est enfoncé en moi, étirant mon corps, me remplissant et me faisant rouler les yeux dans leur orbite.

—Knox, ai-je haletant.

—Si bon, Haley. Putain, si bon. Ses mots étaient forcés à travers sa mâchoire serrée.

—Oui.

Je l'observais tandis qu'il se retirait doucement. Son rythme était lent, régulier, comme s'il essayait de se retenir de perdre le contrôle. J'adorais voir la façon dont son visage se crispait comme s'il était difficile de résister à son impulsion.

—Knox, murmurai-je.

Ses yeux s'entrouvrirent et se posèrent sur moi. Son rythme vacilla, son corps réagissant à ce qu'il voyait plutôt que son esprit le persuadant de ce qu'il savait.

—Je n'arrive pas à te résister, Haley.

—Qui a dit que tu devais résister ?

—Je ne veux pas te faire de mal.

—Alors ne m'en fais pas. Fais-moi jouir encore, Knox.

La détermination illumina son regard, et il s'enfonça brutalement en moi. Il se tenait droit, regardant là où il glissait en moi. Le claquement dur de nos corps s'entrechoquant était érotique, sexy et la meilleure sensation au monde.

Il abaissa sa main entre nous et effleura mon clitoris du doigt. Après les autres orgasmes que j'avais eus, il était sensible et tendre. En ajoutant la sensation de lui en moi, j'ai failli jouir d'un seul toucher.

—Tu aimes ça ? demanda-t-il.

—Oui, gémis-je. —Encore.

Il caressait mon clitoris, ce toucher délicat contrastant avec les coups de son sexe en moi. Les deux ensemble suffisaient à faire tournoyer et vibrer mon corps et mon cerveau jusqu'à perdre tout contrôle.

—Knox ! Oh, putain, Knox. Oui ! Tout mon corps s'enflamma tandis que je jouissais intensément, mes jambes se verrouillant autour de lui et le maintenant profondément en moi pendant que je jouissais sur lui.

—Putain, Haley, grogna-t-il, luttant contre mes jambes pour donner quelques coups de plus avant de me rejoindre, criant et jouissant avant de s'effondrer sur moi.

Il ne devait pas être à l'aise, mais il ne fit aucun mouvement pour se dégager immédiatement. Je le tenais contre moi, mon corps tremblant et mon cœur se serrant douloureusement alors que j'acceptais que les choses avaient définitivement changé entre Knox et moi.

J'étais tombée amoureuse de lui.

Je n'étais pas surprise, mais je savais que c'était le début de la fin. Si je l'aimais, je trouverais un moyen de tout foutre en l'air.

Et c'était la dernière chose que je voulais faire.

KNOX A BOUGÉ quelques minutes après ma déclaration privée. J'ai évité son regard quand il m'a aidée à me lever et je l'ai remercié quand il m'a dit d'utiliser la salle de bain en premier.

Je devais me comporter normalement avec lui. Il ne pouvait pas savoir ce que je ressentais. Je devais garder ça pour moi. Knox n'allait probablement pas prendre la fuite, mais d'après mon expérience, les hommes n'aimaient pas qu'on leur dise qu'on était amoureux d'eux. Surtout s'ils n'en étaient pas au même point.

Pendant qu'il était dans la salle de bain, j'ai retracé nos pas et ramassé mes vêtements. J'avais déjà enfilé ma culotte et mon soutien-gorge quand il est sorti de la chambre et m'a trouvée, un pied dans mon jean.

—Tu t'en vas ? Knox n'avait pas pris la peine d'attraper ses vêtements et était toujours glorieusement nu.

J'ai évité de le regarder, concentrant toute mon énergie à enfiler mon jean. —Euh, oui. J'ai pensé que c'était mieux. On n'a jamais passé la nuit ensemble avant. Je ne voulais pas que tu aies à te lever au milieu de la nuit pour me ramener, et même si c'est une ville tranquille, je préfère quand même ne pas marcher.

—Oui, tu ne vas certainement pas rentrer à pied d'ici. Mais j'ai l'impression que quelque chose ne va pas. Je t'ai fait mal ?

—Quoi ? Non. Bien sûr que non.

—Alors pourquoi essaies-tu de t'enfuir comme je l'ai fait ?

Je me suis concentrée sur un point au-dessus de son épaule, assez proche pour voir son visage mais sans contact visuel direct. —Je pensais juste que tu voudrais me ramener chez moi.

Il a secoué la tête et s'est déplacé dans mon champ de vision, ne me permettant pas d'éviter son regard. Ses yeux bleu-vert brillants étaient compatissants et compréhensifs. Pas du tout ce à quoi je m'attendais alors que j'essayais de me tirer de son appartement.

—Haley, qu'est-ce que j'ai fait ?

—Tu n'as rien fait. Je te le promets.

—Alors pourquoi t'enfuis-tu ?

—Parce que je suis... en train de tomber amoureuse de toi.

Ses yeux se sont plissés. —Et ça veut dire que tu dois partir ?

—Ça veut dire que je vais tout gâcher. C'est ce que je fais toujours. Je tombe amoureuse, puis je crois que nous sommes sur la même longueur d'onde, je lui avoue mes sentiments, et c'est fini. Alors, j'ai pensé qu'il valait mieux que je parte d'ici pour ne pas avoir à me tenir devant toi quand tu me diras que tu ne ressens pas la même chose.

Il prit mes mains, ignorant la chemise que je tenais serrée dans l'une d'elles, et me sourit. —Et si je ressentais la même chose ?

—Quoi ?

—Je t'ai dit que je ne veux pas être amis, Haley. J'ai mes propres problèmes. Je veux des enfants. Je veux une famille. Je veux une femme qui s'intègre dans ma vie. Qui pense que cette ville folle est l'endroit où elle veut vivre pour les prochaines décennies. Je veux quelqu'un qui ne va pas regarder de haut ce que je fais, et qui m'encourage à faire ce que je veux faire. Je veux quelqu'un avec qui il est facile de parler, qui est drôle et gentille. Et si elle se trouve être magnifique et que nous avons une alchimie qui me terrifie presque, ça me convient aussi.

—Vraiment ?

Il hocha la tête. —Vraiment, Haley.

J'enfilai ma chemise par-dessus ma tête et dis : —Eh bien, j'espère que tu la trouveras.

Il rit et me prit dans ses bras, me soulevant du sol et me portant jusqu'à la chambre. —Je l'ai trouvée. Et je ne te ramène pas chez toi tout de suite. Ta tactique m'a suffisamment permis de récupérer, et je suis prêt à voir s'il y a d'autres façons de te faire crier mon nom.

—Knox, gémis-je alors qu'il soulevait ma chemise et traçait du bout des doigts une ligne au centre de mon ventre.

—Haley, je tombe amoureux aussi. Je ne sais pas si nous serons ensemble dans un an, mais je veux être avec toi maintenant. Je veux être avec toi la semaine prochaine et le mois prochain, et pour l'instant, je veux être avec toi l'année prochaine. Si tu décides que L'anse MacKellar n'est pas fait pour toi... Il secoua la tête. —C'est chez moi ici. Je ne partirai pas. Et je peux t'amadouer avec des orgasmes en espérant que tu décides de rester, mais je comprends aussi si tu décides que tu ne peux pas.

—Knox.

Il secoua la tête. —Tu n'as pas besoin de dire autre chose, Haley. Je sais que c'est une décision importante. Et même si je suis heureux que Dawson t'ait amenée ici, je comprends aussi pourquoi il pourrait te faire fuir. J'espère que non, mais je ne vais pas te forcer à me choisir.

—Je dois me choisir moi, murmurai-je.

— Je sais. J'ai déjà fait ce choix pour moi-même, et cela signifie rester ici. Cela signifie gérer le magasin de mon père et mettre mes rêves de côté. Mais tu m'as fait comprendre qu'il y a des options. Tu as un cœur magnifique, Haley. Et un corps magnifique. Un corps dans lequel je suis plus que prêt à me plonger à nouveau, si tu le veux bien.

J'ai jeté mes bras autour de son cou et me suis penchée vers lui. — J'en ai définitivement envie.

— Bien. Et cette fois, tu ne te retiens pas.

— Qui a dit que je me retenais ?

— Nous sommes sur la même longueur d'onde, ma belle. Nous l'avons été depuis le début. Depuis cette première nuit où tu m'as soufflé et t'es éclipsée au milieu de la nuit. Je me suis réveillé énervé parce que tu étais partie, même si tu m'avais prévenu. Je n'avais pas passé une nuit comme ça depuis très longtemps.

— Moi non plus.

— Alors on est d'accord ? Pas d'esquive nocturne. Pas de retenue. Et plus de nuits séparés.

— Plus de nuits séparés ? ai-je demandé.

Knox a lentement secoué la tête. — Je veux passer autant de temps que possible avec toi. Si tu pars, je veux savoir que j'ai tout fait pour te convaincre de rester. Si tu restes, je veux être sûr que ça marchera entre nous. Donc, si c'est une soirée en amoureux, je nous veux ensemble. Je sais que tu as besoin de temps avec tes amies, et j'ai des soirées où je vois les miens. Mais je ne veux pas que tu t'inquiètes de rentrer à pied au milieu de la nuit après que je me sois endormi. Je te veux là, juste à côté de moi au réveil.

J'ai souri. — Je pense que je peux gérer ça.

— Bien. Tu peux gérer quelques orgasmes de plus ?

— Je pense que je peux gérer ça aussi.

— Bien, parce que je suis sur le point d'exploser.

— Je crois que je peux t'aider avec ça, ai-je chuchoté, en m'agenouillant devant lui.

— Haley, a-t-il gémi tandis que je me penchais en avant pour l'envelopper de mes lèvres.

Il était salé, un peu acidulé, et sentait le sexe. C'était une combinaison enivrante qui préparait mon corps pour lui.

J'ai léché le dessous de son érection, le faisant gémir. Je l'ai repris en bouche, profondément, et il a tressailli contre moi, heurtant le fond de ma gorge.

—Putain. Je suis désolé.

Il a essayé de se retirer, mais j'ai agrippé ses cuisses pour le maintenir en place, utilisant mes dents pour lui montrer que j'étais sérieuse.

—Bon sang, tu ressembles à un fantasme devenu réalité, a-t-il murmuré. —Regarde-moi, Haley.

J'ai levé mon regard vers le sien. Ses yeux bleu-vert étaient presque noirs de désir, brûlant dans les miens. Il se tenait devant moi complètement nu, tandis que j'étais à genoux et entièrement habillée.

C'était sexy en diable.

—Je vais passer le reste de la nuit à te faire crier mon nom. J'espère que tu n'auras pas à parler à qui que ce soit demain, parce que tu seras enrouée. Et courbaturée. Tu te souviendras que j'étais en toi toute la nuit.

J'ai gémi mon approbation, trempant ma culotte déjà détrempée.

—Tu aimes ça, n'est-ce pas ?

J'ai hoché la tête, léchant son sexe de bas en haut.

—Oh, putain, Haley. Je peux mettre mes mains dans tes cheveux ?

J'ai à peine eu le temps d'acquiescer qu'il repoussait déjà mes cheveux de mon visage et plongeait ses mains dans mes mèches.

—Voir ma queue disparaître dans ta bouche est tellement magnifique. Presque aussi beau que de la voir disparaître dans ta chatte. Putain de merde, Haley.

Il a poussé dans ma bouche, ses hanches ne s'arrêtant pas comme la première fois.

J'ai fait glisser mes ongles le long de ses cuisses. Il a resserré sa prise sur mes cheveux. Il a tendrement pris mon visage en coupe, relevant mon regard vers le sien tandis que sa mâchoire se crispait et que son sexe palpitait.

—Haley, a-t-il grogné. —Haley, j'y suis, ma belle.

Il a essayé de me repousser, mais je n'ai pas bougé, le laissant jouir dans ma bouche avec un juron et une poussée qui l'a envoyé au fond de ma gorge et a fait monter les larmes à mes yeux.

Il m'a tirée suffisamment en arrière pour soulager mon réflexe nauséeux. Il s'est excusé jusqu'à ce que je puisse avaler et me tenir debout.

— C'était parfait, l'ai-je rassuré. Je vais peut-être devoir t'emprunter un short pour rentrer demain parce que je crois que mon jean est complètement trempé.

Ses sourcils se sont haussés. — Ça t'a excitée à ce point de me faire une fellation ?

J'ai hoché la tête. — Et de voir à quel point tu as aimé.

Il m'a embrassée fougueusement sur les lèvres, me serrant contre son corps nu. — Je souffrirai volontiers pour toi à tout moment à l'avenir.

J'ai ri avec lui. — Quel héros.

Il a souri. — À condition que je puisse te rendre la

pareille, parce que tu n'es pas la seule à trouver ça super excitant.

— Je pense que je peux endurer la même chose, ai-je murmuré contre ses lèvres. Tout pour le bien d'autrui.

— Il vaudrait mieux qu'il n'y ait pas d'autres que moi, a grogné Knox en empoignant mes fesses et en me portant sur la courte distance jusqu'à son matelas.

Puis il m'a enlevé tous les vêtements que je venais juste de mettre et a découvert à quel point il m'avait excitée.

18

KNOX

J'ai fermé le magasin à clé et mis les clés dans ma poche. J'hésitais à marcher jusqu'à O'Kelley's, mais c'était un peu loin, et même si la journée était belle, rentrer à pied après la tombée de la nuit serait frisquet.

J'ai baissé les vitres et chanté avec la musique. C'était une bonne journée. Une bonne semaine. Je n'arrivais pas à me sortir Haley de la tête. Je commençais à penser qu'elle allait vraiment rester. Il lui restait encore deux mois avant la fin de son bail, mais chaque nuit que nous passions ensemble, elle semblait de plus en plus réticente à partir.

Ce qui me rendait infiniment heureux.

J'ai trouvé une place juste devant O'Kelley's et me suis garé le long du trottoir. Xavier marchait dans la rue quand je suis sorti, alors j'ai attendu qu'il me rejoigne avant d'entrer ensemble.

—Knox ! s'est exclamé Xavier en me voyant debout à côté de mon pick-up. Comment ça va ?

—Salut, X. Je vais bien. Comment va la famille ?

—Bien. Très bien. J commence à réfléchir aux universités et à déterminer où elle pourrait vouloir aller.

J'ai ri doucement et ouvert la porte d'O'Kelley's pour que Xavier entre avant moi. Je parie que c'est super amusant.

Xavier a grimacé. J'adore ma fille, et j'aime ma femme, mais quand elles commencent à se disputer au sujet de l'université, je veux juste m'enfuir et me cacher.

—Vraiment ? Karissa me semble toujours si équilibrée. Je n'arrive pas à l'imaginer contrariée.

—Quand J commence à parler d'aller loin pour l'université, Rissa devient un peu folle. Elle ne veut pas que McJenna s'éloigne trop.

—Ah, je peux comprendre ça. Un petit côté maman ourse.

—Qui est une maman ourse ? a demandé Ian, attrapant le dernier morceau de notre conversation alors que nous approchions du bar.

—Karissa, a dit Xavier. J envisage des options universitaires et a mentionné la Californie et Hawaï comme possibilités.

—À cause du temps, dit Rowan en frissonnant. Comment se fait-il qu'il fasse encore si froid ici au printemps ? On est presque en avril et il y a encore de la neige au sol !

—Arrête de te plaindre, garçon de l'Arizona, dit James en donnant un coup de coude à Rowan.

—Aïe, gémit Rowan. Je dis juste qu'il existe des endroits sur terre où il ne fait pas assez froid pour que ma bite se brise si je pisse dehors en avril.

—Je pourrais t'arrêter pour ça, dit James. L'attentat à la pudeur est un crime très grave.

—J'étais là quand tu as arrêté ce type, dit Rowan. Crois-moi, je n'ai pas envie de me faire menotter quand ma bite est sortie. Sauf si c'est Willow qui me passe les menottes.

James leva les yeux au ciel devant le sourire narquois de Rowan. Tous les autres ricanèrent et hochèrent la tête en signe d'approbation. James et Rowan passaient trop d'heures ensemble en tant que policiers, et dans une ville aussi tranquille que L'anse MacKellar, il était évident qu'ils avaient pas mal de temps libre. Du temps libre qui menait généralement l'un d'eux à irriter l'autre.

—Bref, dit Ian, reportant son attention sur Xavier. Pourquoi est-ce un problème que J veuille aller à l'ouest ?

—Rissa veut qu'elle reste près de la maison, dit Xavier. Je pense qu'elle s'est adaptée à son rôle de mère et craint que J ne s'enfuie pour ne jamais revenir.

—Je ne la vois pas faire ça, dit Trent. Cette gamine adore Karissa.

Xavier hocha la tête. Je n'arrête pas de lui dire ça, mais elle s'inquiète. Comme elle n'est pas la mère biologique de McJenna, Karissa pense que J la voit juste comme une remplaçante.

—Mec, c'est dur, dis-je. Mon père n'a jamais eu de relation après la mort de ma mère, mais je sais que personne n'aurait pu la remplacer. Je pense que c'est simplement une relation différente. Surtout puisque tu as dit que J et sa mère ne se connaissent pas.

—Pas du tout. J ne la reconnaîtrait même pas si elle entrait dans notre maison. Ce qu'elle ne ferait jamais de toute façon. Xavier fit un signe de tête à Hudson pour le remercier de la bière que ce dernier avait posée devant lui.

—L'université, c'est difficile, mec, dit Hudson. Joey a décidé de rester à New York pour jouer au baseball, mais même s'il ne sera pas trop loin, Anna angoisse à l'idée qu'il ne soit plus sous le même toit que nous.

— Je pense que c'est ce que ressent Karissa aussi. Mais comme elle n'est dans la vie de J que depuis quelques années, elle ne sait pas comment gérer ça, dit Xavier.

— Je ne pense pas que quiconque sache comment gérer ça, dit Hudson.

Xavier hocha la tête. — Probablement vrai. Je ne peux pas vraiment dire que je m'en sors mieux.

— Je n'ai pas hâte de vivre tout ça, dit Ian. — À ce stade, nous sommes anxieux pour la maternelle.

— Maddox vient d'avoir un an, dit Ramsey. — Comment peux-tu déjà t'inquiéter pour la maternelle ?

Ian haussa les épaules. — Ce sera la première fois qu'il ne sera pas avec l'un de nous ou avec la famille. Nous savons que ce sera important, et nous voulons qu'il y aille, mais ce n'est pas facile. Surtout que nous aurons un nouveau bambin d'ici là.

— Attends, quoi ? Blake est encore enceinte ? s'écria James.

Ian sourit largement et hocha la tête. — Elle l'est. Elle vient d'entrer dans le deuxième trimestre, et elle m'a autorisé à partager la nouvelle avec tout le monde.

— Félicitations, dit Hudson, en tendant la main pour serrer celle d'Ian.

Tout le monde en fit autant, souhaitant le meilleur à Ian et Blake.

— Comment as-tu gardé le secret ? demanda Rowan.

Ian haussa les épaules. — Nos familles étaient au courant. Blake était anxieuse, cependant. Elle a eu quelques inquiétudes au début, mais les médecins nous ont assuré que tout allait bien. Nous sommes vraiment excités.

— Quand est-ce qu'elle accouche ? demanda Xavier.

— Le 1er octobre, dit Ian.

— C'est quelques semaines avant l'anniversaire de Melody, dit Ramsey. — Je ne me rendais pas compte que c'était si proche.

— Tu savais ? demanda James.

Ramsey haussa les épaules.

James dévisagea Ian avec stupéfaction. — Tu lui as dit à lui et pas à moi ?

— Je savais aussi, dit Trent avec un clin d'œil à l'intention de James.

— Tu es marié à sa sœur. Je comprends ça. Mais moi, je connais Ian presque aussi longtemps que Ramsey, argumenta James.

— Presque étant le mot clé, dit Ramsey.

James leva les yeux au ciel et fit la moue parce qu'il n'avait pas été informé avant tout le monde.

— Eh bien, j'ai un secret aussi. Si ça vous intéresse que je le partage, dis-je.

Ils se penchèrent tous un peu plus près.

— Je fréquente Haley Jordan, dis-je.

Hudson sourit d'un air narquois.

James agita la main comme s'il le savait déjà. Les autres réagirent de la même façon.

— On le sait tous depuis une éternité, dit Rowan.

— Vraiment ? demandai-je.

— Mec. Petite ville. Tout le monde sait tout. Surtout quand tu l'emmènes en rendez-vous en vous promenant partout en ville. Combien de personnes crois-tu nous en ont parlé cette semaine-là ? demanda James, faisant un signe à Rowan pour confirmation.

Rowan hocha la tête. — Beaucoup.

— Sérieusement ? Tout le monde était au courant ? Pourquoi vous n'avez rien dit ? demandai-je.

—Pourquoi ne l'as-tu pas fait ? demanda Ian. —Je veux dire, ça ne me dérange pas si tu veux garder votre relation secrète. Blake ne voulait pas que tout le monde sache quand nous avons commencé à sortir ensemble. C'était amusant de se cacher pendant un moment, mais au bout d'un certain temps, c'était épuisant. Je voulais dire à tout le monde que nous étions ensemble, mais elle n'était pas prête. Ça a mis notre relation à rude épreuve.

—Tu ne me l'as même pas dit, lança Brantley.

Je l'ai regardé, puis les autres. —Hudson le savait. Il—

—Ne me mêle pas à ça. Tu ne m'as rien avoué. Je le savais parce que tu l'as amenée ici pour un rendez-vous et on a parlé il y a un mois du fait que tu ne devais pas être un connard avec elle. C'est toi qui as dit que tu n'étais pas prêt à le dire aux autres. Hudson me lança un regard noir.

—Tu as raison. Il a raison. Je ne savais pas où allaient les choses avec elle. Je ne savais pas ce que tout le monde pensait d'elle, et—

—C'est l'une de mes personnes préférées au monde, dit Brantley. —Si elle n'avait jamais déménagé ici, je n'aurais pas Valentina.

Les autres gars ricanèrent et acquiescèrent.

—Haley n'est pas la méchante dans cette histoire, dit Xavier. —C'est Dawson qui a trompé. Et je sais que certaines personnes en ville ne sont pas fans de Haley, mais ce n'est pas mon cas.

—Ni le mien, reprirent-ils tous en chœur.

—Donc, on en revient à toi et pourquoi tu ne voulais pas nous le dire, dit Brantley.

—On a eu un coup d'un soir. Elle est passée au magasin pour prendre quelque chose pour Sofia, et on a accroché. On s'est promis pas de noms, pas de contact. Le lendemain soir, on s'est retrouvés ici pour notre premier rendez-vous. On avait été mis en relation sur Book Boyfriends Wanted et on discutait depuis des mois sans jamais échanger nos noms, donc aucun de nous ne savait qui était l'autre la nuit précédente, expliquai-je, fixant le comptoir du bar tout en déballant toute l'histoire.

Personne ne dit rien, me laissant me demander ce qu'ils pensaient dans le silence qui entourait notre groupe. J'ai finalement levé les yeux et les ai vus tous sourire avec différents degrés d'étonnement et d'amusement.

—Quoi ? demandai-je.

—Vous avez couché ensemble ? demanda Rowan.

—Après avoir parlé pendant des mois,

—Et avec un rendez-vous prévu le lendemain soir ? dit Ian.

—Parce que vous vous êtes rencontrés sur Book Boyfriends Wanted, confirma Xavier.

—Ouais.

Ils ricanèrent tous et éclatèrent de rire, secouant la tête.

—Quoi ?

—Tu n'aurais jamais dû douter que les choses fonctionneraient, dit Xavier.

—Pourquoi pas ?

—L'appli a de la magie, me dit Ian. La magie de Madame Georgia. Rissa l'a créée en l'honneur de sa mère, et elle croit que sa mère fait marcher sa magie depuis le ciel, en associant les personnes de la ville qui sont faites l'une pour l'autre.

—Je ne sais pas trop, dis-je.

—Valentina et moi avons été associés sur l'appli, dit Brantley.

—Melody et moi aussi, quand nous étions séparés, dit Ramsey.

—Trinity, dit James avec un hochement de tête.

—Nous tous, me dit Hudson. Chacun d'entre nous qui n'est pas célibataire a rencontré sa moitié sur cette appli. Si Haley et toi avez été associés là-bas, et que vous vous voyez toujours après toutes ces conneries, c'est réglé. C'est elle.

—Elle ne restera peut-être pas dans le coin, lâchai-je. C'était la seule chose qui me retenait de tomber amoureux d'elle. Je savais que j'étais déjà sur la bonne voie, peut-être déjà amoureux d'elle, mais si elle partait, je ne la suivrais pas. L'anse MacKellar était chez moi.

—Tu peux partir avec elle, suggéra Xavier. Le reste du monde n'est pas si terrible que ça.

J'ai secoué la tête. —Je suis comme Karissa. C'est ici que je dois être. Je ne veux vivre nulle part ailleurs. Je n'en ai jamais eu envie. Mon père est toujours ici, et mon magasin, et tout le reste. J'adore cet endroit. Je veux rester ici.

—Même si elle n'est pas là ? a demandé Ramsey.

J'ai pris une inspiration et hoché la tête. C'était douloureux à admettre, mais j'avais abandonné ma carrière de rêve pour rester à L'anse MacKellar. C'était chez moi. Je voulais être avec Haley, mais je voulais aussi rester ici.

—Alors, je suppose que tu dois la convaincre de rester, a dit Hudson.

—Et si je n'y arrive pas ?

Ils ont tous soudainement paru trop occupés.

—Es-tu vraiment prêt à renoncer à elle pour rester ici ? a demandé Xavier.

—Aurais-tu fait les choses différemment ? lui ai-je demandé. —Serais-tu venu t'installer ici pour Karissa si tu pouvais revenir en arrière ? Changer toute ta vie ? Tu n'aurais pas eu McJenna, tu n'aurais pas rencontré Trent, tu n'aurais pas vécu toutes les expériences que tu as vécues. Le ferais-tu ?

Xavier a inspiré profondément, sa poitrine se soulevant d'indécision. Il a réfléchi à ma question, puis a secoué la tête. —Non. Parce qu'au final, j'ai à la fois ma fille et ma femme. Je ne peux pas choisir entre elles. Mais toi, tu ne renoncerais pas à un enfant. Tu pourrais par contre renoncer à un avenir.

—Si nous sommes vraiment faits l'un pour l'autre, elle décidera qu'elle veut être ici. Sinon, je passerai à autre chose, leur ai-je dit.

—Alors j'imagine qu'on doit tous espérer qu'elle reste parce que t'es un enfoiré misérable quand t'es célibataire, a dit Brantley.

Je lui ai fait un doigt d'honneur et j'ai siroté ma bière. Les autres ont ri et ont continué la conversation.

J'ai laissé la conversation se dérouler autour de moi en

espérant ne pas avoir à découvrir ce que serait la vie de célibataire après Haley. Je la voulais dans ma vie. Pour de bon.

ENTRER dans un salon de coiffure était quelque chose que je
n'avais jamais fait de ma vie. Je n'avais aucune idée de ce à
quoi m'attendre, mais certainement pas à un silence complet
à mon arrivée.

— Je peux vous aider ? demanda Debby. Je savais qu'elle
était la propriétaire. En plus d'avoir son nom sur l'enseigne
extérieure, Haley l'avait mentionnée. Elle était une institution et, apparemment, elle'avait été amie avec ma mère.

— Est-ce que Haley est là ? demandai-je.

Les autres femmes du salon échangèrent des regards et
des chuchotements. Il y avait quatre femmes sur des
fauteuils, en train de se faire couper ou coiffer les cheveux,
deux sous des espèces de dômes dont j'ignorais totalement
l'utilité, et cinq coiffeuses. L'endroit était animé.

Mais pas de Haley.

J'étais pourtant certain qu'elle m'avait dit qu'elle travaillait
toute la journée.

— Haley est avec une cliente en ce moment. Peut-être
pouvons-nous vous fixer un rendez-vous, dit Debby d'une
voix apaisante. Une voix qui me laissait comprendre qu'elle
ne savait rien de notre relation et n'appréciait pas particulièrement ma visite impromptue. Debby me prit par le coude et
me guida vers le bureau près de la porte d'entrée.

— Knox, haleta Haley, apparaissant de nulle part.

Debby me lâcha et me regarda de haut en bas. — Knox ?
Tu es le fils d'Eleanor's ?"

J'essayai de me concentrer sur Debby, mais mon attention
revenait sans cesse vers Haley. Elle avait l'air délicieusement
désordonnée par mon arrivée. Ses cheveux étaient attachés,

dégageant sa nuque où perlait un voile de sueur. Ses joues avaient rosi quand elle m'avait vu, et elle se mordillait la lèvre.

J'arrachai mon regard d'elle et acquiesçai à Debby. — Oui, madame."

— Oh, mon Dieu. Je ne sais pas pourquoi je ne t'ai pas reconnu plus tôt. Tu as les yeux de ta mère. Comment va ton père ?

Je jetai un autre coup d'œil à Haley et la trouvai en train de me fixer, un petit bol à la main avec ce qui ressemblait à un pinceau de cuisine. — Il va bien. Il a eu une petite frayeur il y a quelques semaines et il se bat contre moi pour éviter de prendre soin de lui-même, mais il va bien. Merci de demander.

— Ça fait beaucoup trop longtemps qu'on ne l'a pas vu. Je vais demander à mon Harold de l'appeler pour l'inviter à dîner prochainement. Tu devrais te joindre à nous.

— Merci, madame. Ce serait merveilleux. Je lui souris.

— Tu sais que tu peux m'appeler Debby, Knox, chuchota-t-elle d'un air complice.

—Oui, madame, ai-je répondu, sachant que je ne le ferais jamais. Elle était l'amie de ma mère, et ce n'est pas parce que je ne me souvenais pas de ma mère que j'avais oublié les bonnes manières que mon père m'avait inculquées.

—Je vois bien que je ne suis pas la femme que tu es venu voir. Prends soin d'elle, Knox. Elle mérite un homme comme toi dans sa vie. Bien mieux que cet vaurien pour qui elle est venue s'installer ici. Je suis contente qu'il soit sorti de sa vie, a dit Debby si doucement que personne d'autre ne pouvait l'entendre.

J'ai hoché la tête. —Je suis d'accord, madame.

Debby m'a fait un clin d'œil et m'a tapoté le bras avant de s'éloigner. Elle a pris le bol des mains de Haley et lui a dit quelque chose qui a fait s'écarquiller ses yeux et retrousser ses lèvres en un sourire.

Je suis resté à l'entrée, loin des autres femmes de peur de casser quelque chose ou de renverser un objet, et j'ai attendu tandis que Haley traversait la pièce vers moi. Quand elle a atteint mon côté, elle a fait un signe vers la porte. —On peut sortir si ça te va.

J'ai acquiescé et lui ai ouvert la porte, la laissant passer devant moi. Avant que la porte ne se referme complètement, j'ai entendu les cris excités des femmes à l'intérieur.

J'ai jeté un coup d'œil en arrière, mais ça ressemblait à un salon normal, comme si je savais à quoi ressemblait un salon normal.

—Tout va bien ? a demandé Haley une minute plus tard. Ses bras étaient croisés sur sa poitrine, et elle me regardait comme si elle s'attendait à de mauvaises nouvelles.

J'ai hoché la tête. —Je voulais juste te voir.

—Vraiment ? a-t-elle haleté.

J'ai laissé échapper un rire. —Je suppose que je n'ai pas fait un très bon travail pour te montrer à quel point tu me plais si ça te surprend.

—Non, je... tu... Personne n'est jamais passé me voir au travail avant. Dawson venait me chercher pour nos rendez-vous, mais je savais toujours qu'il allait venir.

Je me suis mentalement donné un coup de pied pour ne pas être passé plus tôt. Toutes ces choses que la plupart des femmes considéraient comme normales étaient importantes pour Haley. Des premières fois qu'elle aurait dû vivre il y a longtemps. Si je voulais la convaincre de rester, et lui montrer que je voulais qu'elle reste, je devais redoubler d'efforts.

—J'aurais dû le faire avant. Je pensais à toi, et je ne voulais pas attendre jusqu'à demain soir pour te voir. J'ai jeté un coup d'œil à l'intérieur, découvrant que tout le monde nous regardait. J'ai ri doucement. —Est-ce qu'elles vont devenir folles si je t'embrasse ?

Elle se mordilla la lèvre. —C'est possible.

Je reculai d'un pas et fronçai les sourcils. —Oh. Je suis désolé. Je n'avais pas l'intention de te mettre mal à l'aise.

Elle sourit et fit un pas vers moi. —Ce n'est pas ça, Knox. On a eu des rendez-vous, on est sortis ensemble, mais venir à mon travail et m'embrasser devant toutes ces femmes, c'est un peu comme afficher une pancarte dans le parc Catherine annonçant qu'on sort ensemble.

Je m'approchai d'elle et souris. —Est-ce que je devrais faire ça aussi ?

Avant qu'elle ne puisse s'éloigner de moi, j'enroulai mes bras autour d'elle et l'attirai tout contre moi. Je me blottis contre son cou et embrassai son pouls qui s'accélérait.

—Tu crois que ça va les convaincre ? chuchotai-je, nos lèvres à un souffle l'une de l'autre.

Puis j'effaçai la distance entre nous et m'emparai de ses lèvres.

Elle soupira profondément, un son heureux et satisfait qui envoya une décharge directement à mon sexe. Dieu, je la désirais. Je voulais que tout le monde sache que je la désirais. Je voulais qu'elle soit mienne, et peu m'importait qui le savait.

J'explorai sa bouche avec ma langue, conscient de la rapidité avec laquelle je perdais ma capacité à ralentir, et je savourai pleinement son goût.

Elle s'accrocha, sans se retirer ni me résister. Elle se jeta dans notre baiser avec le même enthousiasme qu'elle montrait toujours. Un enthousiasme qui me rappelait la façon dont elle m'avait regardé à genoux devant moi, entièrement habillée et me faisant jouir.

—À quelle heure finis-tu ce soir ? murmurai-je contre ses lèvres.

—On ferme à dix-neuf heures.

—Est-ce que je peux te convaincre de dîner tard ?

Elle hocha la tête. —Je ne vais pas refuser.

—Parfait. Je passe te prendre ici ou tu as besoin de rentrer chez toi d'abord ?

—J'ai ma voiture ici, donc j'aurai besoin de passer chez moi.

—Ou tu pourrais me donner tes clés et je peux la ramener chez toi, puis être de retour ici à sept heures.

Elle recula et me regarda. L'inquiétude plissait l'espace entre ses sourcils.

—Non ? Tu n'es pas obligé.

Elle secoua la tête. —Je n'ai jamais donné mes clés à personne, et je n'ai jamais eu les clés de quelqu'un d'autre. Tu me mets vraiment à l'épreuve là, Knox.

—Ce n'est pas un test, ma belle. Je veux juste passer le plus de temps possible avec toi.

Elle prit une inspiration et hocha la tête. —D'accord. Donne-moi une minute et je vais chercher mes clés.

Je l'embrassai une fois de plus, un baiser rapide qui me fit quand même frémir intérieurement. —Je ne vais nulle part.

Elle hésita une seconde, puis se précipita à l'intérieur. Elle traversa rapidement le salon, ignorant les questions évidentes qu'on lui lançait. Elle disparut derrière le rideau, puis revint une minute plus tard avec ses clés à la main. Elle se précipita dehors et me les tendit.

J'entourai les clés de ma main, puis l'attirai vers moi. Je l'embrassai une fois de plus, puis reculai d'un pas et lui fis un clin d'œil. —Je serai de retour avant sept heures. À tout à l'heure.

—À bientôt, murmura-t-elle.

J'attendis qu'elle entre dans le salon, puis m'éloignai en faisant tournoyer ses clés autour de mon doigt.

près avoir déposé la voiture de Haley à son appartement, je suis retourné à l'endroit où j'avais garé mon pick-up et je m'y suis installé. Je pouvais voir l'intérieur du salon et, comme un voyeur, je l'ai regardée travailler.

La lumière dans ses yeux et la joie sur son visage m'hypnotisaient. Elle était magnifique, et on voyait facilement à quel point elle aimait ce qu'elle faisait.

Plus je la regardais, plus j'étais convaincu que je voulais la même chose. Pas seulement Haley, mais un travail qui me fasse ressentir ce que le sien lui faisait ressentir. Elle pouvait passer une bonne journée simplement en faisant quelque chose qu'elle aimait. Quoi de mieux que ça ?

Quand les derniers clients sont partis, Haley et les autres ont commencé à nettoyer le salon. Elle riait avec une de ses collègues, Chelsea je crois, et Haley a vérifié une deuxième fois qu'elle avait tout bien nettoyé. Debby s'est approchée d'elle après quelques minutes et lui a dit quelque chose. Quelque chose qui a fait que son regard s'est levé pour croiser le mien. Ses lèvres se sont étirées en un sourire tandis que Debby continuait de parler.

Haley a protesté, mais Debby a secoué la tête et l'a poussée vers le rideau au fond. Haley a souri et a finalement décidé d'aller à l'arrière d'elle-même. Une minute plus tard, elle est sortie avec son sac à main sur l'épaule et une veste. Elle a fait signe aux autres en traversant le salon vers la porte d'entrée.

Je suis sorti de mon pick-up et l'ai rejointe sur le trottoir avec un rapide baiser. —Je ne voulais pas te presser. J'étais content d'attendre.

—Debby a insisté. Elle a dit que tu étais là depuis que tu étais passé tout à l'heure.

—J'ai ramené ta voiture à ton appartement, me suis-je défendu.

Elle a laissé échapper un rire. —Puis tu es revenu ici t'asseoir dans ton pick-up ?

J'ai haussé les épaules. —J'aimais bien te regarder travailler. Tu avais l'air de beaucoup t'amuser.

—C'est vrai, a admis Haley tandis que j'ouvrais la portière du pick-up pour qu'elle puisse monter.

J'ai fermé la portière, puis j'ai fait le tour pour m'installer au volant. —C'est agréable de voir un sourire sur ton visage.

—Merci. Je me plais vraiment ici.

— Bien. Je marquai une pause, réfléchissant à mes prochains mots. —J'aime vraiment t'avoir ici.

Elle me sourit, soutenant mon regard pendant un long moment. —Alors, qu'est-ce qu'on fait ce soir ?

J'ai mis le camion en marche et me suis éloigné du trottoir. —Je pensais qu'on pourrait prendre quelque chose quelque part. Si ça te va. Je dois ouvrir le magasin demain matin.

— Ça me va.

— Tu es sûre ?

Elle hocha la tête. —Oui. Je suis plutôt épuisée après avoir été sur mes pieds toute la journée, donc dîner à la maison me semble parfait. J'essayais justement de décider ce que j'allais faire ce soir, mais tu m'as évité d'avoir à choisir.

— Ravi d'avoir pu aider.

Nous nous sommes mis d'accord pour des sandwichs et nous sommes allés chez Subs Plus pour commander. C'était bondé à l'intérieur, et je n'ai pas hésité à entourer Haley de mon bras pour la garder près de moi pendant que nous attendions notre tour. Nous avons discuté des options, et elle s'est blottie contre moi.

J'ai payé nos sandwichs, insistant que c'était mon idée et que je voulais régler l'addition, et elle a porté le sac de sandwichs et de chips pendant que je prenais nos boissons. Le trajet jusqu'à son appartement a été rapide, puis nous avons tout transporté à l'intérieur.

— Il y avait beaucoup de gens qui nous regardaient, chuchota Haley quand nous nous sommes installés sur son canapé.

— Quand ça ?

— Chez Subs Plus. Je crois qu'ils étaient surpris de nous voir ensemble.

Merde. Une chose de plus à laquelle j'aurais dû faire attention. Je n'avais pas exactement caché ma relation avec Haley, mais je ne l'avais pas non plus étalée au grand jour. Ce que j'avais dit aux gars la veille était vrai. Je me retenais jusqu'à ce que je sache ce qu'elle allait faire. Mais je ne voulais plus attendre.

— J'ai parlé de nous à tous mes amis hier soir, ai-je dit.

Haley s'arrêta avec son verre à mi-chemin de sa bouche. Elle le reposa lentement et me regarda. —Pardon ?

J'ai acquiescé. —Ils ont tous dit qu'ils savaient.

—Mais seulement depuis hier soir ? Ça fait presque deux mois qu'on se voit.

Je me suis assis à côté d'elle sur le canapé et j'ai pris ses mains. —J'aurais dû tout leur dire quand on a commencé à se fréquenter. Je n'ai pas vraiment de raison de ne pas l'avoir fait. Je n'ai pas honte qu'on soit ensemble. Je n'ai pas été très doué pour te le montrer, mais—

—On va dîner dans d'autres villes. On fait des choses là où il n'y a pas beaucoup de monde. À part notre premier rendez-vous chez O'Kelley's, on n'a été nulle part où beaucoup de gens pourraient nous voir jusqu'à ce soir, et c'était juste pour prendre de la nourriture.

—Je pense que tout le monde là-bas ce soir savait qu'on ne se tenait pas l'un à côté de l'autre par hasard.

—Oui, mais ça ne veut pas dire qu'ils acceptent qu'on soit ensemble. Je suis détestée par la moitié de la ville. Les gens veulent que je parte. Et toi, tu es aimé. Toutes les personnes qui viennent au salon me disent à quel point tu es merveilleux.

—Pourquoi te parleraient-elles de moi ? ai-je demandé, réalisant que les gars avaient raison et que tout le monde en ville était au courant pour nous, même si personne n'avait vraiment rien dit.

—Je ne sais pas. C'est un salon de coiffure. Les femmes parlent des hommes. Tout le temps.

—Mais pourquoi spécifiquement de moi ?

—Je... je ne sais pas.

—Parce qu'elles savent, Haley. Si elles te disent quelque chose à propos de moi, c'est parce qu'elles savent qu'on est ensemble et qu'elles essaient de te dire qu'elles l'approuvent.

—Non. Elles n'ont pas dit ça. Elles ont juste dit que tu es un type bien ou que tu es toujours amical et gentil. Des choses comme ça.

—Est-ce qu'elles te le disent à toi ou à Chelsea ou à Debby ou à quelqu'un d'autre ?

— Moi, a-t-elle admis. Elle se mordit la lèvre pendant un long moment tandis que j'attendais qu'elle accepte ce que je lui disais. — Ils sont au courant. Et ils ne m'ont pas encore chassée de la ville.

— Je pense que plus de gens t'apprécient que tu ne veux bien l'admettre. Travailler dans un salon signifie que les gens peuvent te voir. Ils découvrent qui tu es. C'est comme moi qui travaille au magasin. Ils me connaissent.

— La partie de toi que tu montres. Ils ne savent pas que tu voudrais vraiment faire autre chose.

J'ai hoché la tête, ses paroles me touchant en plein cœur. — Tu as raison. Et il est temps que j'arrête de lutter contre ça. Je vais suivre ton conseil et réduire les heures d'ouverture du magasin pour me concentrer sur des projets personnalisés. Et si les choses se passent bien, ou si je trouve quelqu'un qui est prêt à s'occuper du magasin, j'envisagerai d'autres options.

Elle m'a adressé un sourire radieux. — Vraiment ?

— Ouais. Te regarder aujourd'hui... Je veux ressentir ce genre de joie quand je vais au travail. Je la ressens quand je réalise un projet sur mesure. Je veux la ressentir plus souvent. Je sais que ça me prendra du temps pour trouver des travaux qui rapportent de l'argent, mais il est temps que je commence à aller dans cette direction.

— Je suis vraiment heureuse pour toi, Knox.

Je me suis penché et je l'ai embrassée. — Je ne l'aurais pas fait sans toi.

Elle a souri. — Tant mieux.

— J'essaie de me retenir de devenir trop sérieux avec toi, ai-je lâché.

— Euh, d'accord ?

— Je ne veux pas quitter L'anse MacKellar. Mon père est ici, mes amis sont ici, mon travail est ici. Même si je vais changer les choses et que je veux faire quelque chose de différent, je ne veux pas partir. Je sais que c'est égoïste, et je sais que je devrais être ouvert à l'idée de déménager, mais—

— Tu n'as pas à me l'expliquer, a chuchoté Haley.

—Je n'ai pas parlé de nous à mes amis parce que leur dire signifiait que c'était sérieux. Cela voulait dire que j'espérais que les choses fonctionnent. Je veux que ça marche, mais je sais que tu dois décider ce qui est le mieux pour toi. J'étais assez naïf pour penser que tout le monde n'était pas déjà au courant, et que ne rien dire éviterait que tu sois forcée de rester pour moi. Je veux que tu restes, Haley. Je l'ai clairement exprimé. Je déteste être un connard en te disant que si tu ne restes pas, c'est fini entre nous, mais je n'ai jamais voulu vivre ailleurs.

—Je sais. Et je comprends. Je n'ai jamais eu de foyer. Un endroit où j'ai eu l'impression d'appartenir. L'anse MacKellar est ce qui s'en rapproche le plus, et je penche pour y rester, mais...

—Ce doit être ton choix. Je le sais. Même si j'ai vraiment envie d'utiliser tous mes pouvoirs de persuasion pour te convaincre.

Elle a ri à la vue de mes sourcils qui dansaient et mon ton taquin. Elle s'est penchée et a pris mon visage entre ses mains. —Merci, Knox.

—Est-ce que ça va entre nous ? Je veux dire, est-ce que ça te dérange que j'aie mis autant de temps à parler de nous à mes amis ?

Elle a haussé les épaules. —Je comprends. Et je suis désolée de t'avoir donné l'impression que je te menais en bateau.

J'ai secoué la tête avant même qu'elle ne finisse de parler. —Jamais, Haley. Je te le promets.

Elle a souri. —D'accord, tant mieux.

—Je suis fier d'être avec toi, Haley. Tellement fier.

Elle a hoché la tête, le regard plus heureux que lors de ma première confession.

Nous avons allumé la télé et commencé notre dîner. Les

sandwichs étaient délicieux, et la compagnie encore meilleure. Haley a commencé à fatiguer à un moment, et je lui ai demandé si elle voulait que je parte.

—Pas du tout, a-t-elle chuchoté. Elle a enroulé ses bras autour de mon cou et m'a attiré pour un baiser. —Mais je suis fatiguée. Je pense que ce serait une bonne idée que j'aille me coucher.

—D'accord.

Elle s'est levée et a retiré son t-shirt, me le lançant. Je l'ai attrapé avec un sourire, juste à temps pour la voir détacher son soutien-gorge.

J'ai gémi et compris son intention, me levant du canapé pour la rejoindre à la porte de sa chambre. J'ai pris ses seins dans mes mains et taquiné ses mamelons.

Elle a gémi et s'est pressée contre moi. Elle a défait le bouton et la fermeture éclair de son pantalon et l'a fait glisser le long de ses hanches avec sa culotte, se retrouvant complètement nue devant moi.

Quand elle s'est retournée dans mes bras et a fait mine de s'agenouiller, je l'ai arrêtée. —J'ai besoin d'être en toi ce soir, ai-je chuchoté d'une voix rauque. J'étais plus que prêt pour elle.

Elle a reculé vers son lit, ouvrant la table de nuit pour prendre un préservatif pendant que j'enlevais mes vêtements. Elle a déroulé le préservatif sur toute ma longueur, puis s'est allongée sur son lit.

J'ai rampé au-dessus d'elle, me positionnant entre ses cuisses. Elle a maintenu mon regard tandis que je la pénétrais, centimètre par centimètre, jusqu'à ce que nous soupirions tous les deux de plaisir.

—Je suis vraiment heureuse que tu aies voulu me voir ce soir, a-t-elle murmuré.

—Je veux te voir tous les soirs, lui ai-je dit.

Ses lèvres se sont soulevées en un triste sourire qui m'a fait me demander si elle pensait que je mentais.

—Je le pense vraiment, Haley. J'aime passer du temps avec toi. Je sais que tu dois décider si tu veux rester ici, mais moi, je veux que tu restes. Je n'ai pas envie que notre histoire se termine.

—Moi non plus, a-t-elle murmuré.

Ce n'était ni une confession ni une promesse de rester, mais c'était le mieux que j'avais obtenu d'elle jusqu'à présent. Et tandis que nous courions tous deux vers l'orgasme en murmurant nos prénoms, j'ai su que c'était mieux que tout ce qu'elle aurait pu dire.

Je me suis glissé hors du lit de Haley, détestant devoir la quitter. Je l'ai embrassée doucement, suffisamment pour la réveiller et lui dire que je devais ouvrir le magasin. Elle a marmonné quelque chose qui ressemblait à un au revoir, puis s'est retournée et s'est aussitôt rendormie.

Je suis sorti doucement de son appartement, fermant la porte sans bruit pour éviter de réveiller qui que ce soit.

— Bonjour, dit une voix juste derrière moi.

J'ai failli faire un bond. Sofia était juste là, et je ne l'avais pas vue jusqu'à ce qu'elle me fasse une peur bleue. — Bonjour, Sofia. Comment allez-vous ?

Elle a haussé un sourcil. — Je vais bien. Et vous ?

— Bien.

Elle m'a souri d'un air narquois et a fait un signe de tête vers la porte de Haley. — J'espère que le fait que vous vous faufiliez dehors tôt le matin signifie que les choses se passent bien.

J'ai hoché la tête, incapable de réprimer le sourire qui se dessinait sur mes lèvres. — Oui, les choses se passent bien.

— L'avez-vous convaincue de rester ici ?

J'ai secoué la tête. — Je sais qu'elle veut décider par elle-même.

— Ça ne veut pas dire qu'on ne peut pas lui donner de très bonnes raisons pour lesquelles rester dans le coin serait une excellente idée.

J'ai ri doucement. — C'est vrai.

— Vous aidez à cela ?

— Oui, Sofia. J'essaie.

— Bien. Elle m'a examiné attentivement. — J'ai l'impression que j'aurais dû penser à vous présenter avant. Je ne suis vraiment pas douée pour mettre les gens en relation. Je n'ai pas ce talent.

J'ai éclaté de rire. — Moi non plus. Et je pense que nous avions besoin de nous rencontrer au moment où nous l'avons fait. Je ne suis pas sûr qu'elle aurait été prête pour quoi que ce soit si nous nous étions rencontrés plus tôt.

— Probablement vrai. Je suis content que tu aies été bon avec elle. Elle t'aime vraiment bien.

— C'est réciproque, ai-je avoué.

Sofia a élargi son sourire. Elle a hoché la tête. — Bien. Passez une bonne journée, Knox. Elle est passée devant moi.

— Vous aussi, Sofia.

Elle m'a fait un signe de la main juste avant de tourner à un coin et de disparaître.

Je l'ai suivie dans le couloir, puis j'ai pris l'autre direction et je suis sorti. J'étais content de l'avoir croisée. Et encore plus content de ce qu'elle avait dit à propos de Haley. Je l'ai-mais vraiment beaucoup.

Le reste de ma matinée s'est bien passé. Le magasin était fréquenté, mais pas au point de m'empêcher de réfléchir aux meilleures heures d'ouverture et quand je pourrais fermer pour faire des travaux sur mesure.

Une fois que j'en aurais trouvé.

J'étais au comptoir en train d'établir un planning basé sur les heures de plus forte affluence quand Teddy est entré avec l'air de quelqu'un qui allait s'endormir debout.

— Ça va ? lui ai-je demandé.

Il a hoché la tête. — Ouais. Un des gars avec qui je travaille m'a demandé de te rendre ça. Teddy a levé le gabarit à queue d'aronde qu'Andre avait emprunté la semaine précédente.

— Andre. Oui. A-t-il terminé la table à langer ?

Teddy a acquiescé. — Oui. Juste à temps, d'ailleurs. Sa femme a accouché lundi. Il va être absent quelques semaines et m'a demandé de te rapporter ça. Je l'ai gardé toute la semaine. Désolé, mec.

J'ai secoué la tête. — T'inquiète pas. Tu vas bien ?

Teddy a ri sans joie. — Michael a du mal à faire ses nuits dernièrement. Genevieve pense qu'il est peut-être en train de faire de nouvelles dents. Tout ce que je sais, c'est qu'un bambin qui pleure et de longues journées de travail ne sont pas bons pour ma santé mentale. Sans parler du fait que j'essaie de préparer l'autre chambre pour le nouveau bébé.

—Oh là là. C'est beaucoup de choses qui arrivent en même temps.

Teddy hocha la tête. —En effet. Je dois aller chercher quelques trucs pour la chambre. Elle est pratiquement vide, alors je repars de zéro.

—Fais-moi savoir si tu as besoin d'aide, lui dis-je tandis qu'il s'éloignait.

—Pas de problème.

Je le regardai jusqu'à ce qu'il tourne dans l'allée des luminaires. Cela faisait des années que je n'avais pas vu la maison qu'ils avaient achetée, mais je pouvais encore imaginer comment elle était avant. Quatre chambres, si ma mémoire était bonne, et deux salles de bains et demie. Deux étages. Un garage pour deux voitures et un cabanon à l'arrière. Mais beaucoup de travail pour une seule personne. Peut-être que Teddy avait besoin de quelqu'un pour l'aider ?

Je lui demanderais quand il reviendrait à la caisse.

—Bonjour, dit une femme.

Je levai les yeux et souris. —Daisy Lincoln. De retour parmi nous ?

Elle rit. —En effet. Comment allez-vous, Knox ?

—Je vais très bien. Que cherchez-vous aujourd'hui ? Avez-vous finalement trouvé une solution pour votre présentoir ?

—Malheureusement, non. C'est pourquoi je suis ici. J'ai cherché en ligne des agencements de magasin et je pense avoir trouvé quelque chose qui me plaît, mais j'ai peur qu'il faille le faire sur mesure. Je me demandais si vous connaissiez des artisans locaux qui auraient le temps de s'occuper d'un petit projet.

Mes doigts me démangeaient de me charger moi-même de cette tâche. Mais avant de me lancer, j'avais besoin de savoir dans quoi je m'engageais. —Avez-vous des photos de ce que vous envisagez ?

Daisy acquiesça en sortant son téléphone de la poche arrière de son jean. Elle le déverrouilla et fit glisser son doigt quelques fois avant de le retourner et de me le tendre. —J'aime beaucoup celui-ci. Ça n'a pas besoin d'être exactement pareil, mais le style ouvert me plaît. Des bacs et des paniers ajouteront de l'attrait plutôt que de simples boîtes de jouets. J'ai regardé beaucoup de choses, des présentoirs à chaussures, parce qu'ils sont inclinés comme ça, aux étagères à livres, et rien n'est tout à fait adapté.

—En bois ou en métal ?

Daisy haussa les épaules. —L'un ou l'autre, franchement. Je pense que les deux pourraient être beaux si c'est bien fait.

—Je pourrais le construire en bois, si cela vous convient.

Je lui ai rendu son téléphone et j'ai remarqué la surprise sur son visage.

—Vous pourriez faire ça ?

—Je n'ai jamais construit quelque chose d'exactement similaire, mais je sais que j'en suis capable. J'ai réalisé des travaux sur mesure en ville, et je cherche à en faire davantage. Si vous me permettez d'utiliser ce travail pour montrer ce que je peux faire, je serais prêt à le réaliser au prix coûtant.

—Je ne pourrais pas accepter cela. Votre temps est précieux. Je serais plus qu'heureuse de payer votre tarif habituel.

—Est-ce votre façon de dire que j'ai décroché le contrat ?

Daisy joignit ses mains et sourit largement. —Oui, absolument. Merci. J'adorerais ça. Elle fouilla dans une autre poche et en sortit une carte. —Appelez-moi quand vous voudrez passer au magasin pour jeter un coup d'œil. Vous pourrez prendre toutes les mesures nécessaires et nous pourrons régler les détails.

J'ai pris sa carte et acquiescé. —Je vous appellerai lundi, si cela vous convient.

—Parfait. Merci beaucoup, Knox. Je suis vraiment enthousiaste maintenant.

—Moi aussi.

Daisy quitta le magasin comme si elle flottait. C'était un rayon de soleil. Travailler avec elle allait être tourbillonnant.

—J'aimerais avoir un peu de son énergie, dit Teddy en posant un panier sur le comptoir devant moi.

J'ai pouffé. —N'est-ce pas ? J'ai sorti ses articles du panier et les ai scannés un par un.

—Tu cherches à te lancer dans le travail sur mesure ? a-t-il demandé quand j'ai scanné le dernier article.

— Je le suis. J'allais te demander si tu as besoin d'aide pour la chambre d'enfant.

Teddy laissa échapper un petit rire. — Probablement. Je

devrai me rappeler que tu as proposé. Si je peux me souvenir que j'étais ici. Que vas-tu faire avec le magasin ? Tu vas fermer ?

Je secouai la tête. — Non. Certainement pas. J'ai déjà fait cette erreur. Je vais probablement modifier les heures d'ouverture. Ça me donnera du temps pour réaliser des travaux sur mesure. C'est ce que j'aime vraiment faire et ce que je veux faire.

— C'est vraiment génial. C'est bien d'avoir cette flexibilité. Teddy regarda autour du magasin. — Je suis content que tu ne fermes pas boutique. J'ai l'impression d'être ici toutes les semaines.

Je ricanai. — Tu connais probablement cet endroit aussi bien que moi.

Teddy acquiesça. Le regard dans ses yeux m'incita à continuer.

— Ce que je voudrais vraiment, c'est embaucher quelqu'un pour gérer le magasin à plein temps afin que je puisse me consacrer davantage aux travaux personnalisés. Une fois que j'aurai une clientèle de base et que je pourrai me le permettre, c'est définitivement ce que je préférerais.

— Vraiment ? demanda Teddy, son regard se fixant sur le mien.

— Ouais. Ça permettrait de garder le magasin ouvert plus longtemps. Je travaillerais probablement encore ici de temps en temps. Je suis un peu limité par les horaires en ce moment parce que je suis le seul à y travailler. J'ai quelques gars qui viennent à temps partiel pour gérer le stock, mais si j'avais quelqu'un ici à plein temps pour gérer l'endroit, ce serait mieux. Un jour. J'espère.

Teddy hocha la tête d'un air pensif.

Je lui annonçai le total, et il passa sa carte, puis transporta ses affaires dehors, regardant autour du magasin en sortant.

Je me demandai si j'avais éveillé son intérêt. Quelque chose à méditer.

20

HALEY

— Qu'est-ce que tu fais le week-end prochain ? demanda Knox samedi soir.

Nous passions une soirée tranquille dans mon appartement après sa journée de travail. Il avait proposé de sortir en ville, mais je lui avais dit que je cuisinerais. Peut-être que je n'étais pas la seule à être satisfaite de garder notre relation entre nous.

Je n'étais pas une pro en cuisine, mais j'aimais cuisiner parfois. Surtout si j'avais de l'aide sous la forme d'un séduisant propriétaire de quincaillerie qui grignotait les légumes aussi vite que je pouvais les couper.

— Je serai probablement encore en train de couper des légumes pour le dîner le week-end prochain, le taquinai-je.
— Pourquoi ?

— Il y a cette fête de Pâques samedi prochain. Chasse aux œufs pour les enfants, fête foraine et nourriture pour les familles.

— Oui, Debby en parlait cette semaine. Elle a fermé le salon puisque ce sera une journée chargée.

— Tu y vas avec Sofia ?

J'arrêtai de couper les champignons et levai les yeux vers lui. — Je n'avais pas prévu d'y aller du tout. C'est pour les familles. Je n'en ai pas.

Il se frotta la nuque et rougit. — Euh, eh bien, j'espérais que tu voudrais y aller avec moi.

— Pourquoi ?

— Parce que c'est un événement de la ville.

Je posai mon couteau. — D'accord. Et ?

Il soupira. — Parce que je veux y aller avec toi. Je veux te montrer. Je veux que tout le monde sache que nous sommes ensemble.

— C'est vrai ? soufflai-je. C'était un changement par rapport à vingt-quatre heures plus tôt. Son offre de dîner à l'extérieur avait semblé forcée, mais celle-ci paraissait... sincère.

Il hocha la tête et s'approcha de moi. Il remit une mèche de cheveux derrière mon oreille, ses doigts s'attardant sur mon cou. —Oui, en effet. J'ai dit que je ne te forcerais pas, et je ne le ferai pas, mais j'aimerais que tu restes ici. Je veux que tu voies cet endroit comme je le vois. Je veux que tu l'aimes autant que moi. Et pour cela, il faut que les habitants de cette ville te voient avec moi. Leur montrer que tu n'es pas la méchante de l'histoire.

—Vraiment ?

Il m'embrassa doucement, hochant la tête en se reculant. —Vraiment.

—D'accord, alors. J'irai avec toi.

—C'est vrai ?

Je pouffai. —Tu pensais vraiment que j'allais dire non après tout ça ?

—Eh bien, je n'étais pas sûr.

Je me hissai sur la pointe des pieds pour l'embrasser. — J'adorerais. Merci.

Il sourit et vola un champignon sur la planche à découper,

le mettant dans sa bouche.

—Hé ! J'allais l'utiliser.

—Tu peux en couper d'autres, me taquina-t-il.

Je pris mon couteau et l'agitai vers lui. —On en a besoin pour le dîner !

Knox éclata de rire. Il m'aida à préparer les ingrédients, ne volant que quelques morceaux supplémentaires, puis se joignit à moi pour cuisiner. Nous avons parlé de choses ordinaires, comme sa journée de travail et la vie en grandissant à L'anse MacKellar, pendant que nous cuisinions.

Une fois le repas prêt, nous nous sommes installés à la petite table de ma cuisine pour dîner ensemble.

—C'est vraiment bon, dit Knox, en engloutissant la nourriture.

—Est-ce que tu le goûtes au moins ?

Il leva les yeux au ciel d'un air joueur. —Oui. Et c'est délicieux.

—Eh bien, merci.

Il m'a aidée à nettoyer la cuisine après le dîner, puis nous nous sommes blottis sur le canapé pour regarder un film. Quand le film s'est terminé, Knox m'a distraite avec des baisers et des caresses jusqu'à ce que nous soyons tous les deux nus et haletants, ignorant tout sauf l'un l'autre.

Je me suis offert un café le lendemain matin. Knox était parti tôt, m'embrassant doucement alors que j'étais encore à moitié endormie. Il m'avait épuisée, et je n'éprouvais aucune déception ni culpabilité à vouloir faire la grasse matinée. Mais une fois debout, le café était ma priorité.

La boulangerie Cove était bondée, et Valentina n'était pas là, mais Harriett m'a accueillie avec un sourire chaleureux en me disant qu'elle était contente de me revoir.

J'ai trouvé une place près de la fenêtre et j'ai sirotai mon café en observant les passants dans la rue. Les familles se tenaient par la main, balançant des tout-petits qui éclataient d'un rire contagieux. Des couples marchaient bras dessus, bras dessous. Tout le monde profitait de cette douce journée de début de printemps, s'imprégnant du soleil avant quelques jours de pluie annoncés.

—As-tu réussi à convaincre Knox de sortir de nouveau avec toi ? demanda une femme, attirant mon attention.

Je me demandais si elle s'adressait à moi, mais en me retournant, j'ai réalisé qu'elle parlait à son amie. Une amie qui paraissait bien plus jeune que moi, parfaite et pétillante, avec un corps impeccablement galbé qui aurait eu sa place en couverture d'un magazine destiné à tenter et taquiner les hommes hétérosexuels.

La femme plissa son petit nez et secoua la tête, ses cheveux blond-roux cascadant sur ses épaules avec ce mouvement. —Pas encore. Je continue à lui envoyer des messages, mais il répond toujours qu'il est occupé.

—Il travaille beaucoup. Tu devrais peut-être passer à la quincaillerie.

La blonde-rousse regarda son amie comme si elle venait de suggérer quelque chose de vraiment abominable. —Pourquoi est-ce que j'irais là-bas, Mickie ?

—Parce que tu veux le récupérer, Ivy. Ça fait combien de temps que vous n'êtes plus ensemble ?

Ivy soupira. —Trop longtemps.

—J'ai entendu dire qu'il voyait quelqu'un de nouveau, murmura Mickie d'un ton feutré.

Elles regardèrent autour d'elles, vérifiant si quelqu'un écoutait leur conversation.

Je sirotai mon café, feignant d'être complètement absorbée par mon petit-déjeuner plutôt que par leur conversation.

—Tout le monde sait que Knox est à moi. Personne n'oserait le poursuivre.

— Je pense que c'est cette femme qui a déménagé ici pour être avec Dawson.

— Sérieusement ? demanda Ivy, le rire évident dans sa voix. — Alors je n'ai rien à craindre.

— Je suis sûre qu'elle n'est pas aussi magnifique que toi. J'ai entendu dire qu'elle est vraiment en surpoids, ajouta Mickie.

Ivy renifla dédaigneusement. — Je suppose que Knox avait besoin de fréquenter les bas-fonds avant de revenir vers moi et de se poser.

— Je ne comprends pas pourquoi les gens font ça. Surtout quand il vous a, vous qui l'attendez.

— Knox va bientôt comprendre. Je dois juste m'assurer qu'il sache que je suis toujours disponible, dit Ivy.

— Et s'il ne revenait toujours pas vers toi ?

— Alors je le séduirai, lança sèchement Ivy. — Ce n'est pas comme s'il pouvait me résister. Il n'a jamais pu avant. Il sait que je ferai *tout* ce qu'il veut.

Mickie sourit, les yeux écarquillés et approbateurs. — Tu as tellement de chance de l'avoir trouvé et d'être tombée amoureuse de lui. Les hommes célibataires dans cette ville ne sont pas terrible.

— Sauf Knox, s'empressa de dire Ivy.

— Eh bien, oui, mais je ne m'intéresserais jamais à Knox.

— Tu ferais mieux de ne pas le faire. Il est à moi.

— Je sais, Ivy. Je n'y penserais même pas.

Ivy dévisagea son amie pendant un long moment. Elle sourit, un regard qui n'atteignait pas ses yeux, avant de hausser les épaules et de faire comme si toute l'idée était risible. — Il ne s'intéresserait jamais à toi, de toute façon. Il faut qu'on te trouve quelqu'un qui pourrait s'intéresser à toi. Tu devrais peut-être faire plus de yoga. Et commencer à courir. C'est dommage que Valentina ait mis le grappin sur Brantley Pierce. Ça aurait été tellement amusant pour nous d'être avec eux deux.

Mickie sourit avec crispation. — Oui, certainement.

Ivy finit son café et se leva. — Allons faire un tour au magasin pour voir si on peut apercevoir Knox.

—Je croyais que tu ne voulais pas aller dans son magasin.

—Quand ai-je dit ça ? Je dois aller le voir. Ivy jeta son gobelet et se dirigea vers la porte sans attendre que Mickie finisse son croissant ou son café. Allons-y, Mickie.

Mickie se précipita pour rassembler ses affaires, fourrant la dernière bouchée de son croissant dans sa bouche et emportant son café jusqu'à la porte.

Ivy lui lança un regard furieux et retroussa le nez. Dégoûtant. Elle sortit, laissant la porte se refermer en manquant de peu de heurter Mickie.

Si je n'avais pas été aussi abasourdie, j'aurais peut-être eu pitié de Mickie. Au lieu de cela, j'essayais de comprendre pourquoi diable Knox sortait avec moi et non avec l'idéale Ivy.

J'ÉTAIS ENCORE PERDUE dans mes pensées quand je suis arrivée au club de lecture ce soir-là. Je ne me battais plus avec Sofia pour y assister, mais après avoir surpris la conversation entre Ivy et Mickie, je n'étais pas sûre d'être de bonne compagnie pour les autres.

J'ai refusé une part de gâteau, les propos d'Ivy et Mickie sur Knox qui s'abaissait à sortir avec moi résonnant encore dans ma tête.

Sofia me regardait pendant que les autres parlaient, son visage crispé d'inquiétude. Je voulais la rassurer que tout allait bien, mais je n'étais pas tout à fait sûre que ce soit le cas.

Ivy était mince et magnifique avec des courbes qui faisaient baver la plupart des hommes. Elle ne m'avait pas donné la meilleure impression de sa personnalité, mais la conversation que j'avais surprise était empreinte de stress et de douleur suite à sa rupture avec l'homme qu'elle semblait aimer.

Étais-je en train de m'immiscer entre un couple ? Knox m'avait dit qu'il était célibataire, et tout le monde en ville affirmait qu'il l'était, donc je ne pensais pas qu'il la trompait ou trompait quelqu'un d'autre, mais je n'arrivais toujours pas à me défaire de l'idée qu'Ivy avait raison et que Knox ne faisait que passer le temps avec moi.

—Avez-vous une taille que vous souhaitez atteindre ? Votre taille idéale ? ai-je lâché brusquement, ayant besoin de savoir que je n'étais pas la seule à toujours chercher à perdre du poids. Je détestais quand les insécurités surgissaient, mais bon sang, elles étaient toujours là.

—Oui.

—Bien sûr.

—Putain oui.

—J'en ai une, dit Elise quand les autres eurent approuvé. La taille que j'ai maintenant.

Mes sourcils se sont haussés. Pas parce qu'Elise n'était pas magnifique, car elle l'était, mais parce qu'elle n'était ni mince, ni pétillante, ni aucune des choses que la société nous disait que nous devrions être. Elle était pulpeuse comme moi avec un peu trop de rondeurs aux fesses et des hanches larges. Je la trouvais sublime, mais je n'arrivais pas à voir les choses de la même façon pour moi-même.

—Tu ne veux pas changer ton apparence ? demanda Finley.

Elise secoua la tête. —Non. Avant oui, mais plus maintenant.

—Qu'est-ce qui a changé ? demanda Blake. —Les kilos de

grossesse me rendaient folle avant que je découvre que j'étais de nouveau enceinte. Je sais que ce sera encore pire après le deuxième.

—Colin a changé, dit Elise. —J'ai traversé l'enfer avec Andy. Il me répétait constamment que je n'étais pas assez bien. Avant lui, je ne pensais pas beaucoup à mon apparence, même si j'aurais certainement pu perdre quelques kilos. Mais quand j'étais avec lui, rien n'allait. Il disait toujours que j'étais grosse, paresseuse, que je devais changer mon apparence pour l'attirer.

—Quel enfoiré, marmonna Willow.

—Exactement, dit Elise. —Il m'a détruite avec ses mots, puis il m'a battue avec ses poings. Mais si ses paroles ont pu anéantir ma confiance et me faire sentir sans valeur, les mots de Colin ont pu tout me redonner.

—Wow, murmurai-je, ressentant ses paroles au plus profond de moi.

—Je me détestais quand j'ai quitté Andy. Je croyais à toutes les choses qu'il me disait. Je pensais être sans valeur, laide et pas assez bien pour être aimée. Ça m'a conduite à des comportements destructeurs comme coucher avec n'importe qui et ne pas prendre soin de mon corps. Pendant longtemps, je me fichais de vivre ou de mourir. J'allais mieux avant de rencontrer Colin, mais je croyais toujours être indigne, alors quand nous avons commencé à parler, j'ai résisté. Fortement.

—C'est ce que je fais en ce moment, avouai-je.

—On fait toutes ça, dit Blake.

—Alors, comment as-tu surmonté ça ? demandai-je à Elise.

—Il a insisté davantage. Elle haussa les épaules comme si ce n'était pas grand-chose. —Colin a refusé d'abandonner, de nous abandonner. Il savait qu'il y avait des choses importantes auxquelles je devais faire face, mais il voyait qui j'étais sous tout ça. La personne que je croyais disparue à jamais. Il est resté. Il me disait que j'étais belle. Il m'a laissée me voir à travers ses yeux. C'était difficile. J'ai eu plus d'une crise émotionnelle, mais il était là pour tout.

—Je suis tellement heureuse que tu l'aies trouvé, dit Laura, en tendant la main pour serrer celle d'Elise.

—Moi aussi. Il est très possible que je serais morte si je ne l'avais pas rencontré, parce que les ténèbres menaçaient souvent de me replonger dedans. Le sentiment d'indignité. Mais Colin n'a pas cessé d'insister. Il m'a demandé pourquoi, si je pouvais croire les paroles d'Andy, je ne pouvais pas croire les siennes.

—Wow, ai-je dit.

Elise a hoché la tête. —Ouais. C'est aussi ce qui m'a touchée. Quand il a dit ça, c'était comme si un ballon éclatait en moi. Toute cette noirceur a été exposée à la lumière. L'amour de Colin était comme une bombe à l'intérieur, anéantissant toutes les ténèbres qu'Andy avait laissées derrière lui.

—C'est une analogie sérieusement tordue, a dit Blake.

Elise a haussé les épaules. —C'est la meilleure façon que j'ai de le décrire. Une fois qu'il a dit ça, j'ai commencé à voir des parties de moi que j'avais enterrées. Je me suis laissée ressortir. Ce n'est pas du jour au lendemain que j'ai changé, mais c'est du jour au lendemain que j'ai été prête à essayer.

—C'est vraiment difficile d'être prête à essayer. De donner ce contrôle à quelqu'un d'autre, ai-je avoué.

—Colin n'a pas ce contrôle. Il ne l'a jamais eu. Et il n'en a jamais voulu. Il me dit comment il me voit. Il me dit pourquoi il m'aime. Il ne me dit jamais que je suis assez bien ou pas assez bien. Il aime simplement chaque partie de moi, bonne et mauvaise, et me laisse voir que toutes ces parties qu'il aime méritent d'être aimées. J'ai dû aller un peu plus loin et commencer à aimer ces parties moi-même. C'est un voyage, et il y a encore des choses avec lesquelles je lutte, mais mon corps ? Elise s'est levée et a remué ses hanches. Elle a tourné en cercle et agité ses mains au-dessus de ses courbes. —Mon corps est sexy en diable. Et personne ne va me dire que ce n'est pas le cas. Et s'ils le font ? Qu'ils aillent se faire foutre, parce que j'aime mon corps et l'homme avec qui je partage mon lit chaque nuit aussi. Ces opinions sont les seules qui comptent.

Tout le monde a acclamé Elise.

Je voulais sa confiance. Son assurance. Son attitude de battante. Je la sentais là, qui attendait de sortir, mais j'avais peur. J'étais cette femme autrefois. Avant Dawson, je ne me souciais pas de ce que les autres pensaient de moi. Mais il a tordu quelque chose en moi. Quelque chose qui n'existait pas avant. Je me sentais coupable d'avoir ruiné un mariage, brisé une famille. J'étais la classique briseuse de ménage, même si ce n'était pas mon intention.

Je savais ce que les gens pensaient et disaient de moi. Si j'étais mince et irrésistible, les hommes ne me jugeraient pas. N'hésiteraient pas à sortir avec moi. Mais j'avais des courbes. J'avais des fesses généreuses. J'avais un rire franc et parfois une grande gueule. Et dans une petite ville comme L'anse MacKellar, la plupart des gens ne voulaient pas être l'homme qui osait s'engager sérieusement avec la femme qui avait ruiné le mariage de quelqu'un d'autre.

Sauf Knox.

Knox n'avait pas peur de ma réputation. Il était prêt à écouter ma version des faits, et il m'a crue quand j'ai dit que je ne savais pas que Dawson était marié jusqu'à ce que je rencontre Valentina. Knox était magnifique, intelligent, gentil, et il n'envisagerait jamais de tromper quelqu'un. C'était un homme bien meilleur à tous points de vue. Alors pourquoi voudrait-il des restes de Dawson ?

Surtout quand il pouvait avoir Ivy sans aucune autre tache à son dossier.

— Tout va bien ? a finalement demandé Sofia.

Je l'ai regardée et j'ai secoué la tête. — Je ne sais pas vraiment. J'ai surpris une conversation aujourd'hui qui m'a vraiment secouée.

— Quelle conversation ? a demandé Elise.

— Deux femmes à la boulangerie Cove. L'une d'elles parlait de se remettre avec Knox, ai-je dit, espérant qu'elles sauraient de qui je parlais pour ne pas avoir à expliquer toute la situation. Pas que je savais quelle était vraiment la situation.

— Ivy, a dit Blake. Elle a levé les yeux au ciel. — Elle pense que Knox est amoureux d'elle et raconte à tout le monde en ville qu'ils vont bientôt se remettre ensemble.

— Elle est complètement délirante, a dit Zoey. — Sebastian m'a dit que Knox ne parlait que de toi ces derniers temps. Il n'a rien dit à propos d'Ivy depuis des mois.

— Brantley a dit la même chose, a ajouté Valentina. — Knox n'est pas comme Dawson.

— Je sais, ai-je admis. — Mais pourquoi diable voudrait-il de moi au lieu d'Ivy ? Elle est magnifique.

— Et c'est une garce, a dit Elise.

— Exactement ce qu'elle a dit, a ajouté Piper.

— Je n'aime pas dire du mal des autres, mais je ne peux pas les contredire, a dit Sofia. — Ivy et Knox sont sortis ensemble il y a un an environ. Je pense que c'était sans engagement, mais Knox n'est pas le genre de gars à fréquenter plusieurs femmes en même temps. Ivy l'a mal pris quand Knox a essayé de prendre ses distances. Je ne la connais pas bien, mais je l'ai vue se disputer avec Olive chez Island Designs à propos des prix et faire la leçon aux serveurs chez Cracked au sujet de sa nourriture. C'est le genre de personne plutôt désagréable.

— Elle m'a insultée une fois parce que je lui avais apporté du pain au levain grillé au lieu du pain complet. Elle avait bien demandé du pain au levain, mais elle a insisté sur le fait que le client a toujours raison et m'a ordonné de corriger ça, a dit Blake.

— Sérieusement ? a demandé Finley. — Elle a acheté un tas de livres une fois et les a retournés une semaine plus tard, avec des plis dans les dos, donc elle les avait clairement lus, et m'a dit qu'elle n'avait pas terminé un seul d'entre eux et que je devais lui faire un remboursement complet.

—Wow, soufflai-je. Elle a l'air charmante.

—Être mince n'est pas tout, dit Elise. Knox est un homme intelligent. Il est avec toi parce qu'il sait que tu es bien meilleure qu'Ivy. Il t'adore. Et il est assez malin pour savoir que plus de courbes signifie simplement plus de courbes. Les cuisses généreuses sauvent des vies.

—C'est ce que dit Ian ! s'exclama Blake en riant.

—C'est tellement vrai. Vous savez combien de fois mes cuisses qui s'aiment l'une l'autre ont sauvé mon téléphone de tomber dans les toilettes ? demanda Elise.

—Les miennes aussi ! dit Willow. Il n'y a rien de mal à avoir des cuisses généreuses, un ventre mou et des fesses qui déchirent. Et trouver un homme qui est d'accord, c'est trouver quelqu'un qui apprécie ce qui compte vraiment.

—Oui. Une bonne baise, dit Elise.

Nous nous sommes toutes effondrées de rire.

Mais putain, je me sentais vraiment mieux en les entendant toutes parler d'Ivy. Je n'allais pas critiquer une autre femme, mais si elle était horrible, je n'allais pas non plus la défendre. Et je n'allais certainement pas pousser Knox dans ses bras.

Ce choix lui appartenait. Et pour autant que je pouvais en juger, il avait fait son choix.

Moi.

nox serra ma main et m'entraîna dans la foule de gens au parc Catherine. C'était écrasant. Les personnes se retournaient pour me regarder, me mépriser du regard, puis voyaient nos mains liées et plissaient les yeux de confusion.

Je pensais que c'était bon signe, mais je n'en étais pas tout à fait sûre.

—Tu veux manger quelque chose ? demanda Knox.

J'acquiesçai, incapable de dire quoi que ce soit de peur que mes paroles soient entendues et mal interprétées. J'étais un désastre.

—Détends-toi, murmura Knox, ses lèvres frôlant mon oreille.

Je frissonnai en le sentant pressé contre mon côté. Je ne voulais pas être si peu sûre de moi que je devais compter sur un homme pour me sentir en sécurité, mais bon sang, c'était le cas. Il était juste là, me protégeant et me gardant de quiconque osait me regarder de travers. Il lançait des regards noirs à certaines personnes quand il pensait que je ne faisais pas attention, et il gardait une main sur moi durant tout le temps où nous étions là.

—Croque-monsieur ou pierogi ?

Je levai les yeux vers lui avec confusion. —Je dois choisir un seul ?

Knox rit bruyamment, attirant l'attention de tous ceux qui étaient près de nous. —Bon point. Tu veux qu'on partage les deux, ou tu préfères avoir les tiens ?

—Ça dépend de quelle quantité de mon plat tu vas manger.

Il sourit, puis me surprit en se penchant pour déposer un baiser rapide et ferme sur mes lèvres. Il s'attarda un moment en se retirant, nos mains jointes enroulées autour de mon dos et son autre main caressant ma joue. —Je suppose qu'on va prendre deux de chaque.

Je lui souris. Merde, je l'aimais. Je ne voulais pas l'admettre, même à moi-même, mais c'était vrai. Je l'aimais vraiment. J'essayais de décider si j'allais rester à L'anse MacKellar avant de tomber amoureuse de lui, mais plus nous passions du temps ensemble, plus je voulais rester pour être avec lui.

Il montrait clairement qu'il ressentait la même chose, mais il n'avait pas encore prononcé ces mots-là. Pas que je les aie dits non plus, mais bon sang, ce serait agréable de ne pas être la première à les dire pour une fois.

Ou la seule.

Nous avons fait la queue ensemble, prenant d'abord des sandwichs au fromage grillé. Nous avons déambulé, regardant les enfants jouer à des jeux tout en dévorant nos sandwichs. Knox en a pris un avec du cheddar, de la mozzarella et de la dinde, ce qui, selon moi, n'était pas un véritable sandwich au fromage grillé puisqu'il contenait de la viande. Il a dit la même chose du mien puisque c'était un sandwich macn-cheese avec des pâtes enrobées de cheddar fondant, superposées avec d'autres tranches de cheddar et qui tombait presque en morceaux.

—Mais c'est tellement bon, ai-je gémi en lui offrant une bouchée.

Il s'est penché et a pris une bouchée juste à côté de la mienne. Il a mâché lentement, avec un sourire surpris sur son visage. —D'accord, je suis de ton avis. C'est délicieux. Mais tu dois aussi goûter le mien.

J'ai pris une petite bouchée de son sandwich et j'ai été d'accord. Les deux fromages étaient définitivement les vedettes du sandwich avec leur délicieuse texture fondante, mais la dinde avait juste ce qu'il fallait d'épices et de texture pour donner au sandwich un peu plus de caractère. —Wow. C'est bon aussi.

Knox a hoché la tête, prenant une autre bouchée du sien. —Je ne crois pas avoir jamais rien mangé de mauvais venant d'eux.

—Knox ! a crié quelqu'un, attirant son attention loin de moi.

Nous nous sommes tous les deux retournés et avons aperçu Ivy qui lui faisait signe à quelques mètres de là.

Ses épaules se sont tendues et il s'est placé devant moi, me cachant d'elle.

—Je ne savais pas que tu serais là, chéri. Comment vas-tu ? Ivy a jeté ses bras autour de lui, me frôlant presque le visage au passage.

Je me suis écartée, me plaçant à côté de Knox.

Avec son sandwich dans la main, il ne pouvait utiliser qu'une seule main pour la repousser, ce qui n'était pas très efficace.

J'ai observé la scène, me sentant à la fois jalouse et désolée pour elle. Son expression crispée montrait qu'il était mal à l'aise, mais la façon dont il évitait mon regard me faisait me demander si je lisais correctement la situation.

—Ivy, voici ma petite amie, Haley, a dit Knox, luttant toujours pour se dégager de l'étreinte de fer d'Ivy.

Ivy s'est un peu détendue, suffisamment pour tourner la tête et me repérer. Elle m'a lancé un sourire crispé et un rictus, puis a reporté son attention sur Knox. —Je n'ai jamais eu de réponse de ta part. Je t'ai envoyé genre une douzaine de textos la semaine dernière.

—J'ai été occupé, dit Knox. Ce n'était pas une façon de l'éconduire, ni une déclaration qu'il n'était pas intéressé.

—Eh bien, tu es là maintenant. Tu es venu me voir peindre ? Je fais une pause pour une minute, mais tu devrais venir me regarder. Elle lui saisit le bras et l'entraîna vers le stand de maquillage pour enfants. Ces enfants sont tellement adorables. On aura des enfants comme eux un jour.

—Non, ça n'arrivera pas, Ivy. Je t'ai déjà dit il y a un moment que c'était fini entre nous. Knox resta fermement planté sur place, refusant de la suivre.

—On peut en parler plus tard. Appelle-moi, d'accord ? Ivy lâcha sa main et s'éloigna en sautillant comme s'il ne venait pas de lui dire que c'était terminé.

Il expira bruyamment, se massant le cou avant de se tourner vers moi. Il grimaça en voyant mon expression.

—Elle est magnifique, furent les premiers mots qui sortirent de ma bouche. Maudites soient mes insécurités. Je ne pouvais pas dire qu'elle était un peu psycho ou qu'elle dépassait clairement les limites, ce qui était pourtant vrai. Non, tout ce que je pouvais penser, c'était à quel point elle était superbe et combien c'était insensé qu'il soit avec moi et pas avec elle.

—C'est toi qui es magnifique, répondit-il. C'est mon ex, et nous ne sommes plus ensemble depuis longtemps. Depuis bien avant que toi et moi commencions à nous parler sur l'appli. Je te le promets, Haley. Il n'y a rien entre elle et moi.

Je pris une profonde inspiration et hochai la tête. Je sais.

—Vraiment ?

—Tu n'es pas Dawson. D'une part, tout le monde en ville m'aurait prévenue si tu étais impliqué avec quelqu'un d'autre, mais plus important encore, tu me l'as dit toi-même. Je te fais confiance.

—C'est vrai ?

J'acquiesçai, éprouvant une sensation étrange en moi. Même si je pensais qu'elle correspondait mieux à Knox physiquement, vu leur beauté à tous les deux, je savais qu'il ne me mentait pas sur sa relation avec elle.

—Je ne comprendrai peut-être jamais pourquoi un homme voudrait être avec moi plutôt qu'avec elle, mais je crois que tu me dis la vérité.

Knox secoua la tête et sourit. Il posa son panier de sandwich au fromage grillé sur une table près de nous et me serra contre lui. —Je suis avec toi parce que tu es gentille et intelligente. Tu me fais rire. Tu m'as captivé avant même notre rencontre avec ton impertinence et ton esprit. Et quand je t'ai rencontrée ? J'ai dû me faire violence pour te résister aussi longtemps que je l'ai fait parce que je savais que tu étais tout ce que j'ai toujours voulu chez une femme. Tu vois des défauts quand tu te regardes dans le miroir, mais je vois la perfection quand je te regarde. Je vois une femme qui me rend heureux et qui me fait imaginer un avenir. Je ne veux pas d'Ivy, ni de quiconque d'autre. C'est toi que je veux, Haley. Uniquement toi.

Le souffle coupé ne décrivait même pas mon état. Les larmes me piquaient les yeux. Mon cœur semblait trop plein. Je voulais laisser échapper ces mots que je brûlais de dire, mais je n'étais pas encore prête. Pas tant que je ne saurais pas qu'il ressentait la même chose.

—Je ne veux que toi aussi, murmurai-je contre ses lèvres.

—Dieu merci pour ça, gémit-il en m'attirant pour un

baiser qui frôlait l'indécence pour un événement familial public.

Quand nous avons finalement repris notre souffle, Knox a attrapé son panier de sandwich et ma main, puis m'a entraînée à nouveau dans la foule, loin du stand de maquillage.

—UNE GLACE ? demanda Knox. Il m'avait nourrie sans arrêt toute la journée, et j'étais presque sûre que j'allais exploser, mais tout était trop bon pour résister.

—Oui, s'il te plaît, dis-je en penchant la tête en arrière pour un baiser.

Knox s'exécuta, puis suivit Ian, Ramsey, Sebastian et Derek, que je venais de rencontrer, pour aller chercher des glaces pour nous tous.

—Vous avez l'air très heureux tous les deux, dit Zoey en tendant la main pour toucher mon bras.

J'ai hoché la tête, regardant Knox rire à quelque chose qu'Ian avait dit. —Ça se passe bien.

—C'est bon à entendre, dit Blake. —J'ai vu Ivy l'aborder tout à l'heure. Tu as été beaucoup plus gentille que je ne l'aurais été. J'avais envie de lui arracher les mains de sur lui, et Knox n'est même pas mon homme.

J'ai ri. —C'était tentant, je ne vais pas mentir. C'était un peu comme entrer chez Dawson et le voir avec sa famille, mais différent. Knox ne me tromperait jamais.

—Certainement pas, dit Melody. —C'est l'un des bons.

J'ai acquiescé à nouveau. —Il l'est vraiment. Je ne sais pas comment j'ai finalement choisi un bon partenaire, mais je suis heureuse de l'avoir fait."

Les autres ont échangé un sourire. —La Magie de Madame Georgia, a dit Blake.

—Qui ça ?

Blake a pointé vers une fresque sur le côté d'un grand bâtiment qui surplombait la place. Je l'avais déjà remarquée, mais je ne savais pas qu'il s'agissait d'une personne réelle.

—Madame Georgia était la mère de Karissa. Elle a travaillé avec moi au Cracked pendant une éternité, qui se trouve de l'autre côté de ce mur. Le propriétaire, Earl, m'a demandé de faire cette fresque après le décès de Madame Georgia pour qu'elle soit toujours là à veiller sur notre ville, a expliqué Blake.

—Wow. Quel hommage. J'aurais aimé la connaître, ai-je dit en levant les yeux vers le visage souriant d'une femme qui ressemblait à Karissa, maintenant que je savais que c'était sa mère. —Elle a l'air vraiment gentille.

—Elle était extraordinaire. C'est grâce à elle que j'ai rencontré Rissa, puisqu'on n'était pas à l'école en même temps. Elle connectait les gens. Elle savait quand tu avais besoin de quelqu'un, et de qui tu avais besoin. Elle voyait toujours le bon chez les autres, et elle était toujours prête à se surpasser pour n'importe qui. Elle nous manque beaucoup ici, a dit Blake, avec une note de nostalgie dans la voix.

—Mais c'est elle qui est à l'origine de Book Boyfriends Wanted, a poursuivi Melody. —Karissa voulait honorer sa mère et a créé l'application pour connecter les gens comme sa mère le faisait. Elle appelle ces connexions la Magie de Maman puisqu'il semblait toujours que Madame Georgia associait les personnes comme par magie.

—Comme si elle continuait à le faire, à associer les gens, ai-je dit, me rappelant la référence que Chelsea y avait faite il y a quelque temps.

—Exactement, a dit Zoey. —Toutes les connexions sur l'appli ne sont pas les bonnes, mais une fois que tu atteins un certain point, il devient évident que tu es piégé par la magie.

C'est comme ça que Sebastian et moi nous sommes remis ensemble.

—Ramsey et moi aussi, a dit Melody.

—Et Ian et moi. Je crois que nous avons été les premiers à être associés sur Book Boyfriends Wanted, mais Madame Georgia travaillait déjà sur nous bien avant ça, a dit Blake.

—Vraiment ?

Elles ont toutes acquiescé.

—Tu as l'air de tomber amoureuse de Knox. Et il semble qu'il ressent la même chose. La magie opère entre vous deux. Si tu le souhaites, dit Melody.

—Je peux y résister ? demandai-je.

—J'ai essayé, avoua Zoey. J'avais fait du mal à Sebastian quand je suis partie il y a des années. Je voulais qu'il trouve mieux que moi, mais l'amour est bizarre.

—Je pense qu'on a tous résisté à un moment ou un autre. Mme Georgia n'a jamais cru qu'il fallait forcer les gens à être ensemble. Elle croyait qu'il suffisait de mettre les gens dans des situations où ils se rapprocheraient d'eux-mêmes. Mais si Knox n'est pas fait pour toi, tu peux t'en aller, dit Blake.

Elles me regardaient toutes comme si j'allais me lever et m'enfuir.

—J'ai fait beaucoup d'erreurs avec les hommes. Je veux que cette fois ce soit juste. Je veux que ce soit pour les bonnes raisons, avouai-je.

—La seule raison d'être avec quelqu'un, c'est l'amour, dit Melody. Est-ce que tu aimes Knox ?

Je regardai là où il se tenait avec les autres hommes, parlant et riant avec eux. Il jeta un coup d'œil vers moi, comme s'il pouvait sentir que je l'observais. Il me fit un clin d'œil et me sourit, ne se détournant que lorsque Ian dit quelque chose auquel Knox répondit.

—Oui, elle l'aime, dit Zoey.

J'exhalai un rire, sans l'admettre, mais sans le nier non plus.

—C'est vraiment quelqu'un de bien, Haley. Tu le mérites, dit Melody. Si tu n'étais pas avec Knox, j'essaierais probablement de te présenter Derek. Mais je n'ai pas la même magie.

—Derek semble être un type vraiment sympa, dit Blake.

—Il l'est. Je sais que Jude a beaucoup joué avec Cameron, et Ramsey et Derek sont devenus des amis plus proches ces dernières années. C'est un père formidable, mais je pense qu'il se sent un peu seul en étant célibataire. Ce serait bien de le présenter à quelqu'un, dit Melody.

—Je suis d'accord, ajouta Zoey. Jude et Cameron sont les meilleurs amis du monde, donc on voit Derek assez souvent. On devrait commencer à penser à quelqu'un qui lui conviendrait. Quelqu'un d'extraordinaire. Cameron était son fils.

— Et Sofia ? ai-je suggéré.

Zoey a secoué la tête. — Ils se sont déjà rencontrés. Ils s'entendent bien, mais il n'y a pas eu d'étincelle."

— Les parents de la meilleure amie d'Amber viennent de divorcer, a dit Melody. — J'envisageais de présenter Derek à Casey, mais je ne suis pas sûre qu'elle soit prête pour une nouvelle relation."

— Le divorce est difficile, a dit Zoey. — Je n'étais pas prête à tourner la page même quand je l'ai fait.

— Tu le regrettes ? a demandé Melody.

— Mon Dieu, non. J'en suis ravie. Je dis simplement que je ne pense pas qu'on soit jamais vraiment prête. C'est un peu comme avoir des enfants. On ferme les yeux et on prie pour ne pas faire trop d'erreurs.

Les autres mamans ont ri et acquiescé.

J'observais les enfants qui couraient partout, jouaient, riaient et s'amusaient. C'est ce que je voulais. Je voulais une famille, un avenir et l'éternité avec quelqu'un.

Knox est apparu devant moi, une glace à la main. Il a haussé un sourcil, comme pour me demander si j'allais bien.

J'ai hoché la tête et accepté la coupe qu'il me tendait. — Merci.

— De rien. Il s'est assis derrière moi sur la couverture qu'il avait apportée pour nous et m'a entourée de ses bras.

La journée n'aurait pas pu être plus belle.

NOUS SOMMES RETOURNÉS à pied à mon appartement après les événements de la journée, main dans la main, en riant des familles présentes à la célébration.

— Je pense que Jude et Cameron vont être malades pendant des jours, a dit Knox. — Je ne comprends pas comment ils ont pu manger autant.

— Je ne sais pas comment j'ai pu en faire autant non plus ! Mais tout était tellement bon.

—C'était vraiment délicieux. Quand il y a un festival ou un événement, j'y vais toujours parce que la nourriture est toujours incroyable.

—Et tout le monde t'adore, le taquinai-je.

Il avait été enlacé par au moins trente femmes de tous âges et avait serré la main à la moitié des hommes de la ville. —J'ai vécu ici toute ma vie. Entre ceux qui veulent savoir comment va mon père et ceux qui veulent simplement me saluer, je suis un gars apprécié.

—Je comprends pourquoi, dis-je.

Il s'arrêta au milieu du trottoir et m'embrassa doucement, s'attardant contre mes lèvres comme si nous avions tout le temps du monde et toute l'intimité souhaitée. —Tu es aussi appréciée. Ceux qui ne le savent pas encore le découvriront quand ils te rencontreront.

—Je n'ai pas besoin que tout le monde m'aime, avouai-je.

—J'ai passé une grande partie de ma vie à vouloir être aimée, mais j'ai appris depuis que je suis ici que ça ne compte que lorsqu'il s'agit de personnes que j'apprécie.

—Vraiment ?

—Tu n'es pas d'accord ?

Il secoua la tête. —Si, tout à fait. Ce n'est pas toujours facile de s'en souvenir, mais je suis d'accord.

J'acquiesçai et déverrouillai la porte de mon immeuble. Knox me suivit à l'intérieur sans demander s'il le devait, suffisamment à l'aise pour savoir que je voulais qu'il soit là. —Quand je suis venue ici, je voulais que Dawson me dise qu'il était amoureux de moi. J'étais convaincue qu'il l'était et que déménager ici allait ouvrir des possibilités pour nous. Sofia et Chelsea, même Debby, Valentina et les autres du club de lecture, m'ont toutes montré que se préoccuper de l'opinion de personnes que je ne connais pas ou que je n'apprécie pas est une perte de temps.

—C'est important d'avoir des personnes comme ça dans ta vie.

—C'est vrai. Elles m'ont aidée quand j'ai surpris Ivy qui disait à son amie qu'elle allait se remettre avec toi.

—Elle a fait quoi ? aboya-t-il.

Je lui souris et nous fis entrer dans mon appartement. — Je ne pense pas qu'elle savait qui j'étais, mais elle a vraiment appuyé sur tous mes points sensibles. Elle parlait de se remettre avec toi et disait que j'étais en surpoids...

Il m'a prise par derrière, ses mains possessives sur mon corps. —Tu es parfaite, a-t-il grogné contre mon oreille. —Tu n'es pas en surpoids, et tu n'as aucune raison de t'inquiéter. Je ne veux pas d'Ivy. Je n'ai plus envie d'elle depuis que j'ai réalisé que nous voulions des choses différentes dans la vie.

—Comme quoi ? ai-je demandé, détestant à quel point ma voix semblait essoufflée.

—Je veux fonder une famille, pas elle. Je veux m'installer.

—Elle a dit à son amie qu'elle attendait que tu réalises que tu voulais t'installer avec elle.

Il a secoué la tête et m'a fait tourner dans ses bras. Ses yeux bleu-vert étaient sérieux tandis qu'il scrutait mon visage. —Elle n'a jamais voulu s'installer, mais c'est bien plus que ça. On s'amusait ensemble. Mais ça n'a jamais été sérieux pour moi. Je ne lui ai jamais parlé de quoi que ce soit d'important. Je n'ai jamais eu l'impression que je pouvais le faire. Avant toi, je n'avais jamais fréquenté quelqu'un avec qui je sentais que je pouvais avoir une vraie conversation. Quelqu'un avec qui je voulais partager ma vie.

—Merci.

—Tu es différente, Haley. Tout est différent avec toi. Ivy et moi, c'était fini bien avant notre rencontre. Je te le promets.

—Je sais.

Il a pris mon visage entre ses mains et m'a étudiée attentivement. —Je suis vraiment heureux qu'on ait été mis en contact sur cette application. Tu comptes beaucoup pour moi, Haley. Plus que tu ne le sais.

J'ai retenu mon souffle, mais il n'a pas prononcé ces trois mots. Pourtant, pour la première fois de ma vie, je les ai ressentis. Je les ai sentis dans son toucher, dans sa façon de m'embrasser, et quand il m'a amenée dans ma chambre et m'a rendue folle, j'ai compris qu'il me montrait ce qu'il ressentait.

Et j'ai renvoyé ces mots non prononcés, lui montrant qu'il n'était pas le seul à tomber éperdument amoureux.

22

Knox n'a pas ouvert la quincaillerie le dimanche, alors nous avons passé la journée au lit. Je n'avais jamais fait ça avec un homme auparavant. Seule, bien sûr. À regarder des films et à me remettre d'un chagrin d'amour. Mais avec un homme qui passait toute la journée à me dire combien j'étais belle et comme il était heureux d'être là avec moi ? C'était nouveau.

J'ai hésité à sauter le club de lecture ce soir-là, mais Knox m'a encouragée à y aller. Il a dit qu'il devait vérifier l'état du magasin et finaliser sa proposition pour le projet sur lequel il travaillait pour le nouveau magasin de jouets avant sa réunion avec le propriétaire le lendemain. J'étais vraiment heureuse pour lui, et j'avais hâte de voir comment ça allait se passer.

Parce que j'avais aussi décidé que j'allais rester.

Je ne l'avais pas encore dit à Knox, mais je savais que c'était ce que je voulais. Même si les choses ne fonctionnaient pas entre nous, il y avait beaucoup de raisons pour lesquelles je voulais rester à L'anse MacKellar. Mais j'espérais bien qu'il serait l'une de ces raisons à long terme.

Le club de lecture avait une petite affluence à cause des célébrations de Pâques. Entre la circulation qui rendait le stationnement difficile près du magasin de Finley et les activités en cours, nous n'étions que sept à avoir réussi à venir au club de lecture.

—Les choses semblent toujours bien se passer avec Knox, a dit Valentina avec un sourire complice.

—Très bien, ai-je dit.

—Nous sommes toutes si heureuses pour toi, a dit Trinity. D'après ce que James m'a raconté, Knox est vraiment un homme bien.

J'ai hoché la tête. —Je suis définitivement une de ses fans.

—Et elle a géré Ivy comme une pro hier, a dit Zoey aux autres. Elle ne l'a pas laissée l'agacer.

—C'était un défi, mais Knox nous a fait comprendre très clairement à toutes les deux qu'il me choisissait.

—Je plains Ivy, a dit Piper. Elle venait souvent au O'Kelley's quand j'y travaillais. Elle essayait toujours de rentrer avec Hudson, mais il n'était jamais intéressé. Elle couchait avec n'importe qui qui lui accordait un peu d'attention.

—Il y a plein de femmes comme ça, et si elles y prennent plaisir, tant mieux pour elles, a dit Trinity.

—Oh, je suis d'accord, dit Piper, mais avec elle, je pense que c'était toujours parce qu'elle n'avait personne dans sa vie. Un soir, complètement ivre, elle m'a avoué qu'elle n'avait personne qui tenait vraiment à elle. Ses parents sont décédés, m'a-t-elle dit, et ses amis ne sont pas de véritables amis. Je lui ai proposé de venir traîner avec Sofia et moi un de ces jours, et elle s'est extasiée à l'idée d'avoir des gens qui se souciaient d'elle.

—Vous vous êtes retrouvées ? demanda Trinity.

Piper secoua la tête. Non. La fois suivante où je l'ai vue, je lui en ai parlé, mais elle a prétendu ne pas s'en souvenir. Elle m'a évitée après ça. Je suppose qu'elle ne pensait pas que j'essaierais vraiment d'être gentille avec elle et a paniqué quand je l'ai été.

—Ou bien elle ne voulait pas de ta pitié, dit Valentina. Ce n'est pas toujours facile de montrer sa vraie personnalité à quelqu'un et de croire qu'il ne va pas s'en servir contre toi plus tard.

—Je suis d'accord, dit Piper. C'était juste bizarre. Peu après, elle a commencé à voir quelqu'un un peu plus régulièrement, puis elle s'est accrochée à Knox. Je pense qu'elle regrette d'avoir laissé filer Knox.

—Elle l'a clairement laissé entendre, dit Zoey. Mais ce n'est pas la faute de Haley pour autant.

—Mon Dieu, non. Absolument pas. Si Ivy et Knox étaient faits l'un pour l'autre, Knox ne serait pas fou amoureux de Haley, dit Piper avec un clin d'œil.

—Il n'est pas fou amoureux de moi, protestai-je.

—Si, totalement, dit Sofia, ne me soutenant pas du tout. Je l'ai vu sortir de son appartement il y a une semaine, et il se faufilait tout doucement comme s'il ne voulait pas la réveiller.

—C'était quand ? demandai-je. Aucun d'eux ne l'avait jamais mentionné.

—Le week-end dernier. Je lui ai demandé s'il t'avait déjà convaincue de rester. Il m'a dit qu'il y travaillait. Sofia sourit.

—Eh bien, il n'est pas la seule chose qui m'a convaincue. Vous tous aussi, avouai-je.

—Quoi ? Tu restes ? s'exclama Sofia. Vraiment ?

J'acquiesçai d'un signe de tête. J'ai décidé ce week-end. J'adore cet endroit. Knox et moi ne durerons peut-être pas éternellement, mais je veux être ici. Dawson n'a pas à avoir toute la ville pour lui.

—Dawson n'est même plus là, dit Valentina. —Mais je suis vraiment heureuse d'apprendre que toi, tu resteras.

—Tu es sûre ? lui ai-je demandé. De tous les habitants de

la ville, son opinion était celle qui m'inquiétait le plus. Non pas parce que je pensais qu'elle dirait ou ferait quelque chose pour monter les gens contre moi, mais parce que je voulais m'assurer que je ne lui causais aucune douleur.

Valentina m'a souri chaleureusement et a hoché la tête. — Je ne t'ai jamais blâmée. Les personnes qui l'ont fait étaient mal guidées dans leur volonté de me protéger. Brantley a dû faire face aux mêmes conneries que toi. Ils pensent qu'il a profité de ma douleur, mais Dawson est sorti de ma vie pour de bon. Si tu voulais être avec lui, je pourrais te mettre en garde, mais Knox n'est en rien comme Dawson.

—Non, il ne l'est pas, ai-je confirmé.

—Dawson nous a fait beaucoup de mal à toutes les deux. Je ne veux pas que tu souffres à cause de ses actions, Haley. Vraiment pas. Je pense que cette ville est un endroit formidable où vivre. Je l'adore. Et je suis contente que ce soit ton cas aussi. Valentina était bien plus gentille que je ne pensais le mériter, mais je lui en étais infiniment reconnaissante.

—Alors, quand est-ce qu'on fête ton installation définitive ? a demandé Sofia.

—Eh bien, d'abord je dois m'assurer que je peux signer un nouveau bail.

—C'est fait, ont dit Sofia et Piper en même temps, qui étaient propriétaires de l'immeuble où je vivais. Elles ont toutes les deux ri et hoché la tête.

—Je vais parler à Debby demain. Je ne lui ai rien dit sur mon intention de rester ou de partir, mais la location de mon fauteuil n'était que pour un an.

—Je suis sûre qu'elle sera ravie que tu restes, a dit Trinity.

J'ai acquiescé. —Je l'espère vraiment. Et après, on pourra fêter ça.

—Je te prendrai au mot, a dit Sofia.

J'ai souri. Je prenais définitivement la bonne décision en restant.

J'ÉTAIS SÛRE de tout jusqu'à ce que je me réveille le lendemain matin avec un message de Debby me demandant d'arriver plus tôt. Je n'avais jamais reçu ce genre de message de sa part. Dire que j'étais anxieuse serait un euphémisme. J'étais carrément terrifiée.

Je me suis dépêchée dans ma routine matinale, sachant que je n'aurais pas assez de temps si je voulais arriver tôt au travail. J'ai attrapé une barre de céréales en partant, espérant avoir l'occasion de sortir pendant ma pause déjeuner car, comme d'habitude, je n'avais pas préparé mon repas à l'avance.

Quand je suis arrivée chez Teased By Debby, Chelsea était à l'arrière, se rongeant les ongles. —Qu'est-ce que tu fais ici si tôt ? siffla-t-elle.

—Debby m'a envoyé un texto me demandant d'être là avant mon service. Tu as reçu la même chose ?

Chelsea hocha la tête et me montra son téléphone, le message étant identique au mien. —À ton avis, de quoi veut-elle nous parler ?

J'ai haussé les épaules. —Je n'en ai aucune idée. Je pensais qu'elle allait me virer ou quelque chose comme ça, mais il n'y a aucune chance qu'elle te renvoie, toi.

—Je n'ai l'intention de renvoyer aucune de vous deux, dit Debby juste derrière moi.

J'ai hurlé et sursauté, lançant un regard furieux à Chelsea pour ne pas m'avoir prévenue que Debby était juste là.

—Bonjour, Debby, dit Chelsea d'une voix beaucoup trop enjouée pour une heure si matinale alors que nous pourrions être en difficulté.

—Bonjour, ai-je marmonné, toujours mal à l'aise malgré la faible assurance de Debby.

—Bonjour, mesdames. Merci à vous deux d'être venues

plus tôt. Je voulais avoir l'occasion de vous parler avant que les clients n'arrivent et avant que quelqu'un d'autre ne soit là. On s'assoit ? Debby fit un geste vers le salon, le seul endroit avec des sièges.

Chelsea et moi avons échangé un regard inquiet et nous sommes traînées jusqu'aux fauteuils où nous recevrions bientôt des clients. Nous nous sommes tournées pour faire face à Debby, sans qu'aucune de nous ne parle.

—Vous êtes les meilleures coiffeuses ici. Je sais que vous avez été limitées par certains de nos clients et leurs styles souhaités, mais j'ai vu vos talents, et la plupart des clients aussi.

—Merci, avons-nous marmonné ensemble.

Debby a ri doucement. —Vous agissez toutes les deux comme si vous étiez en difficulté.

—Ce n'est pas le cas ? demanda Chelsea.

Debby secoua la tête. —Tout le contraire, en fait. Vous l'avez peut-être remarqué ou non, mais j'ai ralenti dernièrement. Je prends plus de temps libre. Je confie des clients au reste d'entre vous. Je suis prête à prendre ma retraite.

—Quoi ? haletai-je.

—Vous êtes si jeune, dit Chelsea avec diplomatie.

Debby n'était pas jeune. Pas qu'elle avait un pied dans la tombe, mais jeune n'était pas un mot que j'utiliserais pour la décrire. Ça ne me surprenait pas qu'elle parle de retraite. Ce qui me surprenait, c'était qu'elle nous en parlait à nous.

—Je ne suis plus du tout jeune, mais merci. Ce que je suis, c'est prête à ralentir. Tous mes enfants ont des enfants et je veux être présente pour les aider. On m'a donné ce salon quand mes enfants sont tous allés à l'école et que je cherchais quelque chose pour m'occuper. Maintenant, je veux faire la même chose pour vous deux.

Chelsea et moi nous sommes regardées. Je ne doutais pas que la confusion sur son visage correspondait à la mienne.

—Nous n'avons pas d'enfants, dit Chelsea.

Debby rit à nouveau. —Je sais. Mauvais choix de formulation de ma part. Ce que je voulais dire, c'est que j'aimerais vous donner ce salon à toutes les deux.

—Nous le donner ? lâcha Chelsea.

J'étais sans voix, alors j'étais contente que Chelsea sache comment former des mots.

Debby acquiesça, nous regardant tour à tour. —Vous pouvez refuser, bien sûr, mais ce salon est déjà payé. La propriété appartient à quiconque possède l'entreprise. Il y a des impôts à payer, mais vous pourrez aussi prendre toutes les décisions. Les horaires, les plannings, combien de coiffeuses et qui elles devraient être. J'espère que vous garderez une place pour les dames qui sont ici maintenant, si elles choisissent de rester, mais toutes les décisions vous appartiendront. À vous deux, si vous le souhaitez.

—Pourquoi ? crachai-je, retrouvant enfin ma voix et passant pour une garce ingrate. —Désolée, je veux dire pourquoi moi ?

—Pourquoi pas vous ? demanda Debby. Elle pencha la tête, l'air de ne vraiment pas comprendre pourquoi je posais la question.

—La moitié de vos clientes ne peuvent pas me supporter. La moitié de la ville ne peut pas me supporter. Je suis ici depuis un peu moins d'un an. Vous me connaissez à peine. Je veux dire, je viens juste de...

—Tu es intelligente, créative et gentille. Tu as géré tout ce qu'on t'a lancé comme une cheffe, et tu n'as jamais pété les plombs face aux personnes haineuses qui faisaient des commentaires sur toi. J'aimerais avoir la moitié de ton sang-froid. Ce qui me fait me demander pourquoi diable vous me choisiriez moi, dit Chelsea, adressant sa dernière phrase à Debby.

— C'est pour cette raison. Pour vous deux. Haley, tu as été

une excellente addition à cet endroit et à cette ville. Je sais que les choses ne se sont pas déroulées comme tu l'espérais quand tu as emménagé ici, mais j'espère que tu voudras rester et diriger cet endroit avec Chelsea. Vous formez une super équipe, ce que Chelsea vient juste de prouver. Et Chelsea, comment pourrais-je ne pas vouloir que tu prennes la relève ? Tu as travaillé ici sans relâche pendant des années, sans jamais te plaindre, tout en m'encourageant gentiment à moderniser les choses. Tu as été à la fois ma supportrice et ma ressource plus de fois que je ne peux compter. Et comme aucun de mes enfants n'a d'intérêt pour le salon, et que je ne donnerais jamais l'endroit à quelqu'un qui voudrait le transformer en autre chose, j'espère vraiment que vous deux accepterez.

Chelsea et moi nous sommes regardées. Des sourires se dessinaient sur nos lèvres, mais avant que nous puissions dire quoi que ce soit, quelqu'un est entré par l'arrière.

— Réfléchissez-y, dit Debby. — Si vous pouvez rester après le travail, nous en parlerons. Si vous avez besoin de plus de temps, c'est bien aussi. Mais merci d'au moins y réfléchir.

Rose, l'une des coiffeuses à temps partiel, est sortie de derrière le rideau et s'est arrêtée quand elle nous a vues toutes les trois. — Je ne savais pas qu'il fallait être là plus tôt.

Debby a balayé sa préoccupation d'un geste. — Pas du tout. Nous discutions simplement. J'adore ce haut.

Rose a souri et s'est mise à parler avec enthousiasme du haut qu'elle portait, tombant droit dans la diversion de Debby.

Chelsea et moi avons échangé un regard et un sourire. L'idée d'être responsables était à la fois intimidante et excitante. Je supposais que Chelsea ressentait la même chose, mais plus d'excitation que d'anxiété.

Nos premiers clients sont arrivés avant que j'aie eu la

chance de demander à Chelsea ce qu'elle en pensait, et la journée est devenue un tourbillon après ça.

Pendant que je coupais, coiffais et colorais les cheveux, je réfléchissais à ce qui changerait si Chelsea et moi étions aux commandes. Il y avait quatre coiffeuses à temps partiel chez Teased by Debby. Chelsea et moi étions les seules à travailler à temps plein, ce qui me faisait me demander si cela avait pesé dans la décision de Debby, mais elle aurait facilement pu tout confier à Chelsea seule et je n'y aurais pas pensé à deux fois.

J'ai observé Debby et ce qu'elle faisait toute la journée, me rendant compte qu'elle avait vraiment pris du recul. Elle avait moins de la moitié des rendez-vous que Chelsea et moi avions, et même moins que Rose. Debby passait son temps à discuter avec tous ceux qui entraient et à commenter les nouvelles coupes et coiffures que les gens recevaient.

À la fin de la journée, j'étais partante pour prendre la relève. J'étais enthousiaste à l'idée de faire quelque chose comme ça, et j'avais hâte de le faire avec Chelsea.

— Je suis partante, ai-je dit à Debby. — Merci de me faire confiance.

— Absolument, ma chérie. Je suis heureuse que tu sois ouverte à cette idée. Et toi, Chelsea ?

— Je suis partante aussi. Je pense que ce sera formidable.

—Excellent. Merci beaucoup à vous deux. Vous pouvez discuter entre vous et décider ce que vous souhaitez faire concernant les employés, mais tenez-moi au courant, s'il vous plaît. Je ferai tout mon possible pour faciliter la transition. J'espère pouvoir tout finaliser dans le mois ou deux à venir, si cela vous convient à toutes les deux. Ramsey Holland s'occupera de toute la paperasse, dit Debby.

Chelsea et moi avons échangé un regard, et j'ai su que nous serions d'excellentes partenaires car je pouvais lire son expression.

—Nous voulons garder tous ceux qui souhaitent rester, déclara Chelsea pour nous deux. —Et nous sommes ouvertes à n'importe quel calendrier qui vous convient. Nous sommes vraiment enthousiastes, Debby. Merci.

Debby nous regarda tour à tour, et nous avons toutes les deux hoché la tête. —Eh bien, cela me semble bien. Je suppose que vous voudrez choisir un nouveau nom. Vous pouvez en parler à Ramsey, mais je lui demanderai d'avancer sur tout le reste. Maintenant, allez profiter de votre soirée. Je suis sûre que vous avez des personnes à qui vous voulez l'annoncer.

Nous avons toutes les deux serré Debby dans nos bras, puis nous nous sommes enlacées. Nous avons convenu de nous retrouver pendant notre jour de congé pour discuter de tout, y compris d'un nouveau nom.

Je suis montée dans ma voiture et j'ai poussé un cri d'excitation. Debby avait raison. Il y avait bien quelqu'un à qui je voulais l'annoncer.

Knox.

J'ai traversé la ville en voiture jusqu'à la quincaillerie, incapable de contenir mon sourire ou mon excitation. Je n'étais pas sûre de comment Knox prendrait la nouvelle, mais j'espérais qu'il serait aussi enthousiaste que moi à l'idée que je resterais à L'anse MacKellar.

J'ai maîtrisé mon expression, ne voulant pas tout dévoiler avant d'avoir eu la chance de lui annoncer ma nouvelle. Le magasin était encore ouvert, donc je m'attendais à devoir attendre pour lui parler, peut-être même jusqu'à la fermeture.

Je ne m'attendais pas à entendre mon nom dès que j'ai franchi la porte.

—À quoi pensais-tu en t'impliquant avec cette femme, Haley ? dit quelqu'un.

Je n'ai pas reconnu la voix, mais ce n'était pas Knox qui parlait. La suivante non plus.

—Ouais, c'est presque aussi mauvais que de changer le magasin. Tu vas ramener toutes ces babioles pour gonzesses ?

Mon cœur se brisait pour Knox. Les hommes qui parlaient devaient être ses clients de longue date, ceux qui lui faisaient remettre en question ce qu'il voulait faire.

—Haley, c'est pire, dit une troisième voix. —Elle a brisé un mariage. On ne revient pas de ça. Changer le magasin, c'est pénible, mais briser un mariage, c'est impardonnable. Pourquoi tu voudrais être avec une femme comme ça ?

—D'accord, renchérit la première voix. —Cette femme n'a pas sa place dans cette ville. Tout ce qu'elle a fait, c'est mettre le désordre dans des affaires qui ne la concernaient pas.

Je suis restée là, figée, attendant que Knox défende son choix d'être avec moi. Attendant qu'il me défende. Je ne sais pas combien de temps je suis restée là, mais quand les larmes ont commencé à couler sur mes joues, j'ai compris que ça faisait déjà trop longtemps.

Il n'a pas dit un mot. Il a simplement laissé ces hommes parler de moi.

—Excusez-moi, a dit une femme derrière moi.

Je me suis décalée pour la laisser passer, mais elle m'a arrêtée.

—Est-ce que ça va ?

J'ai secoué la tête. —Pas vraiment, non.

Puis je me suis retournée et je suis partie. Mon cœur s'est brisé tandis que je marchais vers ma voiture et que je montais dedans, m'éloignant de Knox. Pour de bon.

23

KNOX

J'ai encaissé le client devant moi pendant que Tony, Dick et Wayne me harcelaient à propos de Haley. Mes poings se sont serrés, et ma mâchoire a craqué de rage.

Comment osent-ils, putain ?

Dès que le client a récupéré son sac, je me suis retourné contre Tony, Dick et Wayne.

—Vous ne savez pas de quoi vous parlez, ai-je fulminé.

—Elle n'a donc pas détruit un mariage ? m'a défié Wayne.

—Non, elle ne l'a pas fait. C'est Dawson qui a détruit son mariage en couchant avec quelqu'un d'autre que sa femme. La femme qui ne savait pas que son petit ami était marié n'est pas à blâmer. Et en plus, Valentina est bien mieux avec Brantley qu'avec un enfoiré infidèle comme Dawson.

—Mettre fin à un mariage n'est jamais acceptable, a dit Tony, secouant la tête comme si un divorce était comparable à un meurtre.

—Certainement pas, a dit Dick. —À notre époque, on arrangeait les choses. On gardait ses problèmes à la maison. On ne divorçait pas.

—Et vous pensez que ce serait mieux pour cette famille ? Si Valentina fermait les yeux ? Si elle ne se souciait pas que Dawson mette sa queue là où elle ne devrait pas être ? ai-je aboyé.

—Une femme devrait savoir comment garder un homme heureux, a soufflé Wayne.

—Putain, non, ai-je grondé. —Ne lui mettez pas ça sur le dos. Valentina ne le mérite pas. Aucune femme ne le mérite. Il faut deux personnes pour faire fonctionner une relation, et si l'une d'elles est un déchet inutile, l'autre ne devrait pas être obligée de rester là et d'accepter la faute. Dawson n'a vu ses filles qu'une seule fois depuis le divorce. Vous trouvez ça acceptable ?

—J'ai entendu dire que Brantley ne le lui permet pas, a dit Tony.

J'ai fermé les yeux pour ne pas frapper cet homme. —Tu es vraiment aussi con ? Tu penses vraiment que l'homme qui trompait sa femme est un père tellement dévoué qu'il a cherché à voir ses enfants, et que leur nouveau beau-père, qui est enseignant et qui les aime comme les siens, refuse de les laisser se voir ? Qu'est-ce qui ne va pas chez toi ?

Tony ouvrait et fermait la bouche comme un poisson, incertain de comment répondre. Dick et Wayne me regardaient bouche bée comme si j'avais fait pousser une tête supplémentaire.

Non, juste une paire de couilles. J'en avais vraiment marre de les laisser venir dans mon magasin et démolir tout le monde en ville. Ils sont arrivés un lundi, un jour où ils ne venaient normalement pas, pour me descendre à propos du travail avec Daisy. Puis ils m'ont critiqué sur mes autres travaux et comment j'allais ruiner le magasin. Ensuite, ils ont enchaîné sur d'autres personnes en ville, disant que la librairie de Finley disait aux femmes qu'elles devraient désirer du sexe et l'exiger de leurs maris. Que l'application de

Karissa apprenait aux « jeunes » à abandonner leurs relations parce qu'il y avait toujours quelqu'un d'autre qui attendait.

Puis ils ont commencé à parler de Haley. Tony a mentionné qu'il avait entendu dire que nous étions à la célébration de Pâques pendant le week-end. Quand Dick et Wayne ne savaient pas qui était Haley, Tony a été ravi de les informer.

Et ils sont devenus fous.

M'accusant d'être une partie du problème, disant que j'avais tort de m'impliquer avec elle.

Je ne pouvais plus le supporter. Avec qui je sortais n'avait rien à voir avec eux, et leur mentalité rétrograde de penser que la femme était la seule responsable de maintenir une relation était la raison pour laquelle des hommes comme Dawson trompaient. Ils pouvaient se cacher derrière l'idée que Valentina n'avait pas fait ce qu'elle était censée faire, alors Dawson s'était égaré pour trouver son bonheur.

Va te faire foutre.

—Tu n'as pas le droit de nous parler comme ça, a tonné Wayne. Nous sommes tes aînés.

—Et vous êtes irrespectueux et méchants. C'est mon magasin, et je ne vous y veux pas si vous allez vous comporter comme si les hommes pouvaient dire et faire ce qu'ils voulaient sans conséquence. Dawson a eu ce qu'il méritait, sauf pour le blâme. C'est lui qui devrait l'assumer, pas Valentina et pas Haley. Mais jusqu'à ce que vous puissiez voir ça, je ne veux pas que vous soyez ici à répandre vos ordures.

Tous les trois m'ont regardé comme si j'étais une déception, puis sont sortis du magasin en marmonnant des mots et en grimaçant.

J'ai secoué la tête en les regardant partir, jusqu'à ce qu'ils se mettent de côté et révèlent Daisy qui se tenait près de la porte.

Merde.

—Je m'excuse pour tout ça, ai-je dit alors qu'elle s'approchait de moi.

Elle a jeté un coup d'œil derrière elle, attendant que la porte se ferme pour s'adresser à moi. —Je ne comprends pas tout ce dont ils parlaient, mais je dois admettre que ça me rend un peu hésitante à travailler avec toi après la façon dont tu leur as parlé.

Je pris une inspiration et hochai la tête. —J'ai été peu professionnel, et jem'en excuse. C'était... Ils ont appuyé sur certains de mes points sensibles. De gros points sensibles. Ces trois-là étaient des clients réguliers quand mon père gérait cet endroit. Quand il a pris sa retraite, ils ont continué à venir, mais ils utilisent le magasin comme un lieu pour colporter des ragots sur les habitants de la ville, et pour me dire tout ce que je fais mal.

—Les commérages ne sont pas ce qu'il y a de plus flatteur au monde. Les lèvres de Daisy se pincèrent, comme si elle savait d'expérience à quel point cela pouvait être désastreux d'être victime de fausses rumeurs. C'était la première fois que je la voyais sans sourire.

J'ai saisi l'occasion. —La femme que je fréquente s'est installée ici il y a presque un an pour se rapprocher de son petit ami. À son arrivée, elle a découvert qu'il était marié.

Daisy laissa échapper un hoquet de surprise.

—Elle n'en avait aucune idée. Ça l'a complètement prise au dépourvu. L'épouse n'était pas au courant de la liaison, et quand Haley s'est présentée à leur domicile, Valentina a mis Dawson à la porte. Certaines personnes en ville blâment Haley, pas Dawson. Ces trois-là font partie de ceux qui la rendent responsable.

—Et tu essayais de leur faire entendre raison.

J'exhalai bruyamment. —Quand c'est arrivé, j'ai ignoré leurs commentaires. Généralement, ce qu'ils racontent n'est qu'à moitié vrai. J'ai entendu l'histoire par un ami, l'homme qui est maintenant marié à Valentina. Je ne prêtais pas beaucoup d'attention à Haley. Je ne l'ai jamais blâmée, mais je savais que Valentina était mieux avec Brantley.

—Ça semble être une fin heureuse pour eux, dit Daisy.

—C'est le cas. Ils vont vraiment bien ensemble. Valentina a dit que son mariage avec Dawson se détériorait depuis longtemps avant que Haley n'arrive. Elle n'a jamais blâmé Haley. Mais je ne peux pas rester là et laisser ces types s'en prendre à Haley, ou prétendre que Valentina n'a pas fait quelque chose et que c'est pour ça que Dawson l'a trompée.

—Il n'y a jamais d'excuse pour l'infidélité, dit Daisy. Pour une personne habituellement rayonnante et enjouée, elle était carrément effrayante quand elle était sérieuse.

—Tout à fait d'accord.

Daisy prit une inspiration et la relâcha lentement. — Merci de m'avoir expliqué. Je n'aime pas que tu aies juré contre eux, mais je comprends que tu défendes la femme que tu aimes. C'est bon de voir que tu es ce genre d'homme.

—Haley est une bonne personne. Elle hésite à rester en ville, et c'est à cause de gens qui disent ce genre de choses qu'elle ne s'est pas encore décidée.

—Est-ce que je peux te demander quelque chose, Knox ?

—Bien sûr.

— À quoi ressemble Haley ?

J'ai sorti mon téléphone et l'ai déverrouillé, faisant défiler pour trouver une photo que j'avais prise de nous pendant le week-end. Elle était assise devant moi, riant à quelque chose qu'Ian avait dit. Elle était si belle. J'ai souri à la photo avant de faire pivoter mon téléphone pour le montrer à Daisy. — C'est elle.

Daisy a pincé les lèvres. — C'est bien ce que je craignais. Elle était ici.

J'ai regardé vers la porte, mais il n'y avait personne.

— Quand je suis entrée, elle se tenait près de la porte. Je pense qu'elle a entendu ce qu'ils ont dit sur elle.

— Non. Mon estomac est tombé à mes pieds.

Daisy a hoché la tête. — Je suis désolée. Elle est partie en larmes. Elle avait l'air vraiment bouleversée.

J'ai fermé les yeux et soupiré. Si elle les avait entendus, avait-elle aussi entendu que je la défendais, ou était-elle partie avant ?

— Elle est partie avant que tu ne dises quoi que ce soit, a dit Daisy, répondant à la question que je n'avais pas posée.

— Ce qui veut dire qu'elle pense que j'ai laissé les autres la descendre sans la défendre.

Daisy s'est mordu la lèvre et a hoché la tête. — Ouais.

— Je suis désolé. Je sais que c'est terriblement peu professionnel, mais je dois aller lui parler. Je dois m'expliquer.

Daisy a acquiescé et s'est dirigée vers la porte avec moi. — Je comprends. Je ne me sentirais pas à l'aise de poursuivre notre réunion en sachant que quelqu'un a été blessé alors qu'il ne le méritait pas.

— Merci, Daisy. Ça compte beaucoup pour moi. Et je te promets que je me rattraperai. J'ai tous les designs et les budgets prêts. Nous pourrons les examiner quand tu voudras.

Nous sommes arrivés à la porte quand Teddy est entré.

Daisy s'est arrêtée net, évitant de justesse d'entrer en collision avec Teddy.

— Je suis vraiment désolé, a dit Teddy. — Vous allez bien ?

Daisy hocha la tête. —Tout va bien. Knox, on se parlera bientôt."

Daisy partit, un obstacle de moins avant que je puisse me précipiter après Haley. —Désolé, Teddy, mais je suis sur le point de sortir. As-tu besoin de quelque chose maintenant, ou peux-tu revenir demain matin ?"

—Je peux revenir, mais je peux aussi rester et gérer la boutique pour toi. Un essai," dit Teddy.

Ça m'a stoppé net. —Quoi ?"

—Tu as dit que tu pensais embaucher quelqu'un pour gérer la boutique. Je veux ce poste. Si tu étais sérieux."

—Je le suis. Je suis très sérieux. Je... je dois y aller, mais oui, si tu veux rester ici et garder l'endroit ouvert encore une heure ou deux jusqu'à ce que je revienne... Je sortis les clés de ma poche et détachai celles de la boutique. —Voilà tout. J'ai des doubles dans mon appartement, donc tu peux garder celles-ci jusqu'à la prochaine fois que tu viendras."

Teddy hocha la tête. —Merci, Knox. J'espère vraiment que ça marchera pour nous deux."

—Moi aussi," lui dis-je en me précipitant vers la sortie, réprimant un sourire. D'abord, je devais trouver Haley, puis je trouverais comment faire fonctionner les choses avec Teddy et la boutique.

HALEY NE RÉPONDAIT ni à son téléphone ni à sa porte. Teased by Debby était fermé, et Sofia ne savait pas où était Haley, mais elle avait plus d'un mot à me dire quand j'ai admis avoir fait une erreur.

Mais bon sang, je devais m'expliquer. Je l'avais bien défendue, mais seulement après qu'elle soit partie, brisée et abandonnée. Je me sentais comme un salaud, mais ce n'est pas comme si j'étais d'accord avec Tony, Dick et Wayne.

J'ai fait le tour de la ville en voiture, cherchant celle de Haley, mais je ne l'ai repérée nulle part. Alors que la nuit commençait à tomber, je me suis retrouvé à me garer dans l'allée de mon père.

—Tu as vraiment merdé ce soir, pas vrai ?" me demanda mon père quand j'entrai.

—Ouais, c'est vrai. Attends, comment tu le sais ?"

—Wayne m'a appelé dès qu'il est rentré chez lui. Il m'a passé un savon au sujet de mon fils irrespectueux qui lui a fait sa fête."

J'ai levé les yeux au ciel. —Wayne peut aller se faire foutre."

— Ne viens pas chez moi me parler de cette façon, grogna Papa.

— Désolé, Papa, mais il se comportait comme un crétin. T'a-t-il dit ce que j'ai supposément dit de si irrespectueux ?

Papa eut un sourire narquois. — Il m'a dit qu'il t'avait prévenu que t'impliquer avec Haley était une mauvaise idée parce qu'elle brise des foyers.

— Il ne voit même pas que c'est Dawson qui a brisé son propre foyer. Haley était innocente dans toute cette histoire. Son seul crime a été de tomber amoureuse d'un type qui ne le méritait pas.

— Je suis d'accord, dit Papa. — Et c'est ce que j'ai dit à Wayne.

— Vraiment ?

— Putain, oui. Wayne et Tony vont défendre Dick jusqu'à leur dernier souffle, mais il était connu pour tromper sa première femme quand elle était encore en vie.

— Quoi ? lâchai-je.

Papa hocha la tête. — Tu étais trop jeune pour t'en être rendu compte, mais quand ils étaient plus jeunes, Dick draguait toujours ses élèves fraîchement diplômées. Il attendait toujours qu'elles soient majeures, mais tout le monde savait qu'il en avait une ou deux en tête pour quand elles auraient dix-huit ans.

— Tu plaisantes, n'est-ce pas ? demandai-je, avec l'impression que toute mon enfance n'avait été qu'une illusion.

Papa secoua la tête. —La première femme de Dick, Marjorie, c'était une femme bien. Gentille et patiente, elle n'a jamais dit du mal de Dick. Elle a tout fait pour essayer de le rendre heureux et l'empêcher de s'égarer, mais rien n'a marché. Il se plaignait qu'elle était banale, que leur vie était ennuyeuse. Un jour, elle est partie. Il était au travail, et elle a simplement fait ses valises et l'a quitté. Elle a eu un accident de voiture pas très loin et est morte avant que quelqu'un ne la trouve.

— Pourquoi je ne m'en souviens pas ?

— Tu étais jeune. Je crois que tu étais à l'école, mais peut-être pas. De toute façon, ce n'est pas comme si tu connaissais les femmes de ces types.

— Je n'arrive pas à croire qu'il trompait sa femme et la blâmait pour ça. C'est exactement ce que ces types faisaient aujourd'hui. Essayer de dire que Valentina était la raison pour laquelle Dawson a trompé.

— Je sais. Et je pense qu'ils y croyaient. Je ne serais pas surpris d'apprendre que Wayne et Tony ont aussi été infidèles à Madeline et Annabeth. C'était presque attendu quand nous étions plus jeunes.

— As-tu trompé Maman ?

Papa me regarda droit dans les yeux et dit, —Non. Jamais. J'adorais ta mère. Je sais que des gens trompent leur partenaire même quand ils disent les aimer, mais ce n'était pas dans ma nature. Une fois que j'ai rencontré ta mère, c'était fini. Je ne pouvais même pas penser à une autre femme.

J'ai hoché la tête, reconnaissant que mon père ne soit pas l'un de ces hommes, mais détestant aussi que Tony, Wayne et Dick aient fait fuir la femme que j'aimais.

—Je l'aime, Papa, ai-je murmuré.

—Je sais, fiston. Va le lui dire.

J'ai secoué la tête. —Elle a entendu ce que Tony, Dick et Wayne ont dit.

Papa s'est adossé à sa chaise, les yeux écarquillés. —Eh

merde. Tu t'es foutu dans un sacré pétrin. C'est pour ça que tu leur as sauté dessus ?

J'ai encore secoué la tête. —Je ne savais pas qu'elle était là jusqu'à ce qu'ils partent. Une cliente est entrée pendant que je disais à Tony, Dick et Wayne ce que je pensais de leurs opinions. Elle a mentionné que Haley avait entendu ce qu'ils disaient.

—Et je suppose qu'elle ne répond pas à tes appels ou tes messages ?

—Non.

—Alors qu'est-ce que tu fous assis ici avec moi ?

—Je ne sais pas où elle est ! Je suis allé à son appartement, à son travail, j'ai demandé à son amie. Son téléphone renvoie directement sur la messagerie. Les SMS ne sont pas délivrés.

—Tu sais si elle est en sécurité ?

J'ai haussé les épaules. —Non. J'... j'ai fait le tour en voiture pour essayer de trouver sa voiture mais je n'ai pas pu la repérer. Je ne sais même pas où elle pourrait être si elle n'est pas chez elle. Elle n'a pas beaucoup d'amis.

—Commence à les appeler. Maintenant. Appelle tous ceux que tu peux contacter et dis-leur que tu as juste besoin de savoir si elle va bien.

J'ai acquiescé, sortant mon téléphone pour appeler Brantley en premier. Même si je savais que Haley ne serait pas chez lui, il y avait une chance que Valentina ait entendu quelque chose.

—Pour faire court, Haley est furieuse contre moi pour une bonne raison, et elle ne donne plus signe de vie. J'ai besoin de savoir si elle est en sécurité, ai-je dit à Brantley quand il a répondu au téléphone.

—Attends une seconde.

Il mit le téléphone en sourdine, me laissant écouter le son de ma propre respiration pendant de longues minutes.

—Vee vient d'envoyer un message à tout le monde du club

de lecture. Quand elle— Il s'interrompit, me laissant en suspens et désespéré qu'il termine sa phrase. —Elle va bien. Elle est avec une amie et en sécurité. Mais elle ne veut pas te parler.

—Dieu merci, soufflai-je. —D'accord, merci. Si elle veut bien m'écouter, je veux lui parler, mais je suis juste heureux qu'elle aille bien.

—Écoute, dit Brantley, sa voix plus basse, clairement n'étant plus dans la même pièce que Valentina. —Je ne sais pas ce qui s'est passé, mais ce serait peut-être une bonne idée de lui donner une nuit. Je vais essayer d'en savoir plus sur où elle se trouve et où elle sera ces prochains jours.

J'expirai, détestant devoir compter sur quelqu'un d'autre pour obtenir des informations, mais c'était mieux que rien. —D'accord, merci, Brantley. Je te dois une faveur.

—Nan, mec. Je sais que tu ferais pareil. On va te récupérer ta femme.

—J'espère bien.

—T'inquiète pas. Brantley offrit encore quelques réponses apaisantes, puis raccrocha pour dîner avec sa famille.

—Elle est en sécurité, dis-je à mon père. —Elle est avec une amie.

—Bien. Maintenant tu peux réfléchir à ce que tu vas faire. Parce que tu dois faire quelque chose qui lui montrera, ainsi qu'à tout le monde en ville, à quel point elle compte pour toi.

—D'accord.

J'AI DÎNÉ AVEC PAPA, puis je suis rentré chez moi, me sentant abattu et déçu. De moi-même. Je comprenais que Haley soit en colère contre moi. Elle en avait parfaitement le droit. Et si

je ne pouvais pas arranger les choses avec elle, ce serait entièrement ma faute.

J'avais oublié jusqu'à ce que je rentre dans mon appartement que Teddy avait été celui qui avait fermé le magasin ce
soir-là. J'ai rapidement vérifié tout, remarquant qu'il m'avait
laissé des notes sur les clients qui étaient venus après mon
départ, et s'était assuré que tous les reçus et la caisse étaient
en ordre.

Une heure et j'étais prêt à embaucher Teddy.

Le lendemain matin, j'étais debout tôt, ayant à peine
dormi de toute façon, et j'ai ouvert le magasin. J'ai été plus
que surpris quand Tony, Dick et Wayne ont été les premiers à
franchir la porte.

— Bonjour, ai-je dit avec prudence.

— On est venus s'excuser, a dit Wayne. Ton père nous a
fait la leçon hier soir.

J'ai hoché la tête, ayant du mal à soutenir leurs regards.

— Il semble qu'il ait également eu des choses à te dire, a
dit Dick. Tu connais mon passé et l'histoire avec ma
première femme.

J'ai acquiescé et croisé les bras. J'avais l'impression d'avoir
été pris en train d'écouter une conversation d'adultes, mais
on m'y avait impliqué. Et j'étais un adulte, bon sang.

— On peut dire que c'était une autre époque, a commencé
Tony, mais la réalité, c'est qu'on était des maris horribles.
Annabeth savait que je la trompais, et elle a menacé de partir.
J'ai réussi à me reprendre, mais je n'ai jamais pu dépasser les
regrets que j'éprouve pour ce que j'ai fait.

— Pareil avec Madeline, a dit Wayne. Je sais qu'elle n'a pas
été très amicale avec Haley chez Debby. Elle a fait des
commentaires qui, je le sais, m'étaient vraiment destinés. Elle
ne m'a jamais confronté sur mes infidélités, mais elle savait.

— Je pense que les femmes de votre génération, a dit
Dick, ne supportent pas les mêmes conneries. Elles ont des

options. Nos femmes... elles n'en avaient pas. Je ne suis pas fier de qui j'étais, ni de ce que ça a fait à ma famille.

Je ne savais pas vraiment quoi leur dire. Je ne pouvais pas leur dire que c'était acceptable, parce que ça ne l'était pas. Mais garder rancune n'était pas non plus dans mon style. — Haley a entendu ce que vous avez dit hier soir.

— Quoi ? a aboyé Wayne. Elle n'était pas là.

J'ai hoché la tête. — Elle y était. Je ne l'ai su qu'après votre départ, mais elle vous a entendus me dire de rester loin d'elle.

— Merde alors. On doit aller parler à... a dit Tony.

— Non, l'ai-je interrompu. C'est moi qui dois lui parler. Elle n'est pas en colère contre vous. Elle déteste qu'il y ait des gens ici qui pensent qu'elle n'est pas assez bien pour notre précieuse ville, mais elle est en colère contre moi pour ne pas l'avoir défendue.

— Mais tu l'as fait, a dit Dick.

—Après son départ, apparemment. Ce qui signifie que j'ai des excuses à présenter.

—Des fleurs, suggéra Tony.

—Des bijoux, dit Wayne.

—Sois honnête avec elle, me dit Dick. —Dis-lui ce que tu ressens pour elle. Assure-toi qu'elle sache qu'elle compte pour toi. Si ça peut aider, nous nous excuserons aussi.

—Je suis sûr que ce sera bien à un moment donné. Pour l'instant, je veux juste la voir et espérer qu'elle acceptera de me parler.

—Je peux surveiller le magasin, dit Teddy depuis la porte. —Si tu veux.

Je lui ai souri et j'ai hoché la tête. —Messieurs, Teddy va gérer le magasin pour moi. Je vais travailler sur un gros projet pour Daisy Lincoln, et Teddy va travailler ici à temps plein. Nous n'avons pas encore réglé les détails, mais j'attends de vous trois que vous le traitiez comme un membre de la famille. Mieux que la famille.

Tous les trois ont paru convenablement penauds et ont acquiescé. Ils connaissaient Teddy, bien sûr, et étaient tous heureux d'avoir des nouvelles exclusives sur la grossesse de Genevieve.

—Merci, Teddy, lui ai-je dit en changeant de place avec lui. —Je te dois une fière chandelle. Et je ferai en sorte que ça marche pour toi.

Il a souri. —Je sais. C'est pour ça que je veux ce poste. Ce sera mieux pour ma famille, et je sais que tu seras un excellent patron.

—Merci, mec.

Nous nous sommes serré la main et pour la deuxième fois en autant de jours, j'ai laissé le magasin sous sa responsabilité pendant que je partais reconquérir la femme que j'aimais.

24

HALEY

Je n'arrivais toujours pas à croire que j'avais recommencé. J'étais tombée amoureuse d'un homme qui prétendait être quelqu'un qu'il n'était pas. À chaque fois, je pensais savoir avec qui je m'engageais, et à chaque fois, je me trompais.

Mais aucune rupture n'avait fait aussi mal. Parce qu'aucune n'avait autant compté. Dawson, et tous les hommes avant lui, avaient été des hommes que je voulais aimer. Des hommes que je croyais aimer. Des hommes avec qui j'espérais tomber amoureuse parce que cela aurait signifié que je n'étais pas seule.

Aucun n'était Knox. Aucun n'approchait ce que je ressentais pour lui.

Quand je me suis présentée chez Dawson, j'étais sous le choc. Blessée, bien sûr, mais surprise. Je n'en avais aucune idée, et je me sentais stupide de lui avoir fait confiance. D'avoir cru qu'il aurait pu être l'homme de ma vie.

Cette fois... Cette fois, je me sentais juste engourdie. Comme après une blessure où ton corps te protège de la douleur en anesthésiant toute la zone. Sauf que c'était tout mon être qui était engourdi. Parce que tout mon être souffrait.

J'avais pleuré dans les coussins du canapé de Chelsea toute la nuit. Je ne pouvais pas retourner chez moi. Il serait venu, et il aurait essayé de s'expliquer. Je lui aurais pardonné, parce que je l'aime, et j'aurais continué à être une idiote.

Je n'allais plus être une idiote.

Un coup à la porte de Chelsea a mis chaque cellule de mon corps en alerte. Knox m'avait-il trouvée ? Comment savait-il où j'étais ? Je n'étais certainement pas la personne la plus rusée du monde, mais L'anse MacKellar était-elle vraiment si petite qu'il savait où Chelsea habitait ?

—Sofia t'a apporté des vêtements, dit Chelsea en passant devant le canapé pour ouvrir la porte à Sofia.

—Salut, dit doucement Sofia. Elle ne pouvait pas me voir depuis la porte, et je ne me suis pas redressée pour montrer mon visage. —Elle va bien ?

—Tu vas bien ? demanda Chelsea, me trahissant en révélant que je pouvais entendre Sofia.

—Non, grognai-je. J'allais m'abandonner à ma misère parce que c'était tout ce qui me restait. Au moins cette fois, quand on m'a brisé le cœur, je n'ai pas détruit quelqu'un d'autre dans le processus.

La porte se ferma, et Sofia traversa la pièce vers moi. Elle s'assit à mes pieds, que je refusais de bouger, et me lança un regard de pure pitié. —Qu'est-ce qu'il a fait ?

—Je ne veux pas en parler, marmonnai-je.

—Elle n'a pas encore compris que tout le monde en ville sera au courant d'ici midi, et si elle veut raconter sa version des faits, elle doit commencer à parler, dit Chelsea.

Je lui lançai un regard noir, me demandant pourquoi j'étais venue la voir. Elle n'était pas compatissante. Juste agacée par mon comportement.

—Malheureusement, Chelsea a raison. Knox m'a appelée hier soir. Il sait qu'il a merdé. Il a contacté Brantley pour s'assurer que tu étais en sécurité, et Valentina a envoyé un message groupé pour te retrouver. Sofia leva les yeux vers Chelsea. —J'imagine qu'Elise t'a contactée et c'est comme ça qu'elle a su que Haley était toujours en vie.

Chelsea confirma d'un hochement de tête.

Sofia se reconcentra sur moi. —Tout le monde au club de lecture sait qu'il s'est passé quelque chose, mais personne ne sait quoi exactement. Tu as laissé la rumeur prendre le dessus avec Dawson. Dis-nous ce qui s'est passé, et on peut faire passer le message pour que tu ne sois pas encore celle qu'on déteste.

—À quoi bon ? Tout le monde adore Knox. Il est parfait et gentil et il est... Mes lèvres tremblèrent et ma voix vacilla. Merde.

—Qu'est-ce qu'il a fait ? demanda calmement Chelsea. Elle me l'avait demandé plus d'une fois après mon arrivée chez elle, mais j'avais refusé de lui dire. J'étais blessée et bouleversée, mais je ne voulais pas que les gens s'en prennent à lui.

Je regardai mes amies et pris une profonde inspiration. Je fermai les yeux et revis la scène. —Il y avait trois hommes dans le magasin hier. J'y suis allée pour dire à Knox qu'on allait lancer Teased by Debby. J'étais tellement excitée de partager cette nouvelle avec lui. Mais quand je suis entrée, ils lui demandaient pourquoi il sortait avec moi et lui disaient qu'il ne devrait pas.

—Bande de connards. Ne les écoute pas, dit Sofia.

—Je suis d'accord. Ne les laisse pas tout gâcher. Qu'est-ce que Knox a dit ? demanda Chelsea.

Et voilà. C'était ça le problème. J'ouvris les yeux et regardai mes amies. —Rien.

Ils ont tressailli. Un rapide bond en arrière comme si je

les avais giflés. Leurs yeux se sont écarquillés et leurs visages ont pâli. Ils ont échangé un regard mêlant incrédulité et horreur.

— Il n'a rien dit ? demanda Chelsea.

J'ai secoué la tête. — Je suis restée là pendant quelques minutes. Ils lui parlaient clairement, mais il n'a rien dit du tout.

— Tu l'as vu ? Peut-être qu'il n'était pas attentif, dit Sofia.

— Je ne l'ai pas vu, mais c'est impossible qu'il ne les ait pas entendus. Ils n'étaient pas discrets sur leurs opinions. Ils criaient pour que tout le magasin les entende. Knox aurait pu être à l'arrière et quand même entendre ces types.

— Merde, chuchota Sofia.

— Quel connard, marmonna Chelsea.

— C'est pour ça que je ne voulais pas vous le dire, ai-je avoué. — Je savais que vous diriez ça.

Chelsea m'a lancé un regard qui disait qu'elle le dirait encore. — Quel mot utiliserais-tu ?

J'ai haussé les épaules. — Je suis blessée. Beaucoup. Mais je l'aime toujours. Je ne peux pas simplement arrêter de l'aimer.

— Tu n'as pas à le faire. Je vais le détester pour toi. Il aurait dû te défendre. Il sait ce que tu as traversé depuis que tu as emménagé ici. Il ne devrait laisser personne parler de toi comme ça.

J'ai haussé les épaules. — Peu importe. C'est fait, et je ne peux pas prétendre que c'est acceptable.

— Est-ce que je peux être la garce égoïste ? demanda Chelsea.

J'ai acquiescé.

— Tu vas quand même rester en ville ? Gérer le salon avec moi ?

Je pris une inspiration et la relâchai avec un hochement de tête. —Ce sera difficile de le voir, mais j'ai vécu ici pendant des mois sans le rencontrer. J'éviterai simplement tous les endroits où il pourrait se trouver. Il n'est pas un client, et je n'ai aucune raison d'aller à la quincaillerie. Avec le temps, ça deviendra plus facile. Mais j'adore cet endroit. J'ai décidé de rester parce que j'aime cette ville. Je ne peux pas le laisser me prendre ça. Je l'ai fait trop de fois déjà.

—Tu es sûre que c'est fini ? demanda Sofia.

Je laissai échapper un petit rire. —J'aimerais que ce ne soit pas le cas, mais je ne peux pas être avec lui s'il ne me défend pas. Je pensais qu'il l'avait fait, avant hier. Il a passé toute la journée de samedi à me présenter aux gens lors de la célébration. Et maintenant... je n'arrive pas à trouver une explication.

—Et s'il en avait une ? demanda Chelsea.

Je haussai les épaules. —J'imagine qu'un jour je serai prête à l'écouter, mais je ne sais pas.

—J'suis désolée que ça se soit passé comme ça, Haley. Je croyais vraiment que vous étiez faits l'un pour l'autre, dit Sofia.

J'acquiesçai tristement. —Moi aussi.

J'AI LAISSÉ mon téléphone éteint pendant le reste de la matinée. Chelsea m'a aidée à sortir discrètement de son appartement, mais si Knox devait apparaître quelque part, ce serait au salon. Nous nous sommes garées à l'arrière et nous sommes dépêchées d'entrer. Sans apercevoir Knox.

Je n'étais pas sûre d'être soulagée ou déçue.

Une heure après le début de ma journée, une douzaine de gerberas sont arrivées avec un mot.

J'aurais aimé que tu entendes ce que je leur ai dit. Je te promets, je n'ai pas ignoré leurs commentaires. ~Knox

Ma gorge se serra. Est-ce que je me serais trompée ?

Debby's La première cliente de Debby a mentionné son nom pendant qu'elle se faisait coiffer. Je me figeai, écoutant sans aucune honte.

—Knox a complètement démoli Tony, Dick et Wayne. Je ne peux pas lui en vouloir. Ils étaient vraiment odieux. Tout le monde sait que ces trois-là avaient l'habitude de courir à droite à gauche, c'est pour ça qu'ils disaient tout ça. Leurs femmes sont restées avec eux, ont fermé les yeux. Ils étaient comme Dawson, et peut-être qu'ils se sentent enfin coupables.

Debby a croisé mon regard dans le miroir avec un sourire bienveillant.

J'ai failli couper cinq centimètres des cheveux de ma troisième cliente, sans le vouloir. Chelsea m'a arrêtée et m'a suggéré de faire une pause.

L'arrière du salon était calme, ce qui m'a donné l'occasion de réfléchir. Jusqu'à ce que Debby s'y aventure avec une lettre à la main. —On vient de déposer ça pour toi.

—Qu'est-ce que c'est ? ai-je demandé.

Elle l'a retournée et m'a montré le sceau. —Je n'ai pas l'habitude de me mêler des affaires des autres, mais si je devais deviner, je dirais qu'il essaie de s'excuser.

—Tu crois ce qu'elle a dit ? À propos de ce qu'il a fait ?

Debby s'est assise à côté de moi et a posé sa main sur la mienne. —Madeline est difficile, mais je l'ai toujours supportée parce que je sais qu'elle projette sa douleur sur les autres. Elle te détestait par principe parce que tu étais l'autre femme. Peu lui importait que tu n'en aies jamais rien su, c'était la réalité pour elle. Elle était ici tard un soir et m'a dit qu'elle admirait ta persévérance à rester, même si les gens n'étaient pas gentils avec toi. Je l'ai encouragée à changer, mais elle n'a pas pu. Elle n'arrivait pas à te dissocier des femmes avec qui son mari l'a trompée. Je ne suis pas sûre qu'elle y arrivera un jour. Mais ce sont ses problèmes.

J'ai examiné la lettre et l'écriture soignée et arrondie de mon nom sur le devant.

—Gretchen, qui était là tout à l'heure, est la cousine de Madeline. Je ne pense pas qu'elle sache qui tu es vraiment. Elle a entendu des choses de la part de Madeline, mais elle forme ses propres opinions. Et ses commérages sont généralement exacts. Si elle a dit que Knox t'a défendue, je la crois.

J'ai avalé difficilement, me sentant tiraillée dans deux directions opposées. D'un côté, je savais ce que j'avais entendu. Mais de l'autre, j'aurais pu partir avant que Knox ne dise quelque chose.

La grande question était de savoir si c'était suffisant.

Debby est sortie, me laissant seule avec la lettre. Je l'ai retournée plusieurs fois, hésitant à la lire.

Finalement, je n'ai pas pu résister.

Haley,

Je suis vraiment désolé pour ce que tu as entendu hier. Je ne savais pas que tu étais là. Non pas que cela aurait changé la façon dont ils parlaient de toi.

Je n'ai aucune excuse pour ne pas avoir réagi dès qu'ils ont commencé à déverser leurs conneries. La seule chose que je peux dire, c'est que je parlais à un client, ce qui leur a donné l'ouverture. Ils savaient que je n'ignorerais pas la personne en face de moi. Ils ont été malins.

Mais dès que j'ai eu terminé, je leur ai dit d'aller au diable et de quitter le magasin. Je leur ai dit qu'ils ne seraient plus les bienvenus à moins qu'ils ne s'excusent. Si tu ne me crois pas, demande à Daisy Lincoln. Elle a dit que tu pouvais l'appeler. C'est la femme qui est entrée derrière toi et qui m'a dit que tu étais là. Elle a failli me virer pour ce que j'ai dit à Tony, Dick et Wayne, mais ça m'aurait été égal si elle l'avait fait. Tout ce qui compte, c'est que tu me croies, et que tu saches que je n'ai jamais voulu te blesser.

Avec affection,

Knox

Il a failli perdre son travail à cause de moi. Et il a dit que ça lui était égal.

Mais disait-il simplement ça ?

J'ai essayé de repousser ces questions et je suis retournée au travail. Le déjeuner est arrivé pour tout le salon, y compris les clients, avec plein de biscuits en dessert pour qu'on puisse en profiter toute la journée. D'autres fleurs sont arrivées après le déjeuner. Et puis une femme est entrée.

—Daisy Lincoln, ai-je murmuré.

Elle m'a souri en me voyant et s'est approchée. —Je voulais voir comment tu allais aujourd'hui.

J'ai exhalé un rire sans joie. —Je vais super bien.

Elle a souri, ses yeux étaient bienveillants et son sourire sincère. —Je sais que tu ne me connais pas, mais j'étais inquiète pour toi quand tu as quitté le magasin d'Al hier.

—Je vais m'en remettre.

Daisy secoua la tête et examina mon apparence. —Tu as vraiment l'air d'une femme qui ne va laisser rien se mettre en travers de son chemin. Je pense qu'on pourrait être de bonnes amies."

J'ai ri, surprise par ses mots. —Je pense que je devrais te remercier pour ça."

—Tu pourrais le regretter. On m'a dit que je pouvais être difficile à gérer. Et je suis beaucoup trop enjouée la plupart du temps."

—Je préférerais être comme ça plutôt que de me sentir comme je me sens actuellement."

Elle a souri et m'a pris la main. —J'avais le sentiment que c'était le cas. Knox m'a contactée ce matin. Il m'a demandé s'il pouvait te donner mon numéro. Je me suis renseignée et j'ai découvert que tu travaillais ici, alors j'ai voulu passer te voir."

—Est-ce que c'était vrai ? Ce qu'il a dit dans la lettre ?" ai-je lâché.

Ses sourcils se sont élevés au maximum. —Eh bien, je ne sais rien d'une lettre, donc je ne peux pas te dire."

—Oh. Il a dit que tu l'avais entendu remettre ces gars à leur place après mon départ. Que tu avais menacé de ne pas travailler avec lui."

—Ah, ça. Tout ça est vrai. Il a été méchant. Je fabrique des jouets, et je ne peux pas avoir d'énergie négative autour de moi. Ça perturbe complètement mon humeur, et je fabrique des jouets, pour l'amour du ciel. Je vis pratiquement pour m'amuser. Quand j'ai entendu ce qu'il leur a dit, j'ai pensé qu'il n'était pas du tout fait pour ce travail."

—Et maintenant ?"

Elle a haussé les épaules et a ri doucement. —Il m'a expliqué. Il m'a parlé un peu de toi, de pourquoi ils disaient ce qu'ils disaient, et pourquoi il s'est énervé contre eux. Je lui ai dit que je comprenais qu'il défende la femme qu'il aime."

—Il ne m'aime pas," ai-je soufflé, ces mots me faisant mal à prononcer.

Daisy a éclaté de rire. —Oh, ma chérie, si. Énormément. Quand je lui ai dit que tu étais là, il avait l'air sur le point de s'effondrer. On devait avoir une réunion hier soir, et il a annulé sur-le-champ pour te retrouver. Je suppose qu'il n'y est jamais parvenu si tu es toujours bouleversée."

—Non, il n'aurait pas annulé. Il était tellement enthousiaste à l'idée de travailler avec toi."

—Rien n'a d'importance quand la personne que tu aimes est fâchée contre toi."

—Il... Je... Je pris une respiration et regardai l'étrangère en face de moi. Je ne la connaissais pas, mais elle avait été gentille hier, à ce moment où j'avais voulu m'effondrer. Elle était revenue maintenant, sans juger, mais pour aider.

Elle pourrait mentir, mais pourquoi ?

—Knox est un homme bien, et à en juger par le camion dehors, c'est ton homme, dit Daisy.

—Quoi ? Quel camion ?

Tout le monde dans le salon arrêta ce qu'il faisait et se dirigea vers les fenêtres. Les halètements et les rires me firent hésiter.

—Haley, tu dois voir ça, dit Chelsea en me faisant signe de venir.

J'avançai à travers la foule comme si je marchais dans du ciment frais. Daisy me suivait, sa main encourageante et un peu insistante dans mon dos.

Le groupe de femmes s'écarta à mon approche, avec des sourires et de l'admiration dans leurs regards. Je n'avais jamais vu autant de regards approbateurs dirigés vers moi.

Quand j'atteignis la fenêtre, je haletai, tout comme elles l'avaient fait. Le camion de Knox était garé de l'autre côté de la rue. Il était couvert de peinture en spray. Jaune, orange, rose, bleu. Le tout avec des déclarations d'amour. Pour moi.

Mon cœur appartient à Haley Jordan
Haley Jordan est magnifique
J'aime Haley Jordan

Sans réfléchir, j'ouvris la porte et traversai la rue pour voir le camion de plus près. C'était bien le camion de Knox. Je fis le tour, lisant ce qu'il avait peint sur son camion de tous les côtés.

—Il est vraiment mordu, dit un homme en passant.

—Pourquoi tu n'as jamais fait quelque chose comme ça pour moi ? répondit une femme.

Je couvris ma bouche et laissai couler mes larmes.

—Si ce n'est pas une déclaration, je ne sais pas ce que c'est, dit Chelsea en me rejoignant sur le trottoir. —Je pense que tu devrais peut-être lui pardonner.

J'ai hoché la tête, les yeux rivés sur le camion.

—C'est lui.

—Il est là.

Les voix autour de moi m'ont sortie de ma torpeur et j'ai réalisé que Knox se tenait à quelques pas de moi.

—Knox, ai-je murmuré.

—Salut, ma belle. Je sais que je ne mérite pas ton pardon pour ce que j'ai fait, mais je voulais que tu saches ce que je ressens. Je me suis dit que si tu ne répondais pas à mes appels ou à mes messages, je m'assurerais que tu le saches.

—Tu es fou, ai-je dit en secouant la tête.

Il a hoché la tête. —Fou de toi, Haley. Je suis tellement désolé de ne pas avoir réagi plus tôt face à ces types, et je suis tellement désolé que tu aies entendu leurs paroles odieuses. Je ne laisserai plus jamais personne dire des choses pareilles à ton sujet. Pas une seconde de plus. J'arrêterai tout ce que je fais pour y mettre un terme, et je te défendrai contre quiconque oserait penser du mal de toi. Tu ne mérites pas ça, et je ne te mérite pas, mais—

—Je t'aime, ai-je lâché, ressentant le besoin de lui dire ces mots.

—Vraiment ? Pourquoi ?

J'ai laissé échapper un petit rire. —Parce que tu me fais rire. Et tu me rends heureuse. Tu me fais oublier mes erreurs et tu me fais croire que celles que je ferai à l'avenir ne seront pas graves parce que tu seras là pour moi. Tu me donnes confiance en moi et tu me fais croire que gérer ma propre entreprise est vraiment à ma portée. Tu es la seule personne avec qui j'ai envie de partager les choses et la première personne que je veux voir le matin. Je ne peux pas imaginer ma vie sans toi, Knox.

Il s'est approché, plaçant mes cheveux derrière mon oreille. —Je ne veux jamais être absent de ta vie, Haley. Je sais que je dois me racheter pour tout, mais je te promets que je ne te ferai jamais de mal intentionnellement, Haley.

J'ai hoché la tête. —Je le sais. J'aurais dû le savoir hier. J'aurais dû rester et te donner une chance de t'expliquer.

—Non, je comprends pourquoi tu es partie. Pourquoi tu as douté de moi.

—Tu n'es pas Dawson, murmurai-je si bas que seul Knox pouvait m'entendre. Seul Knox savait ce que mes mots signifiaient vraiment.

Il inspira rapidement et brusquement, le mouvement de sa poitrine mettant son corps en contact avec le mien. Il secoua la tête. —Non, ma belle, je ne le suis pas. Et je ne te traiterai jamais comme il l'a fait. Je t'aime, Haley. Tellement que ça fait mal de ne pas t'avoir déjà dans mes bras.

—Qu'est-ce que tu attends alors ? demandai-je.

Il n'attendit pas une seconde de plus. Knox scella ses lèvres sur les miennes pour le plus grand plaisir de notre public, qui fit bien comprendre qu'il approuvait.

Je me laissai emporter par l'homme que j'aimais, l'homme qui m'aimait, et l'embrassai en retour avec tout ce que j'avais.

Knox se retira beaucoup trop tôt, m'embrassant doucement avant de me demander à quelle heure je finissais le travail.

—Dîner ? murmura-t-il contre mes lèvres.

—Oui.

—Pour toujours ?

—Oui.

—Parfait. Je t'aime, Haley.

—Je t'aime, Knox.

Il sourit, lent à me laisser partir alors que je me tournais pour suivre les autres vers le salon.

Je me retournai en arrivant à la porte. Knox se tenait à côté de son camion. Il rejeta la tête en arrière et cria, —J'aime Haley Jordan !

Je ris et secouai la tête. Il me fit un clin d'œil, mais je fis un pas en avant.

Je rejetai la tête en arrière et criai, —J'aime Knox Randall !

Knox éclata de rire. —C'est ma femme, ça.

Je lui ai fait un signe de la main et j'ai laissé Chelsea me tirer à nouveau dans le salon avec un air pâmé.

—Tu es une femme vraiment chanceuse, a dit Chelsea.

Et pour une fois, tout le monde dans la pièce était d'accord. C'était agréable d'être celle qui avait de la chance.

ÉPILOGUE

SOFIA

J'ai enroulé mes cheveux en arrière et j'ai fixé ma queue de cheval avec un élastique. Les fines mèches que Haley m'avait convaincue d'adopter il y a quelques semaines se sont échappées et m'ont chatouillé le nez. Je les ai soufflées avec un soupir frustré.

Je ne sais pas ce qui m'a pris de changer de look. Peu importe que j'en aie eu assez de mon reflet dans le miroir, c'était économique. Je ne faisais pas dans le chic ou le soigné dans mon travail. Comme en témoignait ma tâche actuelle.

J'ai verrouillé la porte derrière moi, enfermant le désastre qu'était cet appartement. Sa rénovation était censée être quelque chose pour laquelle j'aurais du temps, mais une demande de location à court terme est arrivée. Piper l'a approuvée, après m'avoir consultée. Elle était ma meilleure amie, mais aussi techniquement ma patronne. Je n'allais pas lui dire non. Même si cela signifiait réaménager quelques éléments et rendre l'appartement à nouveau habitable en une semaine, au lieu de pouvoir finir de le vider pendant l'été.

Je me suis dépêchée vers la sortie, sachant que je jouais

avec le temps pour arriver à la quincaillerie d'Al avant que Knox ne ferme pour la journée. J'étais presque à la porte quand elle s'est ouverte devant moi, et Haley est entrée.

—Salut, a-t-elle dit, sa voix vive et joyeuse, comme elle l'était depuis qu'elle et Knox s'étaient mis ensemble, à l'exception de cette brève journée désastreuse où ils avaient rompu. Mais elle était redevenue heureuse.

—Salut.

—Où vas-tu si précipitamment ?

—Je dois aller chez Al. Et comme toujours, je suis en retard.

—Je vais venir avec toi. Je distrairai Knox pendant que tu prendras ton temps.

—Tu n'as pas besoin de faire ça, ai-je protesté.

—Sofia, j'en ai envie. J'ai l'impression de ne pas t'avoir vue depuis longtemps. J'allais justement te demander si tu voulais dîner ensemble ce soir.

J'ai fait un rapide calcul mental du peu de temps libre dont je disposais entre maintenant et la semaine prochaine, quand le nouveau locataire emménagerait, et j'ai secoué la tête.

Avant que je puisse décliner l'offre de Haley's, elle a repris la parole. —Tu dois manger, Sofia. Tu t'épuises à la tâche avec cet immeuble.

J'ai soupiré, sachant qu'elle avait raison. Cela faisait deux jours que Piper m'avait annoncé l'arrivée du nouveau locataire, et j'avais à peine dormi. Si je ne faisais pas attention, j'allais aussi commencer à perdre du poids. Non pas que je ne pourrais pas me débarrasser de quelques kilos, mais j'étais à l'aise avec mon corps. Ceux qui n'aimaient pas pouvaient embrasser mon cul. Et j'en avais suffisamment pour tous.

—D'accord. Un dîner me semble bien. Tant qu'elle ne me pousse pas à parler, car ce n'était pas envisageable.

Je n'allais pas bien. Je savais que je n'allais pas bien, mais je ne pouvais pas me résoudre à en parler à qui que ce soit. Même Piper ne savait pas ce qui se passait réellement. Je me suis jetée dans la préparation de l'appartement pour ne pas penser au désastre que ma vie allait devenir dans quelques semaines.

Mon père allait venir en visite.

Je n'avais pas vu mon père depuis des années. Nous n'étions pas proches, et ce n'était jamais lui qui prenait contact. Ce qui signifiait qu'il était soit mourant, soit inscrit dans un programme à étapes pour faire amende honorable pour quelque chose. La liste des possibilités était longue, mais il y avait de fortes chances qu'il fasse ce qu'il faisait toujours : présenter des excuses générales pour ne pas avoir été un très bon parent et penser que cela suffisait.

Ce n'était jamais suffisant.

Mais c'était le seul parent qu'il me restait, alors je laissais passer. Je le laissais s'en tirer avec son rôle de parent merdique parce que c'était mieux qu'un parent mort.

Je me frottai la poitrine en pensant à ma mère. Elle avait été ma meilleure amie, et peu importait que j'aie trente-neuf ans et qu'elle soit partie depuis plus de la moitié de ma vie, ma mère me manquait.

Haley me parlait de sa journée pendant le trajet jusqu'à la quincaillerie. Je n'étais pas sûre si elle savait que je n'étais pas d'humeur à parler ou si elle était simplement elle-même, mais j'ai laissé mon esprit vagabonder pendant qu'elle me racontait ses clients et les potins de la ville que j'avais manqués alors que j'étais enterrée dans le bâtiment dont je m'occupais.

J'aimais mon travail. Il me permettait de travailler avec mes mains et d'aider les gens. Encore une chose que ma mère m'avait enseignée. Elle travaillait dur, généralement deux emplois à la fois, et n'avait jamais peur de se lancer dans n'importe quoi. Elle avait appris seule à réparer et à remplacer les toilettes, à installer des pommeaux de douche, à faire de la plomberie de base puisque les plombiers étaient si chers. C'était une force de la nature, et elle m'avait appris à ne jamais rester en retrait et laisser un homme faire quelque chose que je pouvais faire moi-même.

Il n'y avait qu'un seul homme pour qui j'avais ignoré cette règle, mais je ne pouvais pas penser à lui.

Haley s'est garée devant la quincaillerie d'Al et est sortie avec un pas sautillant et un sourire.

Knox était à la porte, s'apprêtant à retourner la pancarte sur « fermé », quand il nous a aperçues. Il a quand même retourné la pancarte, mais il a ouvert la porte pour nous laisser entrer.

—À quoi dois-je ce plaisir ? a demandé Knox.

Haley s'est mise sur la pointe des pieds pour l'embrasser fermement sur les lèvres. Elle s'est reculée, gardant ses bras autour de son cou, et a dit : —Sofia avait besoin de prendre quelque chose, et j'ai dit que je viendrais te distraire pour qu'elle puisse prendre son temps."

Knox a haussé les sourcils avec un sourire narquois. —Ah bon ? Il me semble me souvenir d'une autre fois où Sofia avait besoin de quelque chose et où tu es venue seule."

J'ai essayé de ne pas grimacer en me rappelant ce que Haley m'avait raconté sur leur première nuit ensemble. J'étais heureuse qu'ils se soient trouvés, mais je ne voulais pas vraiment les voir récapituler leurs ébats ou passer à l'acte.

Je les ai contournés et j'ai aperçu Teddy à la caisse, alors j'ai dévié pour aller lui dire bonjour. —Je ne savais pas que tu étais là ce soir. Comment va Genevieve ?"

Genevieve était l'une des personnes les plus gentilles que j'avais jamais rencontrées. Karissa avait dit que Xavier avait dit que Genevieve vivait une grossesse plus difficile cette fois-ci. L'expression sur le visage de Teddy le confirmait.

—Plus que sept semaines, mais elle va probablement devoir se mettre au repos forcé bientôt. Le médecin a dit qu'elle s'épuisait et que s'il ne ralentit pas, il va la forcer à le faire.

—Elle ne va pas aimer ça.

Teddy a ri doucement. —Elle n'aime déjà pas ça. Elle a parlé de trouver un nouveau médecin qui ne lui dirait pas quoi faire."

—Aïe.

Teddy a passé une main sur sa barbe et a secoué la tête. Il semblait avoir vieilli d'une décennie ces derniers mois. Des mèches grises parcouraient sa barbe et dominaient ses tempes. Ses yeux paraissaient vides et hantés. Il était épuisé. —Le médecin ne cesse de lui dire que c'est pour le bien du bébé, mais elle insiste sur le fait qu'elle sait comment avoir un enfant. Elle travaillait pendant toute sa première grossesse, et tout le monde dit que la deuxième est plus facile, alors elle pense pouvoir en faire encore plus cette fois-ci."

—Ah, mince. Je suis désolée que ce soit si difficile. Si je peux faire quoi que ce soit pour vous aider, fais-moi signe.

Teddy hocha la tête. —Je n'y manquerai pas. Merci, Sofia. As-tu besoin de quelque chose aujourd'hui ? Je peux t'aider à trouver quelque chose ?

Je secouai la tête. —Ça va. Je suis sûre que Knox ne verra pas d'inconvénient si tu t'en vas. Je connais bien cet endroit, et il ne bougera pas tant que Haley m'attend.

Teddy rit doucement. —Bien joué.

J'esquissai un sourire narquois. —C'était son idée.

—Encore mieux. Content de te voir, Sofia.

—Toi aussi, Teddy. Salue Genevieve et Michael de ma part.

Teddy fit un signe de la main et accrocha son tablier au crochet derrière le comptoir. Il se dirigea vers Knox et Haley tandis que je m'enfonçais plus profondément dans le magasin.

Avant de savoir que quelqu'un allait emménager, j'avais vidé la salle de bain de l'appartement d'une chambre, alors ma priorité était de la rendre fonctionnelle. J'avais passé les deux derniers jours à réparer la plomberie de la douche qui fuyait sans que je le sache. La baignoire était en bon état, donc je la laissais en place, mais je voulais poser du carrelage sur le mur de la douche et au sol. Je n'avais pas le temps de commander quoi que ce soit, alors j'examinais les options disponibles en magasin.

Je sélectionnai un carrelage et pris une photo de l'étiquette au bout de l'étagère, puis passai aux autres choses dont j'avais besoin pour le projet. Du joint, des panneaux d'appui et du mortier. La salle de bain était petite, donc je n'avais pas besoin de beaucoup de chacun, mais tous étaient lourds et plus que ce que je pouvais mettre dans mon véhicule utilitaire sport.

Je pris un joint de cire pour quand je réinstallerais les toilettes, un nouveau robinet pour la baignoire et la douche, et me fis une note mentale de revenir voir les meubles-lavabos. J'avais un lavabo sur colonne que je pouvais utiliser si nécessaire, mais je préférais installer un meuble avec rangement puisque c'était la seule salle de bain de l'appartement.

Haley et Knox étaient toujours en train de se câliner et de chuchoter quand je revins à l'avant. Knox s'écarta et me sourit. —Tu as trouvé tout ce dont tu as besoin ?

Je hochai la tête et déchargeai les choses que j'avais prises. —J'ai besoin de faire livrer des trucs si tu as le temps de t'en occuper demain. Sinon, je trouverai comment me débrouiller.

Knox jeta un regard inquiet à Haley, qui leva simplement les sourcils comme pour dire, *Je te l'avais bien dit.*

—Je suis juste là, les gars, ai-je lancé sèchement.

—Désolé. C'est juste que je... Est-ce que ça va, Sofia ? demanda Knox avec beaucoup plus d'inquiétude que je ne l'aurais imaginé.

Je pris une inspiration et forçai un sourire, mentant effrontément. —Je suis juste stressée par cette location. J'ai commencé à tout arracher et je dois remettre ça en état rapidement au lieu d'avoir tout l'été pour bien faire les choses.

—Aïe. C'est dur. Tu as besoin d'aide ?

J'ai secoué la tête. Travailler sur l'appartement était le moment où je gérais mes émotions. Je ne pouvais pas avoir Knox là-bas si j'allais craquer et finir en larmes. Pas que j'allais lui dire ça.

—Je travaille dans la salle de bain, et c'est un espace vraiment minuscule. Peut-être en hiver, quand je pourrai faire la cuisine, j'accepterai ton offre.

—Ça me va. Je serai ravi d'aider.

—Merci, Knox.

Il a fini d'enregistrer les achats et m'a inscrite pour les livraisons du lendemain. Il a dit qu'il apporterait tout lui-même, alors je lui ai donné le numéro de l'appartement et nous avons convenu d'une heure pour que je sois là avec lui.

Haley l'a embrassé encore une fois et a promis qu'elle l'appellerait plus tard. Elle a gloussé en me suivant hors du magasin et en remontant dans mon véhicule utilitaire sport.

—Tu peux passer la soirée avec lui si tu veux, ai-je suggéré, évitant son regard.

—Je dîne avec toi. Et tu vas me dire ce qui se passe vraiment. Je ne t'ai jamais vue comme ça depuis que je te connais, ça fait un an, et je m'inquiète. En plus, ma copine me manque. Ça fait des semaines qu'on ne s'est pas retrouvées.

—Tu passes beaucoup de temps avec Knox, ai-je dit sans réfléchir.

Haley acquiesça en plissant son visage. —Je sais, et ça fait de moi une amie nulle. Entre lui et tout ce que j'ai dû apprendre pour reprendre Teased by Debby, je n'ai pas été présente. Mais je suis là maintenant, et je veux vraiment savoir ce qui se passe. Est-ce que ça va ?

Je l'ai regardée, puis j'ai tourné les yeux vers la fenêtre avant et j'ai soupiré. —Mon père vient me rendre visite dans quelques semaines.

—C'est super ! Je sais que vous n'êtes pas proches, mais c'est bien qu'il fasse des efforts. Non ?

J'ai secoué la tête. —Non, ce n'est pas bien. Parce que mon père n'est pas juste mon père. Il est... Mon père est Jensen Carmack.

Haley a haletéet m'a attrapé le bras. —La rock star ?

J'ai hoché la tête, l'estomac noué d'anxiété. —Ouais.

—Je ne savais pas que tu étais célèbre. C'est trop cool.

Mon ventre s'est noué. Cool. C'est ce que je pensais quand j'ai d'abord intégré ce monde, mais quand j'ai fui, je connaissais la vérité.

Ce monde était un monde dont je ne voulais plus jamais faire partie. Jamais.

MERCI D'AVOIR LU l'histoire de Haley et Knox ! J'ai été vraiment inspirée par Haley et je voulais qu'elle trouve son bonheur pour toujours. J'ai adoré ces deux-là ensemble, et j'espère que vous avez ressenti la même chose !

Le prochain livre de la série raconte l'histoire de Sofia et Trey. Le père rock star de Sofia vient en ville pour une visite. Un père avec qui elle n'a jamais été proche. Quand elle s'enfuit de son appartement une nuit, elle tombe directement sur le nouveau locataire de son immeuble. Il est charmant, doux et intéressé par Sofia. Elle ne peut pas lui résister, même si elle sait qu'il ne restera pas longtemps. Ou peut-être justement parce qu'elle sait qu'il ne restera pas. Mais Sofia n'est pas la seule à avoir un secret. Lisez **Son Muse aux Courbes Généreuses** maintenant !

Vous voulez en savoir plus sur Haley et Knox ? Haley a tout ce qu'elle a toujours voulu, sauf une famille. Mais tout cela est sur le point de changer ! L'épilogue bonus est uniquement disponible pour les abonnés. Inscrivez-vous maintenant !

Auteure à succès classée au *USA TODAY*, Mary E Thompson a passé la majeure partie de son enfance à souhaiter avoir quelques courbes en moins. Elle se cachait dans les pages des livres parce que ses personnages préférés ne se souciaient jamais de sa taille de vêtements. Aujourd'hui, Mary non plus, et elle écrit des histoires qui célèbrent les femmes comme elle. Des femmes réelles qui ont des courbes, poursuivent leurs rêves et trouvent l'amour, parce que nous devrions tous être heureux, quelle que soit notre taille.

Mary passe son temps hors écriture avec son mari et ses deux enfants, à regarder trop de télévision, à encourager l'équipe de football de sa ville natale (Allez les Bills !) et à cacher du chocolat à sa famille.

Inscrivez-vous maintenant à la newsletter de Mary. Les abonnés reçoivent des ebooks gratuits et d'autres choses amusantes, comme du contenu exclusif réservé aux membres et des concours, et sont les premiers à connaître les nouvelles parutions et les promotions !